© 2017 Noboru Kannatuki
6
哥布林殺手
GOBLIN SLAYER
He does not let anyone roll the dice.

「……妳誰啊？他老婆嗎？」

「對呀？」
「不是。」

「哥布林殺手先生……」
「怎麼了？」
「聽說本來是有機會晉級啦。」
「結果沒成嗎？」
「似乎是沒成。」

「那麼，如何呢？
這些黑曜和白瓷的冒險者。」
「天曉得。」
她們很熱心。很認真。
是一群好女孩。
但這並不表示，
她們就一定能存活下來。
© 2017 Noboru Kannatuki

「我看不出來。」
「真是的——」

Contents

GOBLIN SLAYER!

He does not let anyone roll the dice.

哥布林殺手
GOBLIN SLAYER

哥布林殺手

人物介紹

CHARACTER PROFILE

——換言之，我等於是對他們而言的哥布林。

哥布林殺手 Goblin Slayer

在邊境小鎮活動的怪人冒險者。單靠討伐哥布林就升上銀等（位列第三階）的罕見存在。

女神官 Priestess

與哥布林殺手組隊的少女。因心地善良，常被哥布林殺手魯莽的行動耍得團團轉。

——無知的人才有福。因為知道就是極致的喜悅。『妖精格言』

妖精弓手 High Elf Archer

與哥布林殺手一起冒險的妖精少女。擔任獵兵（Ranger）職務的神射手。

——無論何時，對她而言最重要的，都是天氣、家畜、農作物，還有他。

牧牛妹 Cow Girl

在哥布林殺手所寄宿的牧場工作的少女。也是哥布林殺手的青梅竹馬。

櫃檯小姐 Guild Girl

在冒險者公會工作的女性。總是被率先擊退哥布林的哥布林殺手所助。

「鍛鍊自己，揮刀屠戮。會出血的就不是敵
手。」——鋼的祕密之一端

重戰士
Heavy Warrior

隸屬於邊境之鎮冒險者公會的銀等級冒險者。和女騎士等人一同組成邊境最棒的團隊。

——龍是不會逃避的。

蜥蜴僧侶
Lizard Priest

與哥布林殺手一起冒險的蜥蜴人僧侶。

——無論寶石還是金屬，琢磨前都是石塊。
這世上沒有一個礦人，會用外表來判斷事物。

礦人道士
Dwarf Shaman

與哥布林殺手一起冒險的礦人術師。

「愛並非對望，而是並肩望向同一個去
處。」——某位詩人

劍之聖女
Sword Maiden

水之都的至高神神殿大主教，同時也是過去和魔神王一戰的金等級冒險者。

我不想讓值得尊敬的敵手，變成明天的朋友。
至少今天還不行。

長槍手
Lancer

隸屬邊境小鎮冒險者公會的銀等級冒險者。

——神祕與愛，愈透過舌尖編織就
愈鬆散，更不用說是女性之美了。

魔女
Sorceress

隸屬邊境小鎮冒險者公會的銀等級冒險者。

來吧冒險者　踏上旅程吧
等在前方的　是龍或岩巨人（Golem）
還是死靈的騎士
傳說的武具也　不知在何方
帶一根火把　扛一柄長槍
獨來獨往　何等自在

向西向東　過了橋
哪怕到了彼岸　客死異鄉
心中所求　唯有真愛
公主雖好　不多奢望
但求一夜　魚水之歡
來吧冒險者　踏上旅程吧

第1章 『稀鬆平常的春天某日』

到了東方吹來的微風會讓人心曠神怡的季節。

寒冷已經被趕走，只留下些許殘渣，陽光柔和而溫暖。

從邊境鎮那雛菊盛開的山丘上，已經走了半天以上而來到的這片曠野，也不例外。

沒錯，一片曠野。

只見雜草叢生，林木繁茂，除此之外什麼都沒有。

這裡有大道通過，考慮到村莊與村莊、鎮與鎮的距離，開個旅館鎮也不為過。

這片曠野上，有一個東西，不，是有一個人在動。

是一名奇妙的冒險者。

這人身穿廉價的鐵盔、髒汙的皮甲，腰間掛著一把不長不短的劍，手上綁著一面小圓盾。

即使是初出茅廬的冒險者，裝備多半也比他像樣些。他就是這樣一個人。

他默默走在大道上，來到曠野上之後，大剌剌地踐踏草木行進。
彷彿有什麼路標可看似的，他的腳步毫不遲疑，十分果決。
他時而往右，時而往左，撥開草叢行走……大概花不到五分鐘吧。
他停下了腳步。
那兒仍然什麼都沒有。
只是，沒錯，草叢裡，踏出的鞋子底下，發出物體碎裂的聲響。
蹲下去摘起一看，是一塊燒焦得很徹底的焦炭。
這塊焦炭甚至抵受不住兩根手指夾住的力道，化為一片黑色髒汙。
那是某種東西燃燒而成的灰燼。就不知道原本是木頭，還是人骨……
——荒唐。
他忿忿地搖了搖頭。
已經十年了。
燒焦的人骨，暴露在野外的風雨中，不可能還保有原形。
即使真的留了下來……又會是誰的呢？
「……」
風蕭蕭吹過。
季節遞嬗。一陣溫暖柔和的風，告知春季的來臨。

吹得草輕柔搖擺，在曠野上盪出漣漪。
聽得見些許水聲。
轉頭一看，看見循著記憶找到的地方，有著水池。
不經意地朝天空一看，清澈得令人厭煩的藍，一望無際。
少許白白的雲暈開了似的，十分稀薄。
「……那又怎麼樣。」
他粗暴地扔開手上沾到的炭，砸在地上。
他知道，這不是姊姊的骨頭。
他知道姊姊怎麼了。
他知道姊姊的血與肉化作了什麼。
也知道這裡預計興建冒險者的訓練場。
「……回去吧。」
知道他曾是這個村村民的人，除他之外只有三個。
牧場的那兩個人作何感想，哥布林殺手並不想去問。

§

「嘻嘻嘻嘻……！」

女神官開開心心，臉頰鬆弛。

雖說不分春夏秋冬，冒險者公會始終熱鬧，但到了春天，仍是格外熱鬧。

冬眠完的怪物也開始出現而威脅到各個村莊，也有冒險者在冬天用完了積蓄。

而且既然天氣溫暖了，也就有許多年輕人立志要大撈一筆而前來叩門。

「好的～下一位，十五號來賓，請到三號櫃檯～！」

「喂～委託來啦，委託！聽說下水道跑出了吃水肥的怪物啦！有沒有誰有空的！」

「武器護具準備好了嗎？藥水（Potion）有吧。法術背好了嗎？六尺棍……好，我們上！」

「不好意思啊。老朽的村子里，跑出了熊。是啊，是灰熊（Grizzly）。」

職員們跑來跑去，冒險者們大聲嚷嚷，委託人的說明滿天亂飛。

雖然不能說全都像慶典一樣歡樂，但若說不是充滿活力，那就是撒漫天大謊了。

處在這樣的喧囂中，女神官笑咪咪，滿心雀躍，止不住臉上那花朵綻放般的笑意。

她坐在等候室裡每次都坐的長椅上，手握錫杖，更不想遮掩鬆弛的臉頰。

妖精弓手本來拄著臉，看著人潮，還是忍不住把視線挪到她身上。

「妳心情可真好……」

「因為我也過了一年，已經是第二年了嘛。讓人叫一聲學姊也不過分了喔？」

「啊啊，原來已經過這麼久啦？」

「是的！而且，我想可能也差不多可以從第九階升上第八階了。」

她說得滿臉得意，挺起平坦的胸膛，但畢竟還是團隊中最年少的。

妖精弓手也並非不懂這種夭妹般的心情，所以開心地甩動長耳朵。

——這種時候，我應該可以擺一下姊姊架子吧？

「不過妳可別太得意忘形喔？要知道後衛是全隊的核心。」

「好的～我明白。」

妖精攻守優雅地搖動挺直的食指，女神官乖乖點頭答應。

妖精弓手輕輕幫她梳了梳一頭金髮。女神官嘻嘻笑了幾聲，瞇起眼睛。

她真的是個很可愛的小妹。只是一旦說出這種話，大概又會被礦人道士挖苦。

「不過，還真的很熱鬧啊。」

所以妖精弓手也有意識地，將視線移到聚集在公會大廳的冒險者們身上。

說得精確點，該說是冒險者志願者？不……

「**志願**」不好。

妖精弓手在內心訂正為「冒險者希望者」。希望。嗯，這個字眼好。

這些冒險者希望者朝著櫃檯大排長龍。

有戰士、有魔法師、有僧侶，有斥候（Scout），各種種族、性別與年齡都有。

共通的就是他們那滿懷夢想而燃燒的眼神，以及身上所穿的裝備。

從毫髮無傷到即使價格標籤都還貼著也不奇怪的新品，到除鏽過的二手裝備都有。

從品質看得出多半是新手，但每一件裝備都打磨得閃閃發光。

「唔。」妖精弓手搖搖長耳朵說道。「是不是該叫歐爾克博格跟他們看齊？」

「哥布林殺手先生，討厭亮亮的東西。」

所以大概很難吧？

女神官說著，忽然臉一紅，尷尬地扭捏起來。

「怎麼啦？」即使妖精弓手問起，她也只說聲「沒有」，撇開視線不回答。

妖精弓手頭上轉起好幾個問號，歪了歪頭，但立刻猜到是怎麼回事。

這也難怪。

她們已經是冒險者當中的先進。而且是兩名貌美少女，其中一名更是上森人（High Elf）。

這些冒險者希望者，在等候時間中，視線不時瞥向她們。

「哇……好標致的兩個大姊姊啊……」

「是不是等當上冒險者，就可以和那樣的女孩混熟啊？」

「森人啊，好好喔……」

妖精弓手小小哼了一聲。他們以為講悄悄話瞞得過森人嗎？

只是她認為比起因為是上森人而受矚目，更希望眾人看重她的銀等級……

「去年，我也在那邊排隊呢……」

相較於妖精弓手挺起平坦的胸膛，強調掛在脖子下的識別牌，女神官則握緊了胸前的手。

她的胸前，有著一塊識別牌在搖動，證明她已經從白瓷升上黑曜，也就是從第十階升上第九階。

「當時，沒有這麼多人。」

雖然當時的她，也是像那樣聽著周遭的談話而吃驚。

訓練場的開設，已經計畫良久。

過程中接連發生哥布林王展開的襲擊等諸多動亂，計畫遲遲未能推進，就這麼拖過了一年。

而這個計畫現在突然有所進展的理由，她們兩人都知道。

「信，妳已經看過了嗎？」

「看了看了。當然看了！」

妖精弓手為了回答女神官，迅速從口袋中拿出摺起的信。

想必是多次翻開來看完又摺起來吧，只見信紙上的摺痕非常清楚。

「妳都隨身帶著？」

「畢竟是朋友寄來的信嘛。妳不帶著嗎？」

「我放在房間，交給地母神看管。」

因為是朋友嘛。女神官靦腆地笑逐顏開。

朋友──千金劍士。幾個月前，和她們一起在北方的小鬼堡壘中並肩作戰的冒險者少女。

她失去同伴，自身也遭到凌辱，但仍拚命咬緊牙關堅持。

相信她在鑽過重重死線的過程中，心境也有了變化。

千金劍士說，她要回到當初有如離家出走般離開的故鄉。

而她們後來就一直和她互相通信，結果……

「說是要捐款給新進冒險者呢。她動作可真快。」

「是啊，真的很快。」

信上說她不選擇以冒險者的立場，而是要站在支援冒險者的立場來奮鬥。

一板一眼，嚴謹守禮又細心的筆致，原原本本地體現出她的個性，令人欣賞。
她簡潔地說起自己和家人也已經勉強和解，希望再見見大家。
「只是愛逞強這點，還是老樣子。」
「呵呵……」
妖精弓手嘴上這麼說，但只要看看她是如何珍惜地摺起信紙，她的真心也就不言可喻。
女神官的心意也是一樣。
就曾經目睹小鬼陰險而殘忍的行為這點而言，女神官和她並無不同。
就只差在千鈞一髮之際，救援是否及時趕到，就只有骰子擲出的數目大小差別。
正因如此，知道她仍然「還能逞強」，對女神官而言是無上的激勵。
這表示尚未氣餒。
無論是自己，還是她。
「……一開始得到什麼樣的教導，果然很重要呢。」
「誰知道呢？我倒是覺得好像沒那麼有意義。」
雖然我無意否定她的努力。
女神官狐疑地皺起眉頭，妖精弓手朝她輕輕揮了揮手。

「不管教了什麼，會做傻事的人還是會做吧？」

「可是如果沒有人教，就連什麼事情不能做都不知道。」

舉例來說……舉例來說，沒錯，有好幾個例子。

例如不要只顧著聊天，讓前鋒與後衛之間拉出空檔。

例如不要因為只有一條路，就疏於警戒後方。

還有例如，不能因為對手是哥布林就小看牠們。

現在回想起來……第一次的那場冒險，讓她學到了非常非常多的教訓。

「啊啊，我也不是要否定妳的意見啦。只是……」

也不知道妖精弓手是如何看待女神官憂鬱的表情，只見她輕輕揮了揮手。

「那些不聽別人說話的人，就是絕對不會聽。舉例來說，沒錯，像礦人（Dwarf）就是。」

「喂，我可聽得見啊，長耳丫頭。」

從妖精弓手背後的長椅椅背後頭，慢慢冒出一個影子，一個低沉的吼聲吼了過來——

她大為得意，笑吟吟地搖動長耳朵。

「我就是要說得讓你聽見，要是你沒聽見，我可傷腦筋了。」

回頭一看，看見的是抓著長椅椅背瞪她的禿頭礦人道士身影。

現在還是大白天，他卻紅著一張臉，多半是因為已經喝了點小酒。

但既然是礦人，喝酒反而是正常的。

被他噁噗一聲噴了一口酒氣，妖精弓手輕輕咳了幾下。

「明明是森人才不聽別人說話吧。」

「哎呀，我們耳朵可比礦人要好喔？」

「看吧，鐵砧就是連玩笑話都聽不懂。」

「誰是鐵砧啦……！」

「妳摸摸自己胸口不就知道了？」

「你說什麼！」

吵吵鬧鬧。一如往常的拌嘴。

女神官起初還會聽得慌了手腳，如今則覺得連這些吵鬧聲也令她心曠神怡。

姑且不論是不是愈吵感情愈好，她認為這的確是個好團隊。

對於冒險者公會的人們，也都已經習慣。

每當這一年來已經十分面熟的他們經過，女神官都會點頭打招呼。

「呵、呵呵，好熱鬧，呢。」

「別玩得太瘋，不然在菜鳥面前豈不是掛不住面子。」

長槍手帶著美豔微笑的魔女，雖然皺起眉頭，但仍出聲打招呼。

「看吧，所以我不是說了嗎？像那樣交流，才能培養好的默契……」

「啊啊夠了，不要拿妳那些歪理來瞎扯發酒瘋的藉口，妳這個守序善良（Lawful Good）的。」

重劍士與女騎士一邊拌嘴，一邊在走廊上昂首闊步。

「各位好！」

「早安，各位。」

「嗨，祝你們今天也好運。」

少年斥候(Scout)、圃人(Rare)少女督伊德(Druid)，以及半森人輕劍士，也一副不想沾惹的態度跟了過去。

「喔，這不是哥殺先生那邊的人嗎？早啊！」

「等等，你喔！好好打招呼啦，不然我多不好意思！」

年紀相近的新手戰士輕佻地打招呼，被見習聖女輕輕頂了一下。

一如往常，毫無兩樣。

「哎呀哎呀，今天各路朋友也都一樣要好，實是萬幸啊。」

這時晚了眾人一步出現的，是個緩緩探頭的高大身軀。

是全身有鱗片覆蓋，身披奇妙裝束的蜥蜴人(Lizardman)僧侶。

他愉悅地看著兩人爭吵得喋喋不休，轉了轉眼珠子。

他似乎判斷可以晚點再介入，決定悠哉地旁觀。

他轉頭面向女神官，以奇怪的手勢合掌行禮，彷彿認為這是當然要盡的禮儀。

「天氣暖和多了，大家似乎也舒展開了身子。這暖意對貧僧而言也是可貴。」

「畢竟冬天你就好辛苦呢。」

女神官從喉頭輕輕發出嘻嘻兩聲，他就重重點頭說：「正是」。

「可怕的龍也敵不過冰河。大自然與世界運行的真理，實在可懼。」

看外表就知道，蜥蜴人非常怕冷。

就不清楚這是因為他們生在南方叢林，還是因為繼承了濃厚的爬蟲類性質。

無論原因為何，上次雪山上的探索，就讓這位蜥蜴僧侶吃足了苦頭。

「不過聽說也有冰雪龍（Ice Dragon）之類，會噴吐冰雪的龍喔？」

「我們的親屬中，沒有這樣的種族啊。」

他正經八百的口氣中，有著一種不讓人聽出是真心還是說笑的輕快。

蜥蜴僧侶轉動脖子，目光在擠滿了新手冒險者的公會內掃過一圈。

「那麼，小鬼殺手兄呢？」

「啊，是的。說是昨天要出門一趟，今天會晚點到。」

「喔喔？這可真稀奇。」

「是啊，真的很稀奇。」

雖然我覺得應該差不多要來了。女神官嘀咕著這句話，但內心仍然贊同。

哥布林殺手。

那個奇怪的冒險者，竟然會在假日出門，實在令人無從想像起。

畢竟照牧場那位小姐的說法，他連休假日都心無旁騖地準備各種武具與裝備……

像前陣子的慶典上，他雖然受到櫃檯小姐與牧牛妹邀請，卻仍一心一意加強鎮上的防守。

他本來就會默默地獨自跑去剿滅哥布林，讓人不能丟下他不管。真受不了他。這也就難怪女神官會發出這種語帶親近的嘆息。

「這個人真叫人拿他沒轍呢。」

就在這時……

冒險者公會的喧囂中，起了一陣交頭接耳的聲浪。是一名冒險者推開彈簧門走了進來。

他的腳步大剌剌，粗暴而隨興。

穿戴廉價的鐵盔、髒汙的皮甲，腰間掛著一把不長不短的劍，手上綁著一面小圓盾。

即使是新手冒險者，模樣多半也比他像樣些。

但他胸口所掛的識別牌是白銀。證明他是第三階，銀等級的冒險者。

「哥布林殺手先生！」

女神官出聲一喊，新人之間就發出一陣竊笑聲。

專殺小鬼的人？專殺最弱怪物小鬼？

其中當然也有人並未發笑。

五年來，他拯救的村莊很多。也有些冒險者是來自這些村莊。

他們很清楚有個獨自剿滅哥布林的冒險者。

相信也有人是聽過了詩歌。聽過那雖然荒唐無稽，卻生動描寫出小鬼殺手在邊境活躍故事的詩歌。

然而，會有人發笑，也是無可厚非。

他們之中的大部分，都尚未經歷過剿滅小鬼這回事……

即使經歷過，頂多也只是驅除掉幾隻跑來村莊外圍的小鬼。

即使真有過闖入洞窟的經驗，仍有一件事不變。

那就是哥布林乃是最弱怪物的事實。

哥布林殺手則對這一切都視若無睹，點頭應了聲「嗯」。

「大家都到了嗎。」

「是歐爾克博格太晚來了！」

妖精弓手以堅毅而清新的嗓音回答。

她迅速把吵到一半的架結束，優美地伸直食指，朝他一指。

一雙長耳朵和臉上的柳眉一樣豎起，在在述說著她等得有多不耐煩。

她哼了一聲，裝模作樣地雙手抱胸。

「那，今天你打算做什麼？」

「剿滅哥布林。」

「我想也是啊。」

礦人道士發出擠壓似的哼笑聲，捻了捻白色的長鬍子。

「一旦交給嚙切丸，當然就不會有剿滅小鬼以外的冒險啦。」

「唔……」

「如果有什麼要求，我會聽。」

聽到哥布林殺手這句話，女神官偷偷臉頰一鬆。

比起一年前，他也圓滑多了——至少感覺是這樣。

自己又是如何呢？有了改變嗎？有了長進嗎？

雖然這種事情，也沒這麼容易知道。

「也罷，貧僧只要能積功德，什麼冒險都無所謂。」

蜥蜴僧侶揮動尾巴，拍響地板。

「剿滅小鬼，不也很好嗎？況且春天一到，牠們的數目想必也會變多。」

「……唔唔唔唔。」妖精弓手沉吟了一陣，死了心似的舉起手。

「知道了，我知道了啦。好啦。我就好心陪你去打哥布林。」

「謝了。」

哥布林殺手低聲說完，立刻轉過身去。

接著就這麼大剌剌地，走向有著冒險者排隊的櫃檯。

對於眾多新進冒險者那種像是看著異樣事物的視線，他全不放在心上。

「喔，哥布林殺手！你又要去剿滅哥布林啦？」

相較之下，熟識的冒險者親熱地打招呼，他就點了點頭：

「對，殺哥布林。」

「你還真不會膩耶。」

「我們則是要小小出個遠門，去遺跡探險。」

「是嗎。」

「任務小心喔。」

「好。」

對於一無所知的新人而言，這想必也令他們難以理解。

妖精弓手留在遠處等著哥布林殺手，這時在女神官身旁皺起了眉頭。

女神官不由得把嘴湊到妖精弓手的長耳朵旁，悄悄問了一聲：

「……請問他們在說什麼？」

「妳最好別問。」

的確，即使不問，也大概猜得到。

女神官也「唔」的一聲，微微鼓起臉頰，噘起嘴，但也幫不上什麼忙。

蜥蜴僧侶與礦人道士都渾不當一回事，也讓她莫名地不服氣。

§

「好的，下一位——」

就在同伴等著他的時候，冒險者們紛紛處理完畢，很快地他來到了隊伍的最前面。

義務性平淡應對的櫃檯小姐抬起頭一看，看見髒汙的鐵盔。

她那原本貼上笑容的臉上，開出了大朵的花。

「哥布林殺手先生！」

「哥布林。有嗎。」

「當然有了！我都有好好留著……其實是還有剩就是了。」

櫃檯小姐淘氣地用文件遮住嘴，伸了伸舌頭，從架上一一抽出委託書。

熟練的動作與整理得井井有條的文件，都在在顯示出她的工作能力多麼優秀。

過不了多久，她那指甲修剪得十分整齊的手指，將好幾份委託書排到他身前。

一共有五份。

「雖然以規模來說，沒有太大或太特別的……」

「委託的件數本身倒是很多。」

「對呀，畢竟春天到了嘛。哥布林似乎也比較有在活動。」

「很正常。」

「要知道這可是新人們接完剩下的耶？」

「他們感覺行嗎？」

哥布林殺手問起這個關鍵的問題，讓櫃檯小姐皺起漂亮的眉毛，保持沉默。

相信她的意思是不知道吧。

若不是特別謹慎的團隊，回不回得來就得看骰子說話。

天上的眾神所擲出的那司掌宿命與偶然的骰子，連眾神都無法隨心所欲。

櫃檯小姐朝哥布林殺手身後的新進冒險者隊伍瞥了一眼。

該不該把其中幾件挪給他們呢？

她想了一會兒，察言觀色似的看了哥布林殺手一眼。

「……可以拜託您嗎？」

「無所謂。」哥布林殺手答得毫不猶豫。「已經接走的也給我看。」

「不好意思，每次都麻煩您了。」

所謂冒險者，是一種責任自負的職業。
而冒險者公會，絕非互助組織。
不同於其他職業公會，既沒有學徒制度，也沒有立場強制冒險者做這做那。
而是保證公會所屬冒險者的身家清白，仲介委託，若行徑太過火則逐出公會。
這絕非輕鬆的工作。
也不可能逐一針對剛出道的新人，凡事都細心照料。
何況要幫他們剿滅哥布林失敗這種事情善後，又如何有辦法去做呢？
也難怪櫃檯小姐的臉上，會露出這種略帶憂鬱的表情。
「要是訓練場蓋好，您就可以不用再這麼辛苦……」
哥布林殺手對這句話並不回應，默默翻閱委託書。
以內容而言，每一份都很常見。
村莊附近形成了哥布林的巢穴，麻煩幫我們驅除。
有些地方的家畜與農作物已經受到損害，有的地方還沒。
有的地方已經有人被擄走，有的地方還沒。
哥布林殺手把報告中提到有女性被擄走的委託書，在整疊文件上重新排好。
已經有冒險者前往處理的部分，則挪到底下；損害尚輕微的則放到中間。
總共應該有十件左右，他卻若無其事地說：

「我照這個順序繞一遍。」

「好的，我明白了。請您千萬要小心喔！啊，還有藥水（Potion）之類的……」

「要。」

哥布林殺手朝背後的同伴們瞥了一眼。五，不，加上備用的就是六。

「治療（Heal）、解毒劑（Antidote）、活力（Stamina）。各六瓶。」

「好的！」

他從雜物袋裡取出十八枚金幣，排到櫃檯上，櫃檯小姐便雀躍地拿出貨品。

為了剿滅哥布林，準備十八瓶藥水！

遠觀的新人們之間的交頭接耳聲，就像漣漪重合在一起似的愈來愈大聲。

也不知道該說是謹慎還是膽小，總之實在太離譜。

甚至也有人露骨地嘲笑，但想來這嘲笑當中也帶著嫉妒。

畢竟他們之中的大多數，都由於購置了像樣的武具，資金已所剩無幾。

未必還買得起一瓶藥水。當然若是全團隊的錢包合計，那又是另一回事。

但他卻買了十八瓶。不只是一人一瓶，甚至還多買了一套備品！

看到他就像炫耀似的，若無其事地用這種方式購物，相信旁觀者也不免覺得不是滋味。

「呃，好的，這樣就是十八瓶……吧。麻煩您點一下！」

「好。」

「那麼，路上小心！」

只是哥布林殺手根本就不放在心上。

§

他在櫃檯小姐面帶笑容地目送下走回來後，所做的第一件事，就是拿出麻繩。

他在長椅上重重坐下，接著把十八瓶小藥瓶排開。

他先從三種不同顏色的藥瓶中，拿出治療藥水，用麻繩打結。

接著，在解毒劑上則不只打結，還另外各多打了一個結。

然後在活力藥水上，又再各多打一個節，也就是三個結。

他把麻繩纏繞上去，讓各種藥水瓶上打出不同的繩結數。

──以前都沒看他做過這樣的工程呢。

妖精弓手看得津津有味，搖動長耳朵，眼神發亮地湊過去看他手邊。

「欸，歐爾克博格？你在做什麼？」

「這陣子，經常在危急的情形下喝藥水。」

哥布林殺手對飄來的森林香氣也若無其事，機械式地持續動手幹活兒。

「我要讓這些藥水用摸的也不會弄錯。」

「啊，我來幫忙！」

「麻煩妳。」

女神官殷勤地自告奮勇，哥布林殺手起身，讓了個位子給她。

她讓平坦的屁股坐到他讓出的空位上，開始細心地綁起繩結。

相較之下，妖精弓手則說聲：「我要了！」擅自拿走了已經綁好的一組三瓶。

「長耳丫頭，我說妳喔。」礦人道士嘆了口氣。「難道就不能多少客氣一下？」

「哎呀，怎麼了嗎？」妖精弓手一臉不在乎的表情搖動長耳朵。「我可沒礦人那麼愛占便宜喔？」

她一副理所當然的模樣，把從錢包拿出來的三枚金幣，用手指彈到長椅上。

「唔。」礦人道士被她搶先一步，也同樣把三枚金幣排上長椅。

「其實不必。」

哥布林殺手的目光——嚴格說來是鐵盔——仍然朝向手邊，簡短地說了。

「這可不成。」礦人道士堅決地搖頭。「愈是自己人，錢和物資愈要算個清楚。」

「是嗎。」

「不過，你還真的是很會想各種花招啊。」

「這類花招很有效。」

「啊，我綁完也會付錢。」

「……嗯。」

「來，貧僧也……」

蜥蜴僧侶從置物包拿出金幣放到椅子上的同時，發生了一件略顯奇異的事。

「請、請問……」

沒錯，有人以看似有所顧慮的態度，對這支團隊說話了。

蜥蜴僧侶一看，是名看上去就初出茅廬、一身嶄新裝備的戰士。

那是個個子很小的少女——從她那微尖的耳朵就知道，是草原民族——圃人（Rare）。

她穿著一身全新的裝備，修長的腳上套著無底襪，但仍不失圃人本色，腳踝以下都是赤裸。

圃人少女神情緊張，她的一群夥伴則在背後戰戰兢兢地窺看。

她的目光在這支團隊成員身上掃過一圈，想找個最好搭訕的對象開口，卻莫名地找上了蜥蜴僧侶。

「請問，各位，在做什麼呢？」

「唔。」

蜥蜴僧侶似乎想表現出親和力，慢慢瞇起了眼睛。少女嚇了一跳。

「我們是在把這藥水啊……」

他用長了鱗片的手指，輕輕拎起瓶子。水聲噗通地響起，是治療藥水。

「做上記號，以免緊急取用時不慎出錯。」

「做記號……」

「畢竟，並非每次要用到時，都有空逐一瞧個清楚吶。」

啊啊，原來如此——少女露出佩服的表情，連連點頭。

「話說在前。」

哥布林殺手看也不看她一眼，低聲補充。

「所有東西都做記號，也會記不住。」

「啊……討、討厭啦。我才不會做這種事情呢……哈哈。」

少女表情一僵，一副就是想把所有東西都做上記號再說的樣子。

妖精弓手發出鈴鐺般的笑聲，讓她立刻紅了臉，低下頭。

「最好只挑緊急時會用到的東西。還有……」

哥布林殺手把最後一組，也就是自己的一份綁好後，依序收進雜物袋。

他仔細選好一個不會不小心壓破的位置，鬆了口氣。

「小心哥布林。一開始接些驅除老鼠的就好。」

「咦？啊，好、好的……懂了，我明白了！」

聽他這麼一說，少女連連鞠躬道謝，急急忙忙跑回同伴們身邊。

© Noboru Kannatuki

從他們立刻圍成一圈竊竊私語的情形看來，同伴間的關係似乎不壞。

接著更分成兩組，分別負責綁繩結與確認委託的工作，也顯得很有默契。

「信步白堊的偉大聖羊啊，請引導他們，走向永世流傳的鬥爭功勳之一端。」

蜥蜴僧侶以奇怪的手勢合掌，為他們祈求武勳、功業，以及光榮的死法。

有的冒險者愛說人閒話，也有的冒險者為了活下去，貪婪地努力收集知識。

沒有哪一種比較好或比較不好。也沒有哪一方對，哪一方錯。

不是聽別人的話就會成功，不聽別人的話也未必會失敗。

然而，可是——啊啊。

「但願他們能活下來吶。」

「……天曉得。」

哥布林殺手的回答，像是努力擠出來的。

即使只是驅除老鼠，會死的時候就是會死。

即使順利成功，隨著等級陸續上升，委託內容的威脅度也會愈來愈高。

若是安全，就稱不上冒險。

哥布林殺手把綁完的備用藥水也收進雜物袋後，慢慢站起。

「啊，哥布林殺手先生，錢在這裡。」

「……好。」

女神官立刻站起，翻找行李一陣，拿出金幣給他，而他收下了。

接著說聲「剛接的」，將整疊委託書交給她。

「哇……」

從文件的厚度，猜得出剩下的所有剿滅哥布林的委託都被他包了。

女神官為了忍住浮上來的笑意，盡力將注意力放到文件內容上。

——真是的，還叫別人一開始接驅除老鼠就好呢！

就算他們想小心，根本也已經沒有剿滅哥布林的委託可以接了嘛。

雖然不明白他是否意識到這點，但是……啊啊，真受不了。

「怎麼樣。」

他的「怎麼樣」這句話，在這個情形下，是意味著「我要去，你們要去嗎？」

對於他這個不管講幾次都不會改的毛病，也已經不由得習慣了。

女神官刻意嘆了口氣，緩緩搖頭。

「哪有什麼怎麼樣，我們當然要去，所以才會在這裡啊？」

「唔……」

「而且，要是我們不管，你就會一個人跑去嘛。」

「反倒是歐爾克博格，你對周遭也太不放在心上了。」

妖精弓手感同身受地忿忿不平，呼吸都變得粗重。

「被他們亂說一通，你什麼感覺都沒有？」

「沒有。」

然而哥布林殺手的回答十分簡潔。他緩緩搖動鐵盔。

「再說我根本不清楚，他們到底對我有什麼期望。」

「你是嚙切丸嘛，那當然是期望你剿滅哥布林囉。」

「這還真錯不了。」

礦人道士用丹田發聲大笑，蜥蜴僧侶愉悅地用尾巴拍了拍哥布林殺手的背。

妖精弓手變得孤立無援，開始彆扭地撇過臉：「算了。」

女神官「別氣別氣」地安撫她，喘了一口氣後，她們開始忙碌地檢查行李。

——裝備沒問題，雜物沒問題，糧食沒問題。也別忘了帶上冒險者工具組。換洗衣物也帶了。

「嗯，我想應該沒問題。」

「那，我們上路。」

凡人(Hume)戰士、森人獵兵(Ranger)、礦人術師、凡人神官、蜥蜴人僧侶。

這五名無論職業、種族與性別都充滿多樣性的冒險者，就這麼離開了公會。

——冒險者團隊，一起旅行的夥伴。

女神官腦海中浮現出這幾個字眼，微微加快了步調。

即使走在喧囂之中，還是覺得有種奇妙的相連感。

就在這時……

「喂，別擋路！小心受傷啊！」

「呀！」

一名少年頂開女神官，從他們身旁溜過。

他一身長外套翻飛，手上拿著大把的杖——會是魔法師嗎？

女神官差點被撞個正著而腳步踉蹌，哥布林殺手伸手用力一拉。

「不、不好意思。」

「不會。」

女神官重新戴好帽子，哥布林殺手對此一副沒有興趣的模樣，往前邁步。

相較之下，忍無可忍的礦人道士則舉起拳頭，轉身用丹田發聲，朝少年大吼：

「小子，不會小心點嗎！」

「少囉嗦！是你們不該慢吞吞的擋路！小心我拿火球砸你們！」

少年一邊回罵，一邊更不停步，直衝進公會裡。

他直線飛奔而去的模樣，也的確像顆火球。

「真是的，這年頭的年輕人喔……」

「哇，礦人，你這說法很老氣耶。」

「只有妳沒資格說我。」

礦人道士半閉著眼睛，瞪了妖精弓手一眼。

不，嚴格說來，是瞪著她一身獵人裝束上平坦的胸口一眼。

「反倒是妳，就不能長出點符合年紀的東西嗎？鐵砧女。」

「你，你……！你、你這個酒桶！」

妖精弓手滿臉通紅，長耳倒豎，撲向礦人道士。

一如往常的熱鬧。看著眼前乒乒乓乓的打鬧，女神官瞇起了眼睛。

——可是……

女神官忽然轉身看向後方——看向冒險者公會。

即使隔著大批人潮，仍然看得清清楚楚的大型建築物。

「也罷，新人多了，總會有些或輕或重的叛逆分子……請問怎麼了嗎？」

「啊，沒有，什麼事都沒有……沒事。」

蜥蜴僧侶把脖子往下探過來，女神官趕緊搖手，又轉身朝向前方。

她往前走。跟上同伴的腳步。和同伴一起。可是。

那個氣喘吁吁飛奔而過的紅髮術師身影，總是頻頻在腦海中閃現。

——會覺得眼熟，是錯覺嗎？

§

「ＯＲＡＧＡＲＡＲＡ⁉」

「前方，哥布林七！然後剩下六！」

迴盪在洞窟內的哥布林慘叫聲中，參雜著一個堅毅而清新的喊聲。

妖精弓手奔跑在窄得氣悶又潮溼的通道內，射出瞄得精準的一箭。

接著整個冒險者團隊，從這個眼窩插了一枝箭而倒地的小鬼屍骨上一躍而過，繼續往前飛奔。

「好。」小聲回應的是哥布林殺手。

打頭陣的他，才剛反手握住右手劍，就高高舉起，毫不猶豫地往前方投擲出去。

「ＧＲＡＢ⁉」

「ＧＲＲＯＢ！ＧＲＡＲＢ！」

擲出的劍刃，埋進小鬼的咽喉。

拿著生鏽鐵劍的小鬼，在被自己的血溺斃的同胞身旁嘲笑。

那個冒險者是傻瓜。他丟掉武器是想做什麼？

哥布林朝著哥布林殺手舉著的火把亮出刀刃，發出叫聲撲了上去。

「GRAARBROOR！」

「哼。」

哥布林殺手用圓盾，擋住小鬼撲上來的一劍。

接著迅速改用右手握住火把，當成棍棒砸了下去。

「GRAB!?」

慘叫。粉碎的鼻梁穿進腦內的痛，以及顏面被火燒焦的痛。

這隻哥布林，就在這些遠比牠一生所帶給別人的痛苦要好得多的劇痛中，斷了氣。

「二、三。」

他踢倒斷氣的哥布林屍體，從倒在地上的屍體拔出劍，往前進。

剩下四隻，不——

「咿咿咿呀啊啊啊！」

蜥蜴僧侶從哥布林殺手身旁跑過，發出咆哮與祝禱。

同時以剛力揮動的牙刀，貪求血肉似的切割哥布林的身體。

這世上不可能有哥布林，能在咽喉被一刀割開後還能生存。

「GROAROROB!?」

「四。剩下三隻嗎。」

哥布林殺手把這隻交給蜥蜴僧侶解決，自己已經完成了搜敵。

他在通路前方的暗處，認出了被火把光線照出的朦朧反光。

他毫不猶豫，把小型圓盾舉到了面前。

緊接著有個物體伴隨著一聲乏力的弓弦聲，從黑暗中劃破空氣飛來。

同時左手傳來一陣像是被打的衝擊，讓哥布林殺手啐了一聲。

「GRORB！」

「GRAROROBR！」

不用看也知道。盾牌上插著一枝箭的箭身。

剩下兩枝箭之中，一枝從團隊頭頂飛過，一枝被蜥蜴僧侶擋住。

他們早已知道有小鬼弓兵躲在暗處。

若是弩兵就十分可怕，所幸這些小鬼用的是尋常的弓。

「嘖……！」

他對太晚警告的自己咂舌。

哥布林殺手一把抓住整枝箭，隨手拔出。

對於箭頭倒鉤會傷到自身裝備的情形完全不放在心上。

該留意的，反而是抹得箭頭黏答答的噁心汙液。

「有毒！」他說著扔開拔出來的箭。

「交給我！」

應聲的默契一拍即合。

妖精弓手已經彎弓搭箭，在清澈的弓弦聲中，射穿了小鬼弓兵的咽喉。

想用射擊對抗森人，簡直不知天高地厚。這樣就是五。

「六！」

不對，哥布林殺手早已飛快穿過洞窟，和剩下的哥布林交兵。

哥布林殺手朝著大吼的哥布林咽喉隨手挺劍一刺，要了牠的命。

他踢開屍體拔出劍，並用盾牌重擊從前方進逼而來的一隻，退往後方。

「喔喔喔喔喔喔！」

緊接著撲上來的蜥蜴僧侶，以牙刀加以屠戮，一共七隻小鬼屍橫遍地。

接下來好一陣子，昏暗又腥臭的洞窟中，只聽得見整隊五個人淺而粗重的呼吸聲。

「這、這樣就，暫時，結束了……嗎？」

「大概。」

哥布林殺手對喘著大氣調整呼吸的女神官點點頭，拋下了火把。

也因為他粗暴地使用這根火把，現在幾乎只剩餘燼。

雖說全隊有著多達三名能夠夜視的成員，但沒有光源當然不是好事。

「啊，哥布林殺手先生，這個……」

「不好意思。」

看到他翻找雜物袋，取出火把，女神官立刻準備好了打火石。

「不會。」女神官臉頰微微一鬆，手上擊出火花，確定火把起火後，鬆了一口氣。

像這樣鎮定下來，仔細看看四周，就發現……

令人氣悶的岩屋裡，充滿了血與臟腑的惡臭，參雜在小鬼巢穴特有的腐敗臭氣之中。

「嗚噁……」

雖說實在習慣了，但也不可能覺得舒適。妖精弓手捏著鼻子，皺起眉頭。

但她仍不忘一手持弓，擺動長耳朵警戒四周，確實不簡單，然而……

「我們已經下到很深的地方，所以也沒辦法啦，但還沒開始往上嗎？」

「怎麼辦？數目愈來愈多……」

他們的疲勞已經十分明顯。

女神官遞出水袋，妖精弓手說聲「謝謝」接過，老實不客氣地潤了潤喉嚨。

對這村莊附近河畔洞窟的挑戰，已經算是回程，但實在沒有過半的感覺。

至於這個問題的答案，已經逐漸朝他們接近。

「GROORORB！」

「GRAARB！GROB！GRORRB！」

從地底深處傳上來，迴盪在洞窟中的醜怪喊聲。

不知道這有如蟻巢般又深又密的地洞，是地獄，是深淵，還是迷宮。

哥布林無窮無盡地湧出。相信光是這個現象本身，就足以讓新進冒險者氣餒。

畢竟這幾個小時來，他們幾乎不眠不休。

先前數的六、七，只是現在遭遇到的小鬼數目。

這一趟解決的哥布林數目加起來，不會只有十幾二十隻。

「……還會，再來吧。」

女神官本來就白的皮膚變得更蒼白，臉上失去血色，用力咬緊了嘴唇。

她握住錫杖的雙手僵硬顫抖，產生一種令人懷疑是不是用力過度而黏在上頭似的錯覺。

「還行嗎。」

「可、可以……！」

聽哥布林殺手淡淡問起，她拚命點頭，出聲回答。

雖說即使她說不行，也不會有什麼改變……

但光是能讓他把自己當一回事，就讓她覺得心情輕鬆了些。

她吸氣，吐氣。勉力將僵硬得不聽使喚的手指張開，重新握住。

「還好委託是我們接了下來啊。」

蜥蜴僧侶一邊觀察，一邊揮去牙刀上的血。

一群哥布林猥瑣的腳步聲，已經逐漸逼近。

聲響在狹隘又昏暗的多條細小岔路中迴盪，彷彿籠罩住了這群冒險者。

「就不知道，這些小鬼還有多少隻。」

「……我想是不到三十。」妖精弓手搖了搖耳朵。「但也不會在十隻以下。」

「該當作二十嗎。就算驅除小鬼再如何初階，這也超過新人所能負荷的範圍了吧。」

相較之下，我方只有五個人。

蜥蜴僧侶「唔」的沉吟一聲，脖子轉向地洞深處，尾巴在地上一拍。

該不該叫出龍牙兵（Dragon Tooth Warrior），該不該動用法術，是個令人煩惱的問題。

「實在沒轍，這下可有點費事囉。」

礦人將背負的貨物——不。

是將背上那全身髒汙，滿是擦傷，連意識的沒有的少女放到牆邊，發起了牢騷。

「畢竟咱們還得保護這小姑娘才行啊。」

說是常有的事……也的確是常有的事。

然而這「常有的事」卻足以輕而易舉地破壞一個人的人生。

說穿了，事情的開端是這樣的。

哥布林開始在村外棲息。

年輕人有在小心提防，但一些外出採藥草或牧羊的村女，就被擄走了。

還請幫我們驅除這些哥布林……這就是委託的內容。

在這四方世界，無論去到哪兒，都會對這些小鬼造成的浩劫聽到不想再聽。

在哥布林殺手最先前往的河畔小村，是船家的女兒被擄走。

很難說這是幸運，還是不幸。

她每天撐著長篙讓船往返兩岸，身體練得比一些文弱的男人還結實。

所以才會飽受小鬼的暴虐凌辱，卻還有一口氣在，也還保有理智。

冒險者不會知道往後她要如何活下去，但他們的工作就是讓她活下去。

「再繼續增加，對地上的侵略也會更明目張膽。」

哥布林殺手的決定下得很簡潔。

「哥布林就該殺光。」

他不可能會有除此以外的答案。

沒錯，說是常有的事，也的確是常有的事。

至少對哥布林殺手而言是如此。

「你怎麼看。」

「貧僧認為，若是在狹窄的通道裡夾擊，數目多少就不成問題，只是……」

蜥蜴僧侶以深謀遠慮又嚴肅的聲音回答，然後用爪子在洞窟牆上抓出了痕跡。

土很軟。由於壓得很紮實，不至於崩塌，但要挖洞應該是輕而易舉。

「若這些小鬼挖穿牆壁夾擊，就有點棘手。還是換個地方妥當。」

「就這麼決定。」哥布林殺手一邊檢查自己的武器，一邊說道。「法術還有剩吧。」

「啊，有的。」

最先回答的是女神官。

「這次感覺會是長期抗戰，所以我的三次都還留著。」

「貧僧也才剛做出了龍牙刀(Sharp Claw)。」

所以剩下三次。哥布林殺手點頭回應蜥蜴僧侶的話，夠了。

「我呢——嗯，差不多還剩四次，只是……」

礦人道士掐指一一數著，然後看了看輕輕掛在肩上的包包，皺起了眉頭。

「……記得一共要跑十個地方沒錯吧？」

「說起來這種走法根本就有問題。」

哥布林殺手也不理會妖精弓手絮絮叨叨的抱怨，搖了搖頭。

「需要時間休息嗎。」

「倒也不是這樣。」

無論神職人員還是魔法師，要懇求神蹟，改寫世界運作的法則，都會劇烈消耗精力。

每天數次。除非是白金等級這種超人般的水準，否則這大概就是人的限度了。

因此，讓施法者得到充分的休息，對冒險者而言乃是致勝關鍵之一。

輕忽這點的人，就算死了也沒得抱怨——雖然即使小心留意，會死的時候還是會死。

哥布林殺手身旁的蜥蜴僧侶猜到怎麼回事似的，轉了轉眼珠子：

「是觸媒嗎？」

「沒錯。雖然能補給的時候我都會補給，不過魔法用的道具，可沒這麼容易找齊啊。」

「好。」

哥布林殺手用哥布林身上的破布，粗魯地擦去被脂肪弄鈍的刀刃。

只要能再砍個一兩隻就夠了。反正對方會自己把武器送上門。

不必在意。

「就用『隧道（Tunnel）』。那招應該不耗觸媒吧。」

「是沒錯。可是，為什麼要用『隧道』……等等，原來如此。」

礦人道士捻了捻白鬍鬚……未經太多思索就想到答案，讓他一張臉都皺了起來。

「……我是不是也被嚙切丸傳染了啊……喂，長鱗片的，來背我一下。」

「哈，原來啊原來。喏，只靠貧僧背夠嗎？」

礦人道士深深呼氣，叫來蜥蜴僧侶，爬到他背上。

然後從包包取出墨水壺與筆，開始以俐落的筆致，在天花板畫出紋路。

搞不懂狀況的是妖精弓手。

她狐疑地搖動長耳朵，低聲嗚嗚叫著，仰望礦人道士所畫的紋路。

搞不懂。「妳懂嗎？」她試著問問女神官。「這……」結果被含糊帶過。

「欸，歐爾克博格，告訴我你在想什麼啦。」

她決定乖乖將矛頭指向哥布林殺手，而他一如往常，無機質地淡淡回答：

「姑且還是先跟妳說。」

「說什麼？」

「這是緊急避難。」

「避什麼難？」

「人質也救出來了，沒有問題。」

說完，哥布林殺手就把一個物體拋向妖精弓手。

她的眼睛在昏暗的光線下仍然捕捉到這個物體，讓她輕而易舉地握在掌中。

「就讓妳見識**那玩意**正確的用途。」

妖精弓手睜大眼睛，歪頭納悶，一旁的女神官則「啊啊」死了心似的嘆了口氣。

「……就在想你會不會這樣。」

他交給妖精弓手的，是水中呼吸的戒指。

§

這對哥布林而言，也一樣是常有的事。

冒險者。

這些人每次都在牠們正暢快享樂的時候，大搖大擺闖進來。

這次是五個人。

巧的是裡頭足足有兩個女人，兩個都很年輕，而且其中一個還是森人。

雖然莫名地嗅不出氣味，但一旦親眼看到，就一目了然。

「ＧＲＡＯＲＢ！」

「ＯＲＧＡ！」

這些哥布林躲在洞底，胸中滿懷著齷齪的欲望，骯髒地相視而笑。

我們真的是太幸運了！有兩個女人。夠玩上好一陣子了。家人也會變多。

就有言語者之間的戰爭而言，有價值的階下囚或俘虜，是男性。

原因很簡單，當然是因為男性可以做為勞動力。

若是經由正當的戰爭而捉住的俘虜，就可以透過契約，讓對方忠實地為自己服務。

然而，對哥布林而言則不一樣。

畢竟男人這種生物，既危險，又愛生氣、動粗，很可怕。

就算砍掉手腳，丟進牢裡都無所謂，但這樣一來，之後也就只能拿來吃掉或當作玩具。

費這麼多工夫，卻是多麼的沒用？

從這點來看，女人，那些母的，又是如何呢？

光是讓她們懷孕，就能讓她們不再逃跑，而且就算她們掙扎，砍掉她們手腳也不會有什麼問題。

最重要的是，好玩。這很重要。而且同伴還會變多。這很不得了。玩膩了或玩死了，也只要吃掉就好。比起男人，她們是多麼方便？

「GROB！GROAR！」

「GROORB！」

這些小鬼一邊以種類繁雜而簡陋的工具，咒罵著挖開鬆軟的土，一邊竊竊私語。

那個瘦丫頭，只要輕輕整治幾下，一定很快就會安分下來。

森人的脾氣似乎就比較暴躁，可是只要折斷她一條腿……

不不不，砸碎她手指，讓她再也不能拉弓如何？這樣很好。

胖得圓滾滾的礦人可有得吃了。可以吃得飽飽的。

對蜥蜴人就把鱗片剝下來吧。只要用細繩串起來，就可以加強鎧甲。

骨頭、爪子、牙齒這些東西，也非常適合拿來做長槍。

然後那個穿鎧甲的傢伙，手上的劍、盾還有一切裝備，對哥布林而言都非常合用。

這些所謂的冒險者真是天真！

哥布林絲毫不曾想到牠們會輸。

數量就是哥布林的優勢。

而本能上就了解這點，也就是哥布林之所以是哥布林的原因了。

如果哥布林多少得到一點「深思熟慮」……

相信也就不會被人置之不理，老早就被滅絕了。

沒挖多久，土牆挖起來的感覺不同了。

仔細傾聽，還可以聽見一些小小的說話聲。

就是這裡。

這些哥布林你看看我，我看看你，互相點頭，露出猥瑣的笑容。

牠們各自拿起了各種也可以用於挖掘的簡陋武器。

大部分都是用骨頭、石塊或樹枝組合而成的東西，其中也有少數搶來的鏟子（Schop）。

事已至此，更不會有什麼策略。

趁同伴被殺的時候想辦法偷襲，拿他們來血祭。

這些冒險者似乎在打什麼主意，但他們想得美。

哥布林的腦子裡，已經選擇性地忘了牠們對船家女兒做了什麼。

我們二十幾名同伴被殺的這仇有多深，一定要讓這些冒險者知道！

他們蹂躪我們的巢穴，要給他們好看！

殘殺！強暴！搶奪！

「GOROROB！」

「GRAB!ORGRAAROB!」

整群哥布林大聲吼叫，鑿穿牆壁，跳進了通道。

牠們在咆哮聲中，有如巨浪一般地撲向冒險者——

「蠢貨。」

這一瞬間，從解放魔力的卷軸迸出的濁流，則化為真正的巨浪，吞沒了哥布林。

§

撼動地底似的低沉巨響中，白色的水柱往曠野上竄升。

不。

這立刻混在春日空氣中的潮汐芬芳，如實地述說著這水柱乃是海水。

這些海水，是從深得令人無法想像的深海海底，被**召喚**過來的。

透過「隧道」往地上竄升的潮流漩渦中，當然也有著這群冒險者的身影。

「呀啊啊啊啊啊!?不要不要不要不要啊!?」

「哈哈哈哈哈。不得了，這可實在是——」

妖精弓手驚聲尖叫地嚷個不停，一旁的蜥蜴僧侶則大呼痛快。

© Noboru Kannatuki

豎起長耳朵、緊閉雙眼的妖精弓手，毫無上森人該有的威嚴。

狼狽的模樣反而讓人懷疑她連尊嚴都漏光了……

「不過，也怪不得獵兵小姐。」

「你為什麼這麼冷靜！」

「因為貧僧一族和鳥禽為遠親，乃是我等從小到大就受的教誨。」

只是話說回來。

即使可以呼吸，一旦被這樣噴上去，肯定會受到傷害。

慈悲為懷的地母神，想必會一視同仁，致命（Critical）地承接萬物。

「要、要掉下去、要掉下去了啊！請快一點！」

身為地母神虔誠教徒的女神官，按住被風掀起的衣服下襬，由衷地祈求。

——我認為不能以神蹟讓大地變柔軟，是不公平的！

這種傲慢的念頭從腦海中閃過，但立刻就被呼嘯而過的風連著眼淚一起帶走。

「這就來咧！包在我身上！」

還好早有預料啊。

礦人道士不慌不忙，背著被哥布林俘虜的少女，在空中結起複雜的法印。

「『土精唷土精，放下桶子，慢慢放唷慢慢放』！」

結果如何呢？

眼看這群冒險者就要重重落在地上，卻開始像羽毛一樣輕輕飄舞。

這樣一來，自然能夠免於摔死，女神官鬆了一口氣。

「已、已經不要緊了唷？」

「不！不行！絕對不行！我不行，我說什麼也不睜開眼睛！」

或許是因為女神官呼喊起來，聲調也有些僵硬吧。

妖精弓手的耳朵與身體都連連發抖，用力閉著眼睛猛力搖頭。

「『降下（Falling Control）』本來是用來上升或下降用的啦。」

本來是從高處墜落，或是掉進地洞時施展。

「嚙切丸。你和我們組隊前，都是怎麼搞這招的？」

「固定身體，等淹水後，徒步脫身。」

「喂你這小子。」

「這次是因為沒有時間。」

即使被礦人道士半翻白眼瞪視，哥布林殺手仍不為所動。

過了一會兒，重力捕捉住這支團隊，引導他們慢慢回到地面。

噴出的海水讓四周一片泥濘，籠罩住這一帶的海潮味，醞釀出一種異樣的氣氛。

不知道要花幾年，才等得到這裡的鹽分消退，適合耕作？

「啊啊，真是的……果然得帶替換衣物的說。」

女神官一邊小心不被泥濘絆倒，一邊死心地嘆了口氣。

她拉起泡溼而貼在身上的衣服下襬，用力一擰。

雖然因而露出白嫩苗條的大腿，但有很多事情都該比羞恥心更優先。

「啊，不過，請不要看過來喔。」

「嗯。」

想當然，對於毫不意外看也沒看她一眼的哥布林殺手，她也不是全無怨言，可是……

「想也知道嘛。」女神官輕喃著，「嘿咻」一聲，開始脫去外衣。

畢竟這是海水。要是放著不管，鍊甲就會生鏽。

「啊、啊、受不了，這招禁用。我絕對，絕對不會再讓你用第二次……」

妖精弓手茫然若失地癱坐下來，女神官換衣服之際，視線朝她瞥了過去。

的確，她身上是沒有金屬類的裝備。

——那，應該就不要緊吧。

畢竟她尚未蒙地母神賜予鎮靜的神蹟，而且太依賴神蹟也不好。

如果放著不管，心情就會自然鎮定，那當然再好不過。

女神官極其乾脆地，決定讓妖精弓手晒乾。

畢竟是春天的陽光。相信很快就會沒事了。

「好了……」

說著轉頭一看，哥布林殺手又以自己的工作為優先了。

他是哥布林殺手，也就是說，殺哥布林就是他的工作。

「隧道」的效果開始消失，穿到地上的洞也漸漸合上。

相信海水很快就會轉而流向洞窟入口，把裡面的哥布林都沖出來吧。

這不是問題。

哥布林殺手重新握好即使在急流中都並未放開的劍。

他腳步踏得腳下泥水四濺，大刺刺地往前走。

前方有被捲入急流，和他們一起噴出來的幾隻哥布林倒在地上。

「哼。」

「ＯＲＧＡＲ!?」

一隻。哥布林殺手毫不猶豫地刺穿延髓。這隻小鬼發出慘叫，全身痙攣。

哥布林殺手順勢轉動刀刃一剜，等小鬼完全不動了，再拔出劍。

「喔喔？還活著嗎？」

「大概是**點數**不錯吧。」

不算稀奇。哥布林殺手對蜥蜴僧侶說完，默默地繼續進行作業。

尋找哥布林，用劍刺下去，確定死活，活著的話就等到牠們死。

很快地劍刃變鈍，哥布林殺手隨手一扔。

畢竟多得是武器。他隨便從一隻哥布林手上搶走棍棒，敲碎牠的頭蓋骨做為回禮。

大半的哥布林都死了。

但有一兩隻活著。

所謂的機率就是這麼回事，而哥布林殺手不打算放過漏網之魚。

「等她恢復理智，擦一擦裝備，就出發去下一站。」

「好唷。」

礦人道士大聲回答，說著拿出裝火酒的瓶子，拔去瓶塞。

「真是的，今天對那些小鬼而言，真是糟透的一天啊。」

來，長耳丫頭——他說著就把用來提神的火酒硬往她嘴裡罐，嗆得她又發出尖叫。

她耳朵倒豎，滿臉通紅，嚷嚷著找起礦人的碴來。

哥布林殺手完全無視於他們一如往常的吵吵鬧鬧，低聲說道：

「那也未必。」

第2章『紅髮少年魔法師』

「這個嘛，一個人再怎麼說都太勉強了吧……」

「為什麼？我可是知道喔。很久以前，第二位勇者不就曾孤身一人和魔王對決過嗎！」

「畢竟他是白金等級。如果可以，我還是希望您能組成團隊，或是加入現有的團隊……」

「找不到符合我標準的冒險者。」

「……嗯嗯～真傷腦筋。」

她站在人潮已經完全退去的公會櫃檯，揪起辮子轉著把玩。

天色早已全黑，看不見冒險者們的身影。

留下的不是就寢就是出去玩，出發冒險的更不用說了。

如今連公會裡的職員，也只剩她一個還待著。

本來像這種只等自己要的委託上門的冒險者少年，大可直接趕出去。

「……真沒辦法啊。」

自己為什麼就是這樣呢？

櫃檯小姐深深呼氣，站了起來。

「我去泡個茶。」

她一邊走向裡頭的茶水間，悄悄眨了眨一隻眼睛。

「因為我也一樣還在等。」

§

當哥布林殺手等人穿過邊境鎮的大門時，夜已經深了。

大道上已經沒有了燈光，也沒有往來的行人，只有雙月與星星做為照亮地上的燈火。

「……嗚、呀、啊，到、到了……？」

「對啊，到啦到啦。到了啊，長耳丫頭。」

「看這樣子，女神官小姐也不行了吶。」

「嗯……嗚嗚……」

眾人都是一副精疲力盡的模樣。

妖精弓手的耳朵軟軟垂下，光是撐起沉重的眼瞼就已經卯足全力。

至於女神官，更已經在蜥蜴僧侶背上打起盹來。

三名男士的臉上，都因為連日來的戰鬥而沾滿血、汗與泥土。他們對看一眼，點了點頭。

「可以交給你嗎？小鬼殺手兄。」

「嗯。也麻煩你了。」

「來唷。好啦，長耳丫頭，振作點啊。」

「嗚、嗚……好睏……睏……」

「那就先進了房間再睡。這裡可是大馬路上啊。」

妖精弓手用力揉著眼睛，礦人道士以矮小的身體，強行推著她的背往前走。

目標是公會二樓，做為旅館使用的區域。

很少有冒險者會準備自己的住處。若非有其他地方過夜，否則差不多都會在公會租用客房。

「那麼貧僧就此別過。」

「嗯。」

蜥蜴僧侶以奇妙的手勢合掌，哥布林殺手點頭回應。

他慢慢跟上先走一步的夥伴，寬廣的背上仍背著一個嬌小的姑娘。

「……嗚。各……位、晚……安……」

聽見她斷斷續續，咬字不清的小小說話聲，哥布林殺手晃了晃頭盔。

「唔。」

夥伴。

腦海中不經意地浮現出這個字眼，但他並不覺得排斥。

一群一年前不在這裡的人。一群沒想到會來往足足一年的人。

換做是以前的自己，會如何應對這次的這種狀況？

自己擁有的裝備、戰術、時間、資源。

要是沒有他們在。

就只是有沒有他們存在，哥布林殺手的選擇就會因此多得可怕，又或者是少得可怕。

竟然如此不同？

他一邊轉著這樣的念頭，一邊推開了公會的彈簧門。

「唔……」

感覺不對勁。

燈光。

應該已經沒有職員還留著。但他仍然進到裡頭，是為了完成報告。

——哥布林嗎？

哥布林殺手半反射地，一把抓住先前塞進鞘內的柴刀。

他放低姿勢，以滑步慢慢踏進公會。背後的門搖動著，緩緩關上。

這樣的舉動也許滑稽，但他一點都不認為這有什麼滑稽。

又有誰能夠保證，鎮上不會出現哥布林呢？

哥布林殺手的視線，忽然掃向等候室的長椅。

因為他覺得有個縮成一團橫在上面的影子，微微動了動。

不。

不是錯覺。

這個影子就像蓋上毯子的人，微微扭動。

哥布林殺手踏出一步，地板發出咿呀聲。

「……唔、唔，嗯？」

結果這個人影掀開毯子，慢慢起身。

這人用力揉揉眼睛，小小打了個呵欠，是個紅髮的少年。

他起身時一碰，豎在椅子旁的杖倒到了地上。

「……姊、姊……還，可以睡……啦……嗚？」

少年眨了眨惺忪的睡眼，注視站在眼前的人物。

他睜大的雙眼，看見的是黑暗中哥布林殺手的身影。

一個沾滿血、泥土，穿戴廉價的鐵盔、髒汙的皮甲，手持生鏽柴刀的男子身影。

「嗚。」

少年的嘴當場僵住，抽搐似的一歪，然後……

「哇啊啊啊啊啊啊!?」

「唔……」

——怎麼，原來不是哥布林嗎。

聽見迴盪在室內的叫聲，哥布林殺手有了這樣的念頭。

「呀啊!?」

就在同時，櫃檯的方向傳來這麼一聲可愛的尖叫，以及椅子搖晃的聲響。

轉頭一看，櫃檯小姐正整個人跳起來。

「咦、啊、啊、哥、哥布林殺手先生!?我沒睡喔，我真的沒睡喔！」

她手忙腳亂地整理頭髮，再整理微微弄亂的制服，臉頰飛紅地搖了搖頭。

然後輕聲清了清嗓子，不是用平常那種像是貼上去的笑容，而是自然而然地露出微笑。

「呃，您辛苦了。」

哥布林殺手放鬆僵硬的手指，手從柴刀上拿開。

§

哥布林殺手接過她不碰出任何聲響而送上的紅茶杯，隨手一仰而盡。

這種喝法根本喝不出滋味，但櫃檯小姐笑咪咪地瞇起了眼睛。

她以熟練的動作整理文件，削好羽毛筆筆尖，打開墨水瓶，準備吸墨器。

「那麼，情形如何呢？這次連數目也變多了吧？」

「對。」

哥布林殺手點頭回答。

「有哥布林。」

「多少隻呢？」櫃檯小姐的筆在紙上劃過。「啊，麻煩一件一件說。」

「第一件是三十四隻。」

對話中斷了。

櫃檯小姐停筆抬頭，哥布林殺手便低聲補上：

「再加上不到十隻。」

「不到十隻。」

「我們闖進去，救出俘虜，水淹洞窟。確認過屍體的有三十四隻，剩下的應該不到十隻。」

「啊啊……」

嘻嘻。櫃檯小姐臉頰鬆動，露出笑容。

不像是死心，更像是一種——拿他沒轍。

對於他這種一如往常的模樣，她甚至顯得有些欣喜。

「第二件如何呢？」

「有哥布林。」他說了。「數目是二十又三隻……」

差不多都是這個感覺。

平淡地述說剿滅哥布林的結果。

水淹、火攻、活埋、又或者是淡淡地闖進去殲滅。

投擲、刺出、搶奪、更換武器，塞進事先準備好的裝備中。

「……」

少年雖然撇開臉，似乎卻很專心地聽著這一切。

他的年紀大約十五歲左右。

一頭火焰般的紅髮剪得整整齊齊，披著的外套也是全新的。

杖上並未鑲上代表畢業的寶石，所以想必是中途輟學的魔法師吧。

他擺出一副不感興趣的模樣，忽然想到什麼似的，開始翻找行李。

接著拿出的是一本小小的冊子，以及夾起木炭而成的鉛筆。

大概是想抄筆記吧，非常有學生的樣子。

但哥布林殺手見狀，立刻說道：

「別抄。」

「!?」

少年魔法師渾身一震。

但他似乎不甘心，以十分不服氣的視線看向哥布林殺手：

「怎樣啦？哥布林還能有什麼大不了的？為防萬一，做個預習有什麼——」

「不好。」

少年像隻吠叫的幼犬，而回答他的則是個平淡而無機質，冰冷且低沉的嗓音。

「一旦筆記被哥布林搶走，就**麻煩**了。」

即使在昏暗的油燈燈光下，也能清楚看出少年太陽穴顫動，臉部表情抽搐。

「你是說我會輸給哥布林!?」

「很有可能。」

「你說什麼!?」

少年忍不住起身逼問，哥布林殺手嫌麻煩似的把頭盔轉向他。

——是時候了吧？

櫃檯小姐苦笑著，用手指輕輕朝少年的杯子一指。

「茶，要再來一杯嗎？」

「啊，不，呃……」

少年被她這麼一問，尷尬地搔了搔臉頰。

「沒……沒有不要啦。」

「好好好。」

櫃檯小姐把冒著熱汽的淡紅色茶水倒進杯子裡。

少年一直看著她倒茶的模樣，終究露出了十五歲這年紀的少年會有的表情。

——也是啦，畢竟都來當冒險者了。

是為了夢想或希望？為了金錢或名譽？總會有足夠的理由，也會有逞強跟要面子的一面。

櫃檯小姐幫少年倒了茶，順勢幫哥布林殺手那已經空了的茶杯也斟滿。

「不好意思。」

「哪裡♪您這是客氣什麼呢。」

她笑咪咪的表情，讓少年魔法師連連眨眼。

剛才她迎接這個一身盔甲的奇妙冒險者時也是這樣。

雖然不會形容，但和自己來申請註冊時的笑容，就是有種決定性的差異。

他吞了吞口水，戰戰兢兢地，對這個一身盔甲的奇妙冒險者開口：

「你就是……大家說的……哥布林殺手嗎？」

「有人這麼叫我。」

哥布林殺手點點頭，少年魔法師更是整個人朝他探過去。

眼鏡底下閃著綠色光輝的眼睛睜得更大，照出了對方的身影。

緊張、昂揚、興奮、期待，以及不安。

他以參雜著這所有情緒的表情與聲音，說道：

「那，教我怎麼殺哥布林！」

「不行。」

哥布林殺手拒絕得斬釘截鐵。

「為什麼!?」

「在有人教之前都不採取行動，就算教了，也不會有什麼兩樣。」

「這……」

哥布林殺手簡潔地說完，喝了櫃檯小姐剛幫他倒的紅茶。

一口飲盡。

然後喀啦一聲放下茶杯，轉身面向櫃檯小姐。

對發呆的少年看也不看一眼，接過櫃檯小姐遞出的文件。

報告書已經完成，之後只等哥布林殺手簽名。

哥布林殺手拿起尖筆，簽上自己的名字。

然後緩緩一歪頭。

她為什麼會在公會裡待到這麼晚？

他花了兩、三秒的時間，才得出結論。

「抱歉。幫了大忙。」

「哪裡哪裡。每次都辛苦您了，啊，酬勞……」

「均分，只先拿我的。」

「好的。」

櫃檯小姐以絲毫不顯睡意與疲倦的雀躍模樣，轉過身去。

她打開金庫，拿出裝滿貨幣的袋子，用天秤秤重。

哥布林殺手看著她背上跳動的辮子，說了聲「啊啊」。

「前次有支剛註冊的冒險者團隊。」

哥布林殺手說完想了想，補上一句：

「有圃人丫頭的那支。」

「您是指他們啊？」

呵呵。櫃檯小姐的唇透出一絲輕笑，還好藏得住表情，她心想。

「不用擔心。他們去驅除老鼠的時候，似乎被咬了一下，但他們有帶解毒藥。」

「是嗎。」

「你放心了？」

「嗯。」

她開開心心地轉過身來，用托盤乘著皮袋，放到哥布林殺手面前。

他也不點清裡面裝的貨幣，一把拿起來，袋子就發出沉重的沙沙聲。是金幣。

驅除哥布林一次的酬勞很少，再分成五等分，就會更少。

但如果做了十次呢？

單純算下來，可以得到相當於獨自完成兩次哥布林任務的酬勞。

那是在邊境的各村莊裡生活的村民，流著汗水拚命工作而籌措出來的金額——的兩倍。

哥布林殺手把袋子塞進雜物袋，用下巴指了指。

「誰？」

「是個才剛註冊成為冒險者的孩子。」

「為什麼會在這。」

「這個嘛，因為……」

她悄悄環顧四周，然後將上半身探到櫃檯上。

就像要講悄悄話似的，把嘴唇湊向鐵盔。胸口的制服受到來自內側的壓迫，微微變形。

「他說想剿滅哥布林，除此之外的工作都不想接……」

「團隊呢？」

辮子左右搖動。

「似乎沒有。」

「離譜。」

櫃檯小姐露出一種難以言喻、耐人尋味的表情。

這話由你來講對嗎？她微微瞪了他一眼，揉揉眉心，呼氣。

「怎麼辦呢？哥布林殺手先生。」

「……唔。」

被她以溺水的人抓住浮木似的示弱眼神這麼一說，哥布林殺手低聲悶哼。

公會內靜悄悄的。

微微的呼吸聲與衣物聲，鎧甲摩擦聲，油燈的燈芯慢慢燃燒的聲響。

天花板傳來些許木頭地板的咿呀聲，就不知道是因為先前的尖叫而醒來，還是在熬夜。

不管怎麼說，打擾冒險者休息，若非十萬火急，就是愚蠢至極。

「喂。」

被哥布林殺手叫到，原本低著頭的少年嚇了一跳地抬起頭。

「有房間住嗎。」

「呃……」

少年似乎猶豫著該怎麼回答。

一張嘴張開又閉上，閉上又張開，反覆一陣子，然後把滑下來的眼鏡推上去。

哥布林殺手等他回答。

「……用不著你管吧？」

「是嗎。」

哥布林殺手對這鬧脾氣似的回答只應了一聲，然後看向櫃檯小姐。

她朝上一指，接著用手指比個交叉，搖了搖頭。

意思非常清楚。

「沒房間住嗎。」

「……」

「現在是春天，感冒倒不至於……」

哥布林殺手起身。

他大剌剌地踏出腳步，少年不由得讓視線追過去。

但哥布林殺手對他看也不看一眼，推開了彈簧門。

「跟我來。」

粗魯的一句話。

哥布林殺手只留下這句話，身影朝夜晚的鎮上離去。

少年被丟了下來。

他手忙腳亂地看看門，又看看櫃檯小姐，然後立刻衝向門口。

「喂、喂，等一下啦！你擅自作什麼主……！」

喊完立刻停下腳步，轉過身去，朝櫃檯小姐微微一低頭。

「……茶，謝囉。」

接著再度開始奔跑。彈簧門大聲咿呀作響，讓春風吹了進來。

「……呼。」

櫃檯小姐也悄悄鬆了一口氣站起。

她整理文件，仔細收好，檢查金庫是否關緊，以及是否上鎖。

雖說一樓靠內側的酒館與二樓旅館的管理員都在，但她就是最後一個留下的職員。

雖然今天加班加到晚得不得了，她卻一點都不想抱怨。

拿起為了在春天穿而帶出門的薄外套，把公私兩方面的東西都收進包包。

「我果然，實實在在地受到了您的影響呢。」

櫃檯小姐嘻嘻一聲輕笑，親吻似的吹熄了油燈的火。

§

穿過門一看，眼前就像一片海洋。

草原隨風起浪，天上有星星，以及雙月。

「……哼。」

哥布林殺手用一隻眼睛仰望綠色月亮，隨即邁出步伐。

少年踩著啪噠作響的腳步聲跟上。

「你、你是怎樣啦，喂。你到底要帶我到哪去……！」

「來了就知道。」

憑少年那有點破嗓——就不知道是出於緊張還是恐懼——的聲音，問不出任何結果。

哥布林殺手看也不看旁邊一眼，踩著大剌剌的腳步，在道路上直線前進。

雖說有星光，又是大道，但也真虧他可以這麼毫不猶豫。

少年一邊發著悶氣，一邊被腳下的小石子絆了幾次，忍不住罵出聲來。

沒過多久，就漸漸看得到了。

若說這曠野是海，前方的就是燈塔。

遠方微弱的光芒，漸漸地，一點一點地靠近。

同時光芒周圍的事物輪廓，也逐漸變得隱約可見。

小小的門。狀似用木頭搭成的柵欄。幾棟建築物的幢幢黑影。

少年眨著已經習慣夜色的眼睛，耳裡微微聽見牛的叫聲。

「牧……場……？」

「不然還像什麼。」

「不，可是，照剛剛那個情形，當然會覺得要去旅館吧？」

「不是旅館。」

哥布林殺手簡短地這麼說，毫不猶豫地推開了柵門。

老舊的木栓碰撞出聲。就在這時……

「啊！回來了！」

忽然傳來一陣讓人以為黑夜中升起了太陽的喊聲。

「唔喔……!?」

少年全身一震，轉頭想找出出聲的人。

是個少女。

也不知道是從哪兒跑來的，是個工作服底下有著肉感肢體的少女。

牧牛妹親暱地碰著哥布林殺手的肩膀，舒了一口氣。

「歡迎回來。」

「嗯。」

哥布林殺手點點頭。

「我回來了。」

光是聽見他這句話，牧牛妹就覺得耀眼似的瞇起眼睛，點頭回了句「嗯」。

「這次花了好久呢。怎麼樣？有沒有受傷還是別的？」

「有哥布林。除此之外都沒問題。」

哥布林殺手說完，頭盔微微一歪。

「妳還沒睡。」

「哼哼，這幾天的我，是熬夜妹。」

牧牛妹得意挺起的胸膛微微搖動，少年忍不住吞了吞口水。

「唔喔，好大……」

「嗯？」

他太大意了。

牧牛妹耳朵很靈，捕捉到了少年的自言自語，輕巧地彎下腰去打量他。

「這孩子，是誰啊？」

「嗚、喔……」

少年整個人往後仰，坐倒在地。他臉頰火熱，一張嘴開開閉閉的。

「我、我是，我是，冒、冒險者！」

年紀比他大的女性臉孔逼近。甜甜的汁水味，參雜著些微的乾草香氣。

「新人。」

哥布林殺手淡淡地替這個連名字也說不出來的少年回答。

「似乎沒有地方過夜。」

「哎呀，是這樣嗎？」

牧牛妹不知在高興什麼，連連點頭說著：「是嗎是嗎」，似乎很快就猜到怎麼回事。

「我無所謂喔。」

她說得若無其事，哥布林殺手回了句「抱歉」低下頭。

「麻煩妳了。」

「不要緊啦。再說這也很像是你會做的事情嘛？」

「我想跟妳舅舅也說一聲。他還醒著嗎。」

「大概吧。」

「是嗎。」

哥布林殺手從輕輕揮手的她身旁穿過，大剌剌走進屋內。

不，或許應該說是回到家。

少年被丟了下來。他好幾次看看牧牛妹，又看看牧場的門。

「……妳誰啊？他老婆嗎？」

「對呀？」

她回答得若無其事，背後傳來短短一聲「不是」。

牧牛妹心想原來他聽見了，輕輕伸出舌頭笑了笑，少年以狐疑的眼神看著她。

「那妳是怎樣啦……」

「你不懂？」牧牛妹輕聲一笑。「意思就是說，他想讓你在這裡過夜。」

「不，這也太莫名其妙。」

「別說了別說了。來，進去吧。」

「住手，喂，放開我！」

「來來來，別掙扎。」

新手魔法師（Novice Mage），對上老練的農家（Veteran Farmer）。

力氣自然是比都沒得比。

§

「不行。」

何況是年資更凌駕在她之上的農家。

主屋的餐廳裡，牧場主人來到餐桌前就座，一句話就駁回了房客的請求。

正對面坐著哥布林殺手，他的兩側則坐著紅髮少年與主人的外甥女。

最先提出反駁的，是噘起嘴的牧牛妹。

「咦咦？有什麼關係嘛？舅舅。就讓他住個一晚嘛。」

「妳喔……」

牧場主人晒黑的臉上皺起眉頭，看向這個太缺乏危機意識的外甥女。

還當自己是小孩子嗎……不。

她早就失去了童年時代。牧場主人深深嘆了口氣。

「……妳要知道，剛註冊的冒險者，就和路邊的遊民沒什麼兩樣喔？」

「這……！」

對此反應劇烈的是少年。

他拍桌子拍得餐具應聲彈起，探出上半身逼問。

「開什麼玩笑！你說我和路上的混混沒兩樣？」

「閉嘴。」

就只這麼一喝。

低沉的嗓音中沒有抑揚頓挫，十分平靜，但就是有種幾乎把人壓垮的迫力。

是否經歷過生死關頭這種事，相較之下根本不值一提。

這個男人日日掛心天與地的狀態，為家人著想，一心一意揮動農具。

這些歲月自然有其重量。

「嗚……」

少年忍不住倒抽一口氣。牧場主人用看著烏鴉或狐狸似的眼神，白了他一眼。

「就是擺出這種態度，才會讓人不願、也無法信任你。」

冒險者制度，冒險者公會的目的，正在於此。

所謂冒險者，就是一群遊民。所以要給予他們信用，同時避免他們走上犯罪之路，維持治安。

即使驅除怪物才是主要目的，但這個制度對於統整露宿街頭的遊民，想必也非常有效。

雖然也有些貧嘴的人說這是為了少幾張嘴吃閒飯……

至少，只要這些人不觸法、正當賺錢，也得到名聲，那就沒什麼好抱怨。

冒險者和其他職業不同，雖然危險，但努力也容易換來成果。

那麼——初出茅廬的新人，十個等級中最低階的白瓷等級，又是如何？

實實在在是免談。

他們才正要開始爭取信用，現階段還不值得相信，反而是理所當然。

當然了，既然身為冒險者，也就不至於像一般遊民一樣被當成罪犯看待。

這種時候更需要靠禮節，乃是為人處世的道理。

既然當事人是這種血氣方剛的年輕人，也就難怪會得不到信任。

何況……

「我們家可是有年輕姑娘。有個萬一該怎麼辦？」

「舅舅，你太會操心了啦……」

「妳也閉嘴。」

被他這麼一說，牧牛妹含糊地把話吞回嘴裡。

可是啊，你想想嘛——這幾句小聲的自言自語，牧場主人全不當一回事。

「……那麼。」

改由哥布林殺手開口。

他隨手指向窗外，外頭有間被夜色抹黑的小木屋。

是他跟牧場租用的老舊倉庫。

「讓他住我租的倉庫如何呢。」

「……要是這孩子」牧場主人朝外甥女一指。「出了什麼事，你有辦法負責嗎？」

不。哥布林殺手緩緩搖頭，接著斬釘截鐵地說了：

「所以我不睡，看管他。」

牧場主人咬緊的牙關發出咒罵似的聲響。

實在是，讓人連話都說不出來。

這個人——這個可悲的、精神脫韁的青年，這些年來看到了些什麼，又做了些什麼。

牧場主人不會不知道。

牧牛妹輕輕碰上他忍不住用力握緊的拳頭，小聲說道：

「……舅舅。」

「…………好吧。隨便你。」

他終於讓步了。

他不能不讓步。

不是把這個少年扔出去餐風露宿，就是逼這個精疲力盡的青年不睡覺看管少年。

牧場主人並非傲慢到能夠從這兩個答案中選擇一個。

他把雙手從外甥女手上拿開，交握在一起，祈禱似的按在額頭上。

「……相對的，你要好好睡覺。」

「對不起。」

「不要道歉。冒險者明明就是靠身體當本錢的吧。」

「是。謝謝您的關心。」

哥布林殺手乖乖點頭。

牧場主人不會因為他道歉或道謝就高興，這點他再清楚不過。

但他不想因此就不道謝、不感謝，變成一個忘恩負義的人。

「……啊啊，對了。」

正因如此，哥布林殺手翻找雜物袋，抓起一只金幣袋，放到桌上。

這一放之下碰出了沉重的沙沙聲，塞滿袋子的金幣倒了出來。

「這是這個月的份。」

「……唉。」

錢是一種最簡單明瞭的指標。遠比單純訴諸他人的善意要來得有誠意。

然而對於用錢解決事情的態度，應該給予肯定嗎？

牧場主人得不出解答，嘆了口氣，抓起了金幣袋。

哥布林殺手見狀，說了聲：「就這樣」，隨即離席。

「走了。」

「啊，喔、喔喔。」

這句話不容分說，少年不由自主地乖乖點頭，從後跟去。

牧牛妹也跟著起身，用力拉扯哥布林殺手的袖子。

「啊，對了對了，明天你要怎麼辦？」

「看委託。但才剛回來，他們應該打算休息。」

「我問的是你耶。」

真是的。牧牛妹早已習慣，只搔了搔臉頰，並不繼續追問。

她喃喃說了句「算了，沒關係啦」，瞇起眼睛，放開他的袖子。

然後手放到腰間輕輕揮動。

「早餐我會準備好。晚安囉。」

「嗯。」哥布林殺手點點頭。「晚安。」

哥布林殺手打開門，和少年一起走出去。

倉庫位於牧場後頭，雖然老舊，但修繕得很好。

「所以，結果他們到底是怎樣？」

「什麼怎樣。」

看完哥布林殺手帶他去的倉庫內部情形後，紅髮少年不服氣地開口了。

油燈沾滿煤灰，橙色燈光照亮的室內雜亂得有些詭異。

四周的架子上塞滿各種看都不曾看過的破銅爛鐵，藥水味混在塵埃中飄來。

少年隱約覺得，和學院導師們的房間很像。這讓他非常不中意。

要說不滿，哥布林殺手指給他當床的稻草堆，也很讓他討厭。

他發牢騷地問說這是要怎麼睡，哥布林殺手就回答「鋪上外套」。

少年嘀咕著「這樣不是會沾滿稻草嗎」，但仍乖乖照做。

「既然不是老婆，那應該就不算你家人吧？」

「……也對。」

整個人往稻草堆上一躺，發現比想像中更柔軟。

少年吃驚地「喔」了一聲，哥布林殺手便在他正對面的門前大剌剌坐下。

「對方怎麼想，我就不知道了。」

「什麼啊。」

「從以前就認識的人。一家之主，以及他外甥女。客觀來看，就是這麼回事。」

哥布林殺手只說到這，便不再開口。

少年從稻草堆上瞪著他，但隔著鐵盔，連他臉上有著什麼樣的表情都看不出來。

少年乾脆改看天花板，接著翻身盯向貨架，打量排列在架子上的各種物品。

這些琳琅滿目的東西，到底是要怎麼用，少年根本無從想像。

過了一會兒，少年又翻了個身，看著姿勢和先前一模一樣的他，呼了一口氣。

「……你不睡嗎？」

回答的聲音非常小。

「我睜著一隻眼睛也睡得著。」

「真是。要別人留下來過夜，卻連你自己都懷疑我喔？」

「不。」

哥布林殺手的頭盔微微晃動。少年注意到他是在搖頭。

「是為了防範哥布林來襲。」

「啥？」

「畢竟我和他們分開睡。若無法立即行動就傷腦筋了。」

「……這是怎樣啦？」

「你如果想殺哥布林，至少得做到這地步。」

然而少年沉默了一會兒後，翻身過去仰躺。

他的視野中，有著從天花板垂下的油燈，被風吹得咿呀作響，但仍亮著燈火。

即使瞇起眼睛，闔上眼瞼，還是會看到微微的橙色光芒。雖然油燈明明沒有那麼強的光。

少年從正下方瞪著火焰，過了一會兒，噘起了嘴脣。

「……根本就用不著這樣吧。」

「是嗎。」

哥布林殺手回答。

「你這麼認為，也無所謂。」

「……」

「睡吧。明天我送你去公會。」

說完這個穿著盔甲不脫的奇妙冒險者，就不再說話了。

——這傢伙到底在想什麼？

少年狐疑地斜眼瞪著他那髒汙的頭盔，思索起來。

自己是受情勢所迫，陰錯陽差來到這裡，但怎麼想都覺得不對勁。

他為什麼會讓一個素未謀面的新進冒險者，在自己的房間過夜？

還不惜說服那兩個搞不清楚到底是不是老婆和岳父的人？

如果說自己是個沒見過世面的貴族，有著大筆積蓄，又或者是女人，那還可以理解。

但讓少年過夜，對他應該一點好處也沒有吧。

又或者是傳聞中會伺機圍毆新人，把新人全身上下搜刮殆盡的那種土匪——？

——不，可是，他好歹是銀等級耶。

公會的審核漏洞百出，或是和他勾結舞弊的可能性，實在很低。

聽說在公會創立之前，甚至有冒險者會在路過的村子遭到殺害。

——而且這傢伙的頭盔和鎧甲又髒兮兮的，可怕得要死。

少年翻過身去，彷彿要逃開這頂黑暗中一直盯著他看的頭盔。

——看他那副德行，收留我只是出於好心？

「…………怎麼可能。」

不可能。少年點點頭，握緊了偷偷藏在衣服底下的短劍。

——該死，我可不會白白被宰！

少年自負有本錢把自己定義為一個「不能掉以輕心的人物」。

他下定決心，無論對方有什麼圖謀，絕不會讓別人趁他睡覺時偷襲而喪命。

因此，直到最後，他都並未發現自己輕而易舉地睡著了。

§

「……唔、喔……？」

促成少年意識清醒的，是稻草在皮膚上造成的輕微刺痛感。
映入朦朧視野中的景象，怎麼看都不可能是學院的宿舍。
——首先，那裡的床就不是稻草啊。
少年伸手去翻找枕邊，不，應該說是頭部附近的稻草，找到眼鏡，戴上。
塞滿了破銅爛鐵的倉庫裡，塵埃在微微射進的陽光照耀下飛舞。
「……啊、啊啊。」
對喔。
自己是被那個叫做哥布林殺手的人，帶來這裡睡覺的。
那個坐在門口不動的奇怪冒險者，已經不見蹤影。
從射進的陽光高度來看，應該才剛過天亮不久。
「……嘖，莫名其妙。而且這不是搞得我滿身稻草了嗎？」
少年啐了一聲，站起來，拿起鋪來當床的外套。
他看看四周，雖然也有些遲疑，但還是不顧一切，奮力拍去了外套上的稻草。
一穿上外套，又有種些微的刺痛感，他皺起眉頭走出了倉庫。
「……嗚、哇。果然好冷啊。」
雖說已經是初春，早晨仍然留有冬天的氣息。
少年拉高外套的衣領，全身抖了一下。

牧場飄著一層就像灑著牛奶似的淡淡白色晨靄，令人彷如身在霧中。

由於來時夜已經深了，讓少年根本不清楚牧場的地形，不過仍人概找出了要去的方向，邁步前進。

結果他所料不錯，在不怎麼遠的地方，就有一口小小的、加了頂蓋的井。

井的上方架有橫梁，繩子從橫梁上繞過，兩頭綁有桶子與做為重物的石頭。是簡單的吊桶構造。

少年把桶子扔進井裡，拉著石頭往上抬，讓水桶深深沉入水中。

接著慢慢放鬆拉繩子的手，先前拉起的石頭便往下垂，帶起了桶子。

少年摘下眼鏡，噗通一聲，一頭泡進冰冷的井水中。

「唔、嗚嗚嗚嗚嗚嗚嗚嗚唔!……噗啊!?」

他把幾乎令人窒息的冰冷享受個夠，抬起頭來，用力甩去水滴。

接著漱過口，把水吐向腳邊的牧草，粗魯地抓起外套衣襬擦了擦臉。

以早晨整理服裝儀容而言，雖然粗魯，但俐落的確是好事。

「……嗯?」

結果他再度從白色煙霧的另一頭，聽見噠、噠幾聲乾澀的聲響。

和下廚的聲響不一樣。和木工、務農的聲響，又或者是劈柴的聲響，也都不一樣。

既然立志走魔法師這條路，要是好奇心不強，當然走不下去。

少年想過去看看，這時卻發現自己兩手空空。

「啊，糟糕！」

他急急忙忙回到倉庫，抓起立在稻草床鋪旁的杖，然後折回。

乾澀的聲響還是一樣響著，可以確定不會離太遠。

沒過多久，他在霧氣的另一頭，找到了會動的影子。

朝陽慢慢透過雲霧，不必動用法術，就揭露了影子的真面目。

「……喔。」

是哥布林殺手。

他還是一樣身穿髒汙的皮甲，戴著廉價的鐵盔，深深壓低姿勢。

他對峙的對象，是圍繞牧場的木頭柵欄上，一個硬是有點低的位置上所劃的圓圈標靶。

插在靶上的小刀，應該就是哥布林殺手所擲出的。

少年猜出了先前那些聲響的原因，所花的時間還不如在學院被老師出難題時來得久。

「……你在做什麼？」

「練習。」

哥布林殺手大剌剌地走向靶子，隨手拔起插在上頭的武器。

就少年看來，這些都只是普通的小刀，完全不是投擲用的武器。

不，還不只是小刀。

仔細一看，插在靶子上的有劍、短槍、手斧，還有……那是柴刀？

這樣看來，說不定草地上的那些石頭，也是哥布林殺手擲出的？

投擲。

少年在腦中反芻這個字眼。

——所謂冒險者，所謂戰士，不是應該拿著武器揮動嗎？

「武器這種東西扔出去，不就沒辦法戰鬥了嗎？像個白痴一樣。」

「去搶就好。」

哥布林殺手用手指摸了摸拔出的小刀刀刃，仔細檢查。

「從那些哥布林手上。」

少年對這個答案哼了一聲。

「……一開始就拿好武器不是比較好嗎？」

「是嗎。」

「再說哥布林這種貨色，要是一發法術搞不定還像話嗎。」

「是嗎。」

「而且……你今天不是休假？你不就對那個女人說過？」
「之前，我曾經休長假，結果動作變遲鈍。」
哥布林殺手說著，隨手把武器扔到腳邊。
然後一邊調整呼吸，一邊慢慢轉身背對靶子。
「下次未必還殺得了對手。」
說著哥布林殺手轉過身去。
同時從散落在腳邊的武器中抓起一件，更不加瞄準地擲出。
乾澀的聲響響起的同時，在空中轉了一圈的短劍，插進了靶子的正中央。
「哼。」
他就這麼撿起武器，接連擲出。
他默默地、默默地，擲出又撿回，擲出又撿回。一心一意地反覆練習。
——一點意思都沒有。
少年在草地上蹲下，大大打了個呵欠。
「丟不會動的靶，根本沒什麼用吧？」
「不曉得。」
「而且這靶的位置有點低吧。」
「是哥布林咽喉的高度。」

少年不再說話，就聽見遠方傳來溫暖的喊聲：「吃早飯囉～！」

回頭一看，看見晨霧已經散去的牧場另一頭，牧牛妹從窗戶探出上半身，朝他們揮手。

哥布林殺手停下手，覺得有些耀眼似的看向她，點了點頭。

「知道了。」鐵盔隨後轉過來朝向少年。「走囉。」

——哼，想也知道反正不會有什麼像樣的飯菜。

少年心不甘情不願地點頭，跟向哥布林殺手。

——要是難吃，看我踹翻餐桌。

§

早餐是燉濃湯。

少年續了三碗。

§

「嗚、嗚咕咕咕……」

「你吃多了。」

從郊外的牧場跨過鎮上的門，前往公會的路途中，少年的腳步始終拖泥帶水。

他拄著杖拚命踏出腳步的模樣，甚至像是剛經歷過一場壯烈的冒險。

踏破遠得無邊無際的曠野，好不容易來到城堡前的冒險者，想必也不過如此。

待少年穿過彈簧門，衝進等候室的喧囂後，立刻整個人癱軟似的坐到椅子上。

今天來到公會的冒險者，一樣很多。

新來註冊的人固然多，來找日常工作的人當然也很多。

「嗚嗯嗯嗯嗯……」

「在遺跡裡好不容易找到升降機，結果辦慶功宴喝到宿醉，根本是白痴吧？」

「我是想說養精蓄銳一下……」

「你是白痴吧？」

因此宿醉的冒險者也並不稀奇，零星有幾個人癱在長椅上。

少年似乎也被當成這類人物，並未太受矚目。

「那我走了。」

哥布林殺手低頭看著占據了一張長椅、嗚嗚叫個不停的少年，說了這句話。

「一開始要去下水道……驅除巨大生物……怎麼說，驅除一些巨大老鼠之類的。」

「我啊……要做的是……剿滅哥布林、啊……！」

「是嗎。」

哥布林殺手只說了這句話，就背對少年，走向平常固定坐的位子了。

也就是公會等候室最裡頭角落的那張長椅。

五年……不，六年前，他才剛當上冒險者的時候，那張椅子只有他一個人。

然而，現在不一樣了。

開始有群同伴聚在那裡，還有有事找他的人和只是來打招呼的人，會出現在那裡。

今天也是一樣。

蜥蜴僧侶站著搖動尾巴。長椅上則有被妖精弓手與礦人道士，以及被他們夾在中間的女神官。

然而——……

「哥布林殺手先生……」

氣氛似乎和平常不一樣。

被夥伴們圍在中間的女神官，雙手用力在膝上握緊，發出無力的嗓音。

「怎麼了。」

「聽說本來是有機會晉級啦。」

聽到妖精弓手代她回答，哥布林殺手「啊啊」地點點頭。

「差不多了嗎。」

冒險者被劃分為從白瓷到白金的十個等級。

姑且不論超人般的白金，其他等級的區分基準，即為所謂的「經驗值」。

也就是酬勞金額、對鄰近地區的貢獻，以及人格。

女神官打倒地下遺跡的某個叫什麼來著的怪物，晉級為黑曜等級——是在一年前。

之後還在水之都討伐了某種巨大眼球怪物，以及攻進市鎮的小鬼軍團頭目。

接著在北方歷經與小鬼聖騎士（Goblin Paladin）的戰鬥，金額與貢獻度都賺得很足。

人格更是不用提。

原來如此。會獲得晉級機會，的確不無道理。

既然這樣，她會這麼沮喪就是因為……

「結果沒成嗎。」

「似乎是沒成。」

虧她還帶著推薦函呢。聽到妖精弓手這句話，女神官弱弱地回答：「是。」

那沮喪的模樣，就像隻被拋棄而且淋溼的小狗，聲音也宛如啜泣般細微。

「聽說是、因為，我的貢獻度不太夠……的樣子。」

「這也難免。畢竟我等一行全是銀等級吶。」

蜥蜴僧侶幫吞吞吐吐的她補充完，礦人道士便不服氣地哼了一聲，捻著鬍鬚：

「所以是在懷疑妳抱咱們大腿了？倒也有人這樣看事情。」

哪怕他們都是身經百戰的冒險者，對此也無能為力。

「唔。」

哥布林殺手低聲沉吟。

她——女神官起初所屬的團隊，早已不存在。

本來應該和她一起從白瓷等級成長的成員，如今一個也沒留下。

朝櫃檯一瞥，只見櫃檯小姐正忙得像隻陀螺鼠般，跑來跑去地應對冒險者。

從她注意到視線而合掌表示「對不起」的情形看來，想必是情非得已。

畢竟冒險者公會並非她一個人在經營。

有上司，有文件，有審核，有事務手續，社會就是如此運作。

個人的努力雖然不可或缺，但世事永遠不會簡單到只憑這樣就能推動。

「那、那個，請大家別放在心上。」

女神官似乎顧慮到陷入思索的哥布林殺手與其他夥伴，堅強地說了。

「而且我想，只要繼續努力，一定就能得到肯定……」

「也對。說穿了就是只要讓他們知道妳本事足，有做好自己的工作就行了吧？」

「唔……」

對於礦人道士的提議，蜥蜴僧侶本來站在牆邊，深謀遠慮地雙手環胸，這時尾巴一甩：

「在我們的部族，倒是認為不分大小，能把戰技傳授給後進便是強者。」

「就是這個！」

妖精弓手試著彈響手指，但只有「嚓」的輕輕一聲。

她噘起嘴唇，又多試了一次——聲音還是不夠響亮，礦人道士竊笑出聲。

「……怎樣啦？」

「沒啊，只是在想妳到底指哪個。」

妖精弓手恨不得瞪穿他，但礦人道士完全不當一回事。

見他笑著捻鬍裝蒜，妖精弓手打定主意地想著「之後再給你好看」。

「……也就是說啊，如果問題在於等級，那麼組個只有白瓷等級和黑曜等級的團隊去冒險不就好了嗎？」

「有道理喔。這裡好歹是以公會為名，只要讓他們看看所謂學徒的形式就行了。」

「呃……」

女神官抬起頭，不解地以目光掃過眾人一圈，眼睛微微顫動。

他用舌頭輕舔乾澀的嘴脣，輕輕將食指按上去，一字一句、仔細確認著說：
「意思就是，要和各位以外的人去冒險……嗎？」
「嗯。」
哥布林殺手淡淡地說了。
「不是壞事。」
「那麼，就這麼說定囉。」
妖精弓手意氣風發地搖動長耳朵。
她是長命種（Immortal），不會為了小事情煩惱。
「就隨便找幾個……說隨便有點不好，總之就是找些白瓷等級的孩子……」
就在這支團隊的成員正準備採取行動的時候。
「呵。就算是後衛，這種畏畏縮縮怕東怕西的傢伙最好有辦法晉級。」
一道帶刺的聲音傳來。
妖精弓手不悅地唔了一聲，豎起長耳朵搜敵。說話的人正慢條斯理地從長椅上起身。
是個紅髮少年——正是身穿長袍，手持法杖，戴著眼鏡的那名少年法師。
女神官啊的驚呼一聲，隨即瞪大眼睛：
「我、我才沒有畏畏縮縮。」

「沒有嗎？我倒是聽說當神官的，每～次都是這樣啊？」

嘿嘿。他得意地嗤之以鼻，朝女神官半翻白眼。

當事人多半認為自己這種揚起嘴角嘲笑的模樣，算得上某種形式的耍帥。

但他並未發現，實際上給人的印象卻是滑稽又醜陋居多。

「每次遇到困難，你們不就只會發著抖，神啊神地哀哀叫嗎？」

「你……！」

少年的狂言實在太過分，讓女神官說不出話來，只見她白嫩的臉頰轉眼間漲紅。

女神官難得、卻也理所當然地激動起來。

「才不是你說的那樣！我也，做了很多……」

──做了很多，什麼事情呢？

有足以帶著自信、抬頭挺胸講出來的事蹟嗎？

接受指揮，祈禱天神讓眾人平安，給予庇佑，引發神蹟。

求神。而自己又做得了什麼？做到了什麼？

女神官不由得說到一半就住口，紅著臉低下頭，握緊的拳頭發抖。

少年一副辯贏的模樣，得意地挺起胸膛。

「既然要妄加褒貶，那麼自己被說三道四，可也怨不得人啊。」

蜥蜴僧侶就像要一口咬上來似的把頭探過來，讓少年退開了兩步。

「畢竟嘲笑一名神官，就等於是嘲笑上百萬的神官。」

蜥蜴僧侶長長的脖子轉動，少年也跟著看向四周，果不其然。

從新手到老手，冒險者們的視線都聚集在少年，以及漲紅了臉的女神官身上。

「論這世道，若少了天神庇佑，就連活下去也不太容易。」

聽他這麼一說，少年會「嗚」的一聲無言以對，也是在所難免。

他是在眾人環視之下喊出那樣的話，完全沒考慮後果。

「等等，你呀！有膽子就看著我的眼睛，把剛剛的話再說一遍試試！」

「喂，笨蛋，別說了。我們要去殺老鼠了啦，老鼠。這樣可以練功。」

「放開！放開我啦！我要給那傢伙好看！放～開～我～！」

見習聖女胡亂揮動聖杖，被新手戰士強行拖走。

他們算是顯著的例子，而其餘眾人，或多或少也都有著類似的反應。

當然了，相信其中也有一部分是出於來自男女差異的偏袒，或是因為熟識而相挺。

然而，其中有大半都對少年投以責怪的眼神，並不只是因為這些私情。

有些冒險者看不起不上前線的神官，笑他們只是負責治療的人。

相對的，也有不少冒險者曾經受過神官們搭救。

無論任何人，都不喜歡受傷、疼痛、中毒、受詛咒，卻被置之不理。

團隊若有神官，自然不在話下；即使沒有，只要肯捐獻，神殿總是來者不拒，一律施以救治。

況且明白這些人曾經為自己祈禱、詠唱、念誦，又如何能夠看輕他們呢？

「我、我也……」

然而，如果就這麼退縮，就沒辦法把冒險者這行做下去。

「我也是冒險者！」

姑且不論見識的狹隘，看到少年不對周遭認輸而喊回去的態度，倒也有人瞪大眼睛「哦？」了一聲。

說得極端點，冒險者是一種自己對自己負責的職業。

正因如此，哪怕看輕神官，只要具有能獨自承擔的氣概，那就無所謂。

「哥布林這種貨色根本不算什麼！結果你是怎樣？哥布林殺手？」

他挺出杖——指向哥布林殺手。

這是一種魔法師用來表達自己憤怒的動作，意思是「小心我對你施法（cast you）」。

「叫我不要抄筆記，不告訴我驅除哥布林的祕訣，乖乖去殺老鼠？開什麼玩笑！」

相信少年的情緒應該累積已久，只見他一鼓作氣吼個不停。

「我就是要宰了哥布林！」

他喊聲淒厲，但哥布林殺手聽了，只微微一歪頭。

妖精弓手在一旁讓一雙長耳朵頻頻顫動，雙手抱胸，看向他的鐵盔。

「怎麼，歐爾克博格……這你弟嗎？」

「不是。」

哥布林殺手說得斬釘截鐵。

「我只有姊姊。」

「是喔。」

妖精弓手嘆了口氣，以非常有森人風格的優雅動作，聳了聳肩膀。

「總覺得每次都聽到跟那個小男生講的話很類似的臺詞，害我都變得不會吃驚了。」

「是嗎。」

「所以，他是誰？」

「新人。」哥布林殺手說了。「似乎是魔法師。」

哥布林殺手的視線，不是朝向拿著杖指向他的少年，而是女神官。

她低著頭，肩膀僵硬，什麼話都不說。

十五歲——不，已經十六歲了吧。雖說她在一年前就當上了冒險者，年幼這點並不會變。

她的這一年，被一句「什麼都沒做」否定，該對她說什麼——

「這不就定下來了嗎！」

此時一道堅毅而爽朗的聲音插了進來。

第三者的介入，讓眾人的目光都看了過去。

「你們說的話我都聽見了。身為守序善良的騎士可不會置之不理啊！」

美麗的女騎士得意地哼哼幾聲。

她那閃閃發光的笑容，在在述說著她是「覺得好像很有趣所以參一腳」。

背後則可以看見重戰士不想領教似的舉起一隻手，表示「我攔不住她」。

「怎樣啦……妳又是哪位？這不關妳的事吧？」

「呵呵呵，雖然我遲早會聽見天神啟示而成為聖騎士，但現在沒聽說過也怪不得你們。」

對以狐疑眼光瞪著她的少年，女騎士完全不放在心上，威風凜凜地挺起含蓄的胸部。

「也罷，少年，你先聽我說。我有個好主意！」

女騎士靈活地彈動修長但略顯粗獷的手指，發出清脆的聲響。

她也不理會妖精弓手不高興地豎起長耳朵，朝少年一指：

「既然你說得這麼篤定，就去剿滅哥布林給大家看看。」

「正、正合我意！」

「好，話可是你說的。」女騎士的眼睛發出危險的光芒。「只是！」

她的食指就像長劍一般犀利地揮過。

「頭目(Leader)就由那邊的神官小妹擔任！」

「咦咦!?」

被這劍尖般的手指一指，女神官震驚地回過神來，發出尖叫。

她慌張地瞪大眼睛，看看眼前的手指，又看看另一邊的少年。

「我、我來指揮嗎？指揮這孩子？這……」

「不要叫我孩子！而且話都說完才追加條件，也太卑鄙了吧！」

「少年，你太天真了。騎士就是要堂堂正正地玩弄計謀。要詛咒就詛咒你自己不成熟，才會輕易上當！」

「……那、那個，不好意思，我可還沒答應耶。」

「廢話少說！」

聽女神官發出「呃」一聲可愛的抗議，重戰士默默仰望公會的天花板。

沒有天譴。看來至高神似乎認同那個女騎士是守序善良的人。天啊。

哥布林殺手遠遠地看著這熱鬧又吵雜的一區，「唔」了一聲。

「你怎麼看？」

「思慮的膚淺，應是出自經驗的不足。」

蜥蜴僧侶重重點頭，眼珠子轉了一圈。

「雖不清楚會用的法術有幾種，能唱幾次，但他的骨氣不錯。」

「法術實在不知道。」哥布林殺手想了想之後回答。「多半就是一、兩種。」

「術師兄怎麼看？」

「不管好處或壞處，都是原石。」

礦人道士愉快地捻著鬍鬚，毫不遲疑地說了。

喧囂的正中心，眼睛瞪成三角形大鬧的少年，作夢也沒想到自己正被人如此評估。

「很粗糙，才剛挖掘出來，連土都沒拍掉。得琢磨琢磨才知道。」

「之後就看怎麼鍛打是吧。」

「我有同感。」

「那麼就說定了吧。」

咚的一聲，一隻粗獷的手掌拍在哥布林殺手肩上。

回頭望去，映入眼中的是一名巨漢——重戰士。

「你會誇獎其他冒險者，可真難得啊，哥布林殺手。」

「雖然沒打算誇獎……」

不知道他這句話是諷刺，還是單純陳述事實。

因為不知道，哥布林殺手歪了歪頭盔。

「是嗎？」

「是啊。」

「是嗎……我倒覺得你會來關照我們的人，也很稀奇。」

「關照的不是我，是她。」

他下巴所指的方向，可以看見女騎士正在應付女神官和少年。

不，換個角度來看，說不定只是跟他們一起胡鬧罷了。

但至少哥布林殺手，就沒辦法對她說些什麼。

女神官當初為何，基於什麼理由和他組隊。

她最初的團隊，走上了什麼樣的末路。

明明這些都只有他知道。

但出言勸誡少年的是蜥蜴僧侶，而轉換話題的是女騎士。

這些都是他做不到的。

「……抱歉。幫了大忙。」

「沒什麼好在意的。」

重戰士格外粗魯地說完，撇開視線，搔了搔臉頰。

「我欠你的人情更大，就一點一點還。」

聽他這麼說，哥布林殺手思索了一番。他沒印象。

但這對重戰士而言似乎很重要。

「……是這樣嗎？」

「是啊。」

「是嗎。」

哥布林殺手小聲說完，頭盔不動，只有一雙眼睛朝向重戰士。

「我也一直覺得欠你人情。」

「那，你就一點一點還吧。」

「是嗎。」

「……所以？你在想什麼？」

「想怎麼殺哥布林。」

重戰士露出與皺眉只有一線之隔的笑容，說聲：「我想也是。」

只要是認識他的冒險者聽到這句話，十之八九都會笑說我就知道。

哥布林殺手。

這個開口閉口就是哥布林的「怪傢伙」，已經成了熟悉的風景之一。

「只是。」

這樣的他，小小說了一聲，目光在公會內掃過一圈。

女騎士和少年大聲嚷嚷，妖精弓手放棄彈響手指，轉而逗弄他們。

蜥蜴僧侶與礦人道士看著她們，一邊盤算一邊發笑。

其他認識或不認識的冒險者，隔得遠遠地看著，不時起鬨。

公會櫃檯裡則可以看到監察官放聲大笑，櫃檯小姐也微微露出笑容。

長槍手完成了委託，「呀喝～」一聲衝了進來，被魔女念了兩句……

而在圈子正中央，則是不知所措但仍留在原地的女神官。

被妖精弓手貼住的她說了句：「我也會喔？」輕而易舉地彈響了手指。

她慌張、不知所措，為難，但仍顯得開心而幸福。

是一如往常的風景。儘管人們來來去去，相信這樣的風景還是會永不改變地持續下去。

哥布林殺手又說了一次「只是」。

「……如果能順利，當然再好不過。」

「你說得對。」

重戰士低聲一笑，用力拍了拍哥布林殺手的肩膀。

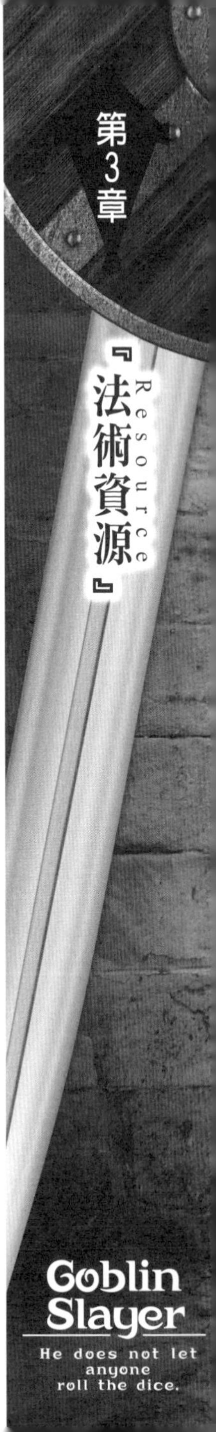
Goblin Slayer
He does not let anyone roll the dice.

第3章 『法術資源（Resource）』

首先最該描述的，是有關他們所犯的疏忽。

裝備準備充分。團隊陣容也很均衡。

他們和輕忽與大意的精靈都無緣，也並未發生隊伍遭到截斷的情形。

但他們還是全軍覆沒了。這是為什麼呢？

坐鎮在天上的「真實」之神，肯定會在滿面笑容之中這麼說：

「因為今天我想滅個團。」

§

他們所接的委託，是掃蕩訓練場建設預定地附近的怪物。

與不祈禱者（Non-Prayer）的戰鬥，從神代就延續至今。

過程中建造出來的許多堡壘或城堡，都已悉數淪為遺跡。

這五名冒險者所前往的，就是這樣的遺跡之一。

一群由第九階的黑曜等級與第十階的白瓷等級混合組成的，比菜鳥階段進了一步的冒險者。

他們有過幾次冒險成功的經驗，和以前一樣，對一座遺跡展開探索。

然後，攻擊棲息在裡頭的哥布林。

他們穩紮穩打地排好隊伍，備妥法術，踢開墓室的門，殺了進去。

然後揮動武器，射出閃電與火球，踐踏屍體，撬開寶箱。

是一場典型的入侵與掠奪（Hack And Slash）。

「真是的，和小鬼打實在不過癮啊。」

蜥蜴人（Lizardman）扛著鯊齒木劍（Tebutie），大聲呼氣。

他的肌肉鍛鍊得讓鱗片鼓起，顯然是戰士。

「只要正面硬拚，根本沒有會打輸的因素嘛。」

「是嗎？我倒是覺得這樣就挺開心了。」

回答這粗獷嗓音的，是個開心歡笑的凡人（Hume）少女。

她穿著與褻衣沒有兩樣的鎧甲，毫不吝惜地展現那健康而修長，卻又很女性化的身材。

從她立在腳邊的巨大戰斧，就能看出她的穿著雖然性感，卻並非只有性感。

她身為侍奉戰女神的神官戰士，像要誇耀自己美麗的身材似的扭出腰部曲線。

看著她這樣而呼著氣的，是即將步入中年、同為凡人的魔法師。

他在髮線已經逐漸後退的額頭上一拍，以彷彿能在岩石上刻字的尖銳視線看向女子。

「就算開心，也請不要衝進敵陣。一形成亂戰，我連法術都不能用。」

「軍師大爺生氣了耶？」

神官戰士對這似乎（雖然並非似乎）在責怪她的話語毫不在意，笑個不停。

「有什麼關係嘛？可以省下法術，再說戰術不就是你的拿手好戲嗎？」

「問題不在……不，算了，也好，晚點再來訓話。別說這個了，情形如何？」

「慢著。」回答他的不是神官戰士，而是一個低沉、尖銳而陰鬱的嗓音。

是一名一身黑衣的男子。他蹲在這些哥布林留下的一批容器與寶箱前。

「這些傢伙還耍小聰明，裝了陷阱。」

雖然連面孔都遮住，從他碰鎖的手法，看得出是盜賊。

然而他並非常人。不，應該說不是凡人。從頭巾伸出的尖銳耳朵，是黑色的。

是成了祈禱者（Prayer）的闇人（Dark Elf）。

「解得開嗎？」

「別問蠢問題。」

聽軍師問起，闇人嗤之以鼻。

「跟我的同胞比起來，簡直是兒戲。」

「但願裡頭裝的東西不會只能換些零用錢。」

寶箱應聲打開，另一名有著豐滿肉體的美女從旁湊過去看。

她脖子上掛的是以細鍊繫住的金色車輪。是守護旅途與交易平安的交易之神聖符。

侍祭(Acolyte)憂鬱地皺起眉頭，手按臉頰，露出慵懶的表情。

寶箱裡裝的盡是古代的貨幣。照這樣看來，光是要搬出去都得大費周章。

「大家用起各種武具、法具和糧草都很闊綽，帳目很難打平，傷腦筋呢。」

「輕視輜重可是笨蛋才會做的事情啊，喂。」

長著鱗片的巨大手掌，不客氣地抓住她的肩膀。

「連飯也不吃，哪裡還能打仗？」

「是啊，我當然明白。」

她以意帶親熱的動作，把苗條的手放到蜥蜴人手上，微微一笑。

「所以，還請賺得比花的更多喔。」

「嘖，你們打得可真火熱。」

神官戰士像是在拿他們開玩笑，刻意噘起嘴唇表露不滿。

「好了好了，去下一間吧，下一間。除了這間墓室，足足還有三個門沒走過耶？」

「也是啊。喂，該偵察門了。我們從北邊開始。」

「沒有陷阱啦。」

軍師一下令，闇人就粗魯地應聲，迅速把長耳朵貼到門上，查探門後的情形。用不著仔細聽，也聽得見低吼似的粗重呼吸聲。

「裡頭有下一個獵物。」

這句話讓團隊成員猙獰地眼神一亮。

戰鬥、怪物、財寶、英勇事蹟。

冒險中有著他們想要的一切。不可能會有更好的工作了。

他們熟練地重新排好隊形。

蜥蜴人與神官戰士並列，軍師與侍祭在中排，後方則有盜賊握好短劍待命，伺機奇襲。

「我們上！」

勢如破竹的吆喝聲中，蜥蜴人踢破了行將腐朽的遺跡門。

門在一聲爆響中木屑四散而倒下，冒險者們一口氣殺進墓室。

墓室正中央，昏暗之中的確有個巨大的黑影在蠢動。

未確定的怪物。

然而，看著怪物慢慢起身，拿起棍棒的模樣，軍師已經知道這是什麼怪物。

軍師瞪大眼睛，文靜的他全力呼喊。警告隊友。

「是巨人(Troll)！」

巨人。巨人是怪物的一種。

愚笨，但有怪力。遲鈍，但強韌。

身上沒有鱗片或岩石覆蓋，但除非用火燒過，否則所受的傷勢若不重，轉眼間就會痊癒。

——為什麼這種地方會有巨人……!?

軍師的腦子陷入一瞬間的混亂。這時他想起，以前曾聽說小鬼會雇用保鏢。所以這巨人就是保鏢？

——贏得了嗎？

雖說和甚至會施展法術的巨魔(Ogre)是比都沒得比，但絕對算不上弱小的怪物。

——不，我們要贏！

軍師強行揮開了湧向心頭的恐懼、震驚與不安。就照平常那樣吧。

「前鋒當肉盾、侍祭放支援(Buff)，盜賊奇襲(Ambush)，我當火砲。」

「不用警戒後方或保護法師嗎？」

「保留實力的話會拚輸的！」

「來囉。」

盜賊散往墓室的黑暗中，神官戰士呼氣大喊：「我們上！」戰鬥就此開始。

「『賜予我等勝利！』」

「ＯＬＲＬＬＬＬＲＴ!?」

脛骨受到附上「聖擊（Holy Smite）」的戰斧一擊，大樹般的巨人痛得悶哼。

「嘿嘿！打到痛腳了吧！」

「喔喔喔喔喔！」

蜥蜴人的鯊齒木劍立刻抓準空檔劈了過去。

海中猛獸的牙齒呼嘯生風，實實在在咬上了巨人的灰色外皮，然而……

「喔、喔!?這傢伙，很硬啊！」

手上傳來像是用木劍砍劈巨岩般的一陣痠麻，讓蜥蜴人忍不住嚷嚷起來。

「就說你們啊，為什麼一個個都比我先行動！」

「要怪就怪妳慢吞吞！」

侍祭立刻出聲抱怨。蜥蜴人一邊吼回去，一邊退開，緊接著巨大的棍棒就擊碎了他讓出的地板。

「ＴＯＯＯＲＬＬＬ！」

歷經了千年歲月的墓室也承受不住這一擊而震動，石屑紛紛從天花板灑落。

「嘖……蠻力還真大！」

侍祭剽悍地一邊咒罵一邊雙手合掌，閉上眼睛。

她以消磨靈魂的祈禱，直接對坐鎮天上的眾神懇求神蹟。

「『我等繞行世界的風之神，尚請為我等的旅途賜下幸運』……！」

咻咻風聲響起，神聖的「祝福」之風在墓室內翻騰。

鯊齒繞上清澈的風，在眾神之力的加持下變得更加銳利。

「感恩！喔喔，我們的父祖隱龍啊，尚請照鑒！」

「要讚美也該讚美交易之神！」

蜥蜴人雙臂肌肉隆起而揮出的一刀，正面迎擊巨人的棍棒。

「ＯＬＬＴ!?」

「好啊！」

武器相互咬合，隨即被彼此的力氣震開。

這一瞬間，被震得腳步踉蹌的巨人，腳踝閃過一道閃光。

是闇人施展的匿蹤攻擊（Sneak Attack）。

這一刀發出噗一聲令人不舒服的聲響，割斷了腳腱，換做是一般情形，將帶來致命的結果。

「TOORRRROO!」

「哇,不妙不妙不妙,牠生氣啦!」

但敵人是巨人。

神官戰士尖叫著一個打滾,躲開砸來的棍棒。

傷口從切開處冒著泡泡迅速癒合的模樣,對戰士而言是令人恐懼的徵象。

至今砍中的多次攻擊,到底能夠造成多少傷害?

用上了天神的神蹟也只有這樣,而且神蹟不可能永遠維持。

「還沒嗎!」

「我知道!」

侍祭為了維持祈禱,額頭流下汗水。軍師吼了回去,沒入(Jack In)自己的意識。

他要抽出刻印在腦海中具有真實力量的言語,塗改,以此竄改世界。

「『卡利奔克爾斯(火礫)……克雷斯肯特(成長)……雅克塔(投射)』!?」

然後,他第一個死了。

發出的火球飛往差了大老遠的方向,燒焦石材,濺出火花而消失。

就不知軍師是否來得及了解到,陷進他後腦勺的悶響是因何而來。

哥布林砸上去的石斧,將他充滿知性的腦子連著頭骨一起砸爛,飛濺在墓室內。

「GROORB！」

「GORR！」

「背面攻擊(Backstab)!?」

發出驚呼的人是誰呢？

看見許多小鬼從後方，也就是通往其他墓室的門冒出來，即使詛咒天神也沒有意義。

因為封鎖門，也就等於封死自己的退路。

相信這樣的結果，是本來就應該發生的。

「GORBBBO！」

「OOOTLLTL！」

蜥蜴人迅速看出戰況，一邊擋回巨人的棍棒，一邊大喊：

「兩個人擋前面。後退！」

回答他的不是話語，而是一個飛越墓室的影子。

是本已繞到巨人背後的闇人，翻了個筋斗，回頭來護衛侍祭。

「妳也退下！妳的鎧甲這麼薄，小心白白送命！」

「就說不行不行不行啦！」

神官戰士大聲嚷嚷之餘拚命攻擊，但狀況不樂觀。

先前三個人合力對抗的敵人，現在得靠兩個人扛住。而且還得留意後方。

以巨人吸引他們的注意力，然後從其他墓室繞到背後突襲，這是小鬼的狡智。

該說是決定性成功（Critical Hit），還是致命性失敗（Fumble）？

「……！」

侍祭把視線從腦漿橫流而斃命的軍師身上撇開，咬得嘴唇滲血。

最可惜的就是空留法術資源（Resource）沒用而戰敗。最該考慮的是如何打破現狀。

既然想活下去，想勝利，眼前就要暫時將夥伴的死活置之度外。

她拚命說服自己，為了再度試圖祈禱而雙手合掌。

「GRORB……！」

畢竟她並非已經擺脫危機。

從背後逼近的數隻小鬼——不，數目不下十隻。

指望牠們會對俘虜慈悲，也只是做白日夢。

這些哥布林只把這世上的一切，都當成牠們的玩具、掠奪對象或敵人。

就像冒險者會把哥布林殺個乾淨，哥布林也會把冒險者殺個乾淨。

「嗚、啊……!?」

「繼續支援！」

侍祭為了避開刺來的短劍而弄得腳步踉蹌，闇人衝過來護著她。

小鬼的武器濺出火花而被隔開，接下來的一刀劃破了牠的咽喉。

傷口發出吹笛似的咻咻聲噴著血，闇人毫不留情地踹倒牠。

「我這邊可也撐不了太久！」

「好的！我馬上祈求神蹟！」

侍祭握緊了掛在搖晃的胸部前面的聖符，失去血色的臉頰透出汗水，再度祈禱。

「『我等繞行世界的風之神，尚請為我等的旅途賜下幸運』……！」

旅人與金幣都是在世界上流轉的事物。而掌握這流轉的交易之神所賜予的清爽聖風，吹進了滿是霉味的墓室。

「喔、喔喔喔喔喔！咿咿咿咿啊！」

「ＴＯＯＴＬＯＲ！」

蜥蜴人大吼一聲的猛擊，與巨人的棍棒硬碰硬。

神官戰士緊接著甩亂一頭秀髮，將戰斧劈在巨人腳上。

「臭、傢伙！我們一起來！」

「好！」

上下翻飛的神聖斧頭，與受到「祝福」的鯊齒刀刃，毫不留情地撕開血肉。

「ＴＯＯＲＬ!?」

血沫四濺，巨人刺耳的慘叫聲迴盪，兩名戰士的吆喝聲震耳欲聾。

話雖如此，狀況卻極其惡劣。

巨人所受的傷，傷勢都很輕。

何況從三對一轉為二對一，不，嚴格說來應該是從五對一轉變為四對十一？

少了魔法師的現在，這支團隊缺乏致勝的手段，即使想撤退，退路也已經被堵死。

又如何能夠期待有起死回生的一步棋呢？

「可惡……！可惡，可惡……！」

神官戰士的一雙大眼睛滲出淚水，滴落在地。

即使蜥蜴人與神官戰士奮勇應戰，相信還是很快就會撐不下去。

她心中沒有恐懼。有的就只是懊惱。

如果把闇人斥候(Scout)分配去警戒後方，是不是就能避免這種事態？

不，這樣一來，對巨人就會欠缺致勝手段。總覺得結果不會有什麼兩樣。

戰鬥沒有「如果」，這點她也深深了解。然而，正因如此才更是懊惱。

他們是哪一步走錯了？為什麼會弄成這樣？得不到答案，最是令她懊惱。

「嘖……！」

第二名戰死者是闇人盜賊。

他解決一隻，殺了兩隻，宰到三隻時，小鬼的短劍割開了他的臉頰。

能夠看穿刀刃上那來歷不明的黏液是毒液，可以說他這闇人不是白當的。

他立刻拔出插在腰後的小瓶子。那是解毒劑(Antidote)。

「GRORB！」

「GROB！GRRORB！」

小鬼當然不可能讓他悠哉地喝藥。

他們靠著數量優勢，毫不間斷地持續攻擊，闇人的動作轉眼間就變得遲鈍……

「唔喔……嘎!?」

「啊啊!?」

闇人終於輸給數量的暴力，被拖倒在地，凌遲至死。

蜥蜴人的聽覺，牢牢捕捉到了侍祭忍不住發出的尖叫。偏偏就是捕捉到了。

「喂，妳還好嗎！」

他太大意了。

但又怎麼能怪他呢？

畢竟對只求戰鬥的蜥蜴人給予了情愛的，就是那位美麗的侍祭。

下一瞬間，他發現了。此刻自己已經無法避開巨人高高舉起後揮下的棍棒。

巨人自豪的那大樹般的力氣，是與生俱來的。治療力也是一樣。以武器而言，手中的棍棒也很簡陋。

但這些都非常強大。

這是個強敵。強得可怕的敵人。這樣不就夠了嗎？

他們是一群好夥伴。敵人是個好敵手。這段生涯很棒。

這個巨人會願意吃了他的心臟嗎？

他的不滿就只有這點。但即使巨人不吃，相信遺骸也很快就會腐朽，回歸循環。

那麼最後該說的話就只有一句。

「——漂亮！」

蜥蜴人戰士被一棍打得頭蓋骨陷入軀幹內側，就此斃命。

這彷彿遭到斷頭的遺體，並未噴出鮮血，癱軟倒下。

從手中跌落的鯊齒木劍，碰出了喀啦幾聲無力的聲響。

「咿！」

侍祭看到了這幅景象。

她茫然瞪大眼睛，喉嚨違背她本人的意思，溢出抽搐的喊聲。

「不要啊啊啊啊！不會吧！這不是真的……！」

「啊、笨蛋！已經太遲了啦……！」

侍祭方寸大亂，發出尖叫，跑向喪命的蜥蜴人身旁。

換言之，就是跑向巨人身前。

先前的尖叫，已經太足以吸引小鬼與巨人的注意。

只要看看牠們醜陋的笑容，一眼就能看出牠們滿腦子都是齷齪的妄想。

「臭、傢伙……！」

神官戰士啐了一聲，毫不猶豫地衝了過去。

如果她想逃，是逃得了。只要肯對侍祭見死不救，就能夠活著回去。

這一切，想必都會白費。

從出生到現在這一瞬間為止的時間。日積月累的鍛鍊。夥伴們。夢想。未來。

這些她都明白。

明白歸明白，但並不因此存在什麼都不做的選擇。

「讓開！」

「啊、嗚……」

被撞開的侍祭，最後在神官戰士臉上看見的，是一種無力的，她這年紀的少女會有的笑容。

接著神官戰士噗嘩一聲消失，殘渣濺在了侍祭臉頰上。

從陷入地板的棍棒下，只能看見少許頭髮，以及頻頻痙攣的手腳。

當棍棒將黏在上頭的血肉牽著絲拉起，之後就只剩下一團連著四肢的肉塊。

「啊、啊啊、啊、啊、啊……！」

侍祭雙腳發抖，當場腿軟，下肢絲毫使不上力。

感覺得到一陣要熱不熱的感覺透出、暈開。

「GRROR……！」

「GROB！GROB！」

哥布林，這些哥布林，一步一步，像要凌虐她似的慢慢逼近。

牠們骯髒泛黃的眼睛裡，熊熊燃燒著嗜虐的欲望，猥瑣的視線更彷彿伸出舌頭舔在了侍祭身上。

侍祭坐倒在地，朝著逼近的哥布林拚命揮動雙手。

「不、不要啊，不要……不要，請不要，這……！」

她手忙腳亂地掙扎。

一隻哥布林嫌麻煩似的一揮手，對保鏢巨人下了指令。

「GROB！」

「TOOOORLL！」

棍棒猛力一揮。結果就像折斷一根小樹枝一樣乾脆。

喀啦一聲乾澀的聲響中，侍祭的腳被擊碎，彎往不該彎的方向。

「嗚、啊啊啊啊啊啊啊啊啊啊啊啊啊啊啊啊啊啊！？！？」
墓室內迴盪著這名可悲女子的尖叫聲。
用不了多少時間，侍祭的身影就被小鬼群淹沒。
很遺憾的，她們的冒險就在這裡結束了。

§

即使重複，但在此還是針對他們所犯的疏忽，重新描述一次吧。
裝備準備充分。團隊陣容也很均衡。
他們和輕忽與大意的精靈都無緣，也並未發生隊列遭到截斷的情形。
但他們還是全軍覆沒了。這是為什麼呢？
坐鎮在天上的「真實」之神，肯定會在滿面笑容之中這麼說：
「因為今天我想滅個團。」

§

來吧冒險者　踏上旅程吧

等在前方的　是龍或岩巨人（Golem）
還是死靈的騎士
傳說的武具也　不知在何方
帶一根火把　扛一柄長槍
獨來獨往　何等自在

向西向東　過了橋
哪怕到了彼岸　客死異鄉
心中所求　唯有真愛
公主雖好　不多奢望
但求一夜　魚水之歡
來吧冒險者　踏上旅程吧

一團（Party）六個人，伴隨女神官哼著的戲謔歌曲，即將來到訓練場預定地。

以前有過一個小小村莊的曠野上，已經搭起了帳篷，工人們忙碌地工作著。

從他們當中有些人身上滿是舊傷看來，大概是退休的冒險者？

是該為他們退休後仍能找到工作而歡喜，還是該為他們退休後仍非得工作不可而嘆息呢？

女神官無法判斷，目光游移，卻看到一名女性正朝他們走來，不由得連連眨眼。

是森人。一名穿著與身材都極盡性感之能事的，美麗的森人。

擦身而過之際所飄來的濃濃香水味，讓人立刻猜到她從事的是娼妓之類的工作。

「唔喔……」

看得出神的人似乎並非只有女神官，少年就當場驚呼出聲。

往旁一瞥，妖精弓手也紅了臉，撇開臉裝得若無其事。

哥布林殺手則沒有什麼反應，讓女神官鬆了一口氣，伸手按住發紅的臉。

「傳、傳聞我是聽說過啦……」

「哈哈哈哈，男人就是種單純的生物吶。」

蜥蜴僧侶哈哈大笑，尾巴在地上一拍。

「既然知道錢可以花在哪兒，就會想花錢。為了花錢，就得賺錢。」

「啊啊。」

妖精弓手朝身旁的礦人道士一瞥。

礦人道士就像變戲法似的，已經大口吃起了不知道從哪兒弄來的串燒。

「這下我懂了。」

「呵，你們這些所謂高貴的種族，大概不會懂得買點心來邊走邊吃的樂趣吧。」

礦人道士大咬大嚼，貪婪地吃完了肉，將竹籤啪的一聲折斷。

他舔了舔沾到手指上的油脂，故意嘆了口氣，朝妖精弓手纖細的身體一看。

「雖然說森人就是苗條，如果至少能有她那樣的料就好了啊。」

「……唔！你說這是什麼話！森人本來就……」

一如往常的口角吵吵鬧鬧地揭開序幕，但對這支團隊的成員來說，已經是家常便飯。

然而少年還不習慣，對這針鋒相對的口舌之爭看得目瞪口呆，急忙拉了拉女神官的袖子。

「咦、啊，喂、喂，他們吵成那樣，不用去阻止嗎？」

「他們兩個很要好的。」

卻只被她笑咪咪的一句話就打回來。

他以難以置信的表情，看著兩個不同種族的人。

來來去去的忙碌人潮，雖然也顯得好奇，似乎並不覺得有什麼不對勁。看來只要是冒險者，這種情形就是日常光景？

少年以求救似的視線看過去，哥布林殺手自然不用說了，連蜥蜴僧侶也一樣事不關己。

「然也然也，來，貧僧也來一串。」

他說著挑了加乳酪的種類買下，一口吃掉，隨後大喊「甘露！」

「唔，甘露呀甘露。說到貧僧有什麼樂趣，就是這個了吶。」

他以喜形於色的表情（蜥蜴人也會露出這種表情）吃完，然後嗯的一聲重重點頭。

「也對，就像方才那首歌謠所言，冒險者和一夜情之間的關係，多半是剪也剪不斷的吧。」

「不、沒有，這個……我是懂啦，可是……嗯。」

地母神是司掌豐饒的女神，和生產與婚姻等事項關聯甚深。

女神官大口呼氣，搖搖頭，決定專心把心情轉換過來再說。

畢竟接下來有大工作等著她，不能再把心思花在這些輕浮的事情上。

她雙手用力握緊錫杖，深呼吸一口氣，在腦子裡確認步驟。好。

「呃——那麼，哥布林殺手先生，我們走吧？」

「嗯。」

看見他點頭的模樣，女神官忍不住微微透出笑容。

看來自己沒弄錯。第一步沒問題。

「喔！馬上就要去宰哥布林了是吧！」

也不知少年是如何解釋他們的對話，只見他彷彿在說「交給我就對了！」般地將杖往路面一插。

「不，不是這樣……」

「別說傻話。」

哥布林殺手制止為難的女神官，以撂話似的口氣回應：

「是要收集情報。我們去找委託人。」

§

首先就見識見識他們兩人的本事吧。

既然要看看少年魔法師的本領，以及女神官的指揮功力，會這樣發展應該也是很自然的。

哥布林殺手的提議並未受到反對，加入了紅髮少年的團隊立刻動身。

委託人是負責統籌訓練場紮營作業的工頭——也是木匠職業公會(Guild)的重要幹部。

他坐在現場角落的一座帳篷裡，有著一把彷彿以岩石削鑿而成的黑鬍子，是個礦人(Dwarf)。

工頭親自把飲料從精美的玻璃水壺倒進杯中，招待冒險者們享用。

冰冷的葡萄酒，讓因為先前的旅途而乾渴的喉嚨十分舒暢。

「怎麼？這不是火酒啊，兄弟。」

「混帳東西，大白天就喝酒還能動的就只有礦人啊。這裡可還有凡人在呢，兄弟。」

礦人道士和工頭這麼對話完之後，用礦人語互相打了招呼。

『敬礦人的長鬍鬚、眾神的骰子，還有冒險者與怪物！』

以這個情形來說，所謂的打招呼，就是乾杯三次。

工頭擦去黑鬍子上沾到的酒液，「那，要說囉。」地切入正題。

「幾天前，有支最近開始闖出了些名頭的團隊，接了委託。」

哥布林殺手喝了一口葡萄酒，插嘴道：

「沒回來嗎。」

「對。」

工頭的回答也非常簡潔。

對方是銀等級，第三階的冒險者，這些當然不在話下，但他乃是被鐵與火焰所愛的礦人。

只要看看身上的武具，不可能會猜不出這個穿戴奇特裝備的人物是何方神聖。

「你就是他們說的嚙切丸嗎？」

「對。」哥布林殺手緩緩點頭。「也有人這麼叫我。」

「哥布林殺手是吧……」

工頭低聲一笑，一口氣喝乾拿在手中玩弄的杯子，就像喝水一般。

「你想問什麼？」

「是哥布林吧。」

他問這句話的口氣不像提問，幾乎只是在確認。

「是啊。哎，雖然未必只有哥布林，但哥布林很多。」

工頭回答完，粗而短的雙手環抱在胸前，露出磨得尖銳的犬齒沉吟。那些可恨的小鬼。

「現在還只是工具被偷……也不能說只是啦，但萬一今後有工人遇害就傷腦筋了。」

「果然是哥布林嗎。」

「工人也還罷了，但像娼妓啦、行商人啦可就不一樣。再說也沒辦法花大錢來驅除哥布林。」

「剿滅哥布林就是這樣的工作。」

「……等等，歐爾克博格。」

哥布林殺手自顧自同意地點頭，妖精弓手的手肘從旁頂了頂他的肚子。
看到森人插嘴，工頭皺起眉頭，但並不多說什麼。
冒險者有冒險者的一套，有本事的人不會連這點都不懂。
「怎麼？」
鐵盔粗魯地轉過來，妖精弓手壓低音量，搖動長耳朵對他說：
「現在是還無所謂啦，但是你可別忘了，要指揮的是她。」
「嗯。」
「……真的嗎？」
「不過，緊急狀況就另當別論。」
「是。遇到緊要關頭，還要拜託哥布林殺手先生。」
女神官盈盈一笑，一板一眼地鞠了個躬。
「這樣我會比較放心。」
這是女神官最真切的真心話。
被人認為實力不夠，遠比自己害同伴全軍覆沒要好上太多。
因為本事只要累積經驗也許就能提升，但死去的人就再也找不回來了。
看到她這種率直又精神可嘉的態度，礦人工頭「哦？」了一聲。
「那麼，呃……」

「喲，什麼事啊？小姐。」

「是，我想問幾個有點怪的問題。」

女神官說著，毫不猶豫地蹲下身，讓自己的視線高度和工頭相同。

「您知道這疑似有哥布林……有怪物棲息的遺跡，是什麼樣的地方嗎？」

「知道。之前有個傻子的工具被偷走，他氣得跑去跟蹤，就查了出來。」

礦人工頭說這話時呼吸粗重。看來比起偷走工具的小鬼，他對工具被偷走的工人更惱怒。

「這就是所謂礦人的**天性**。」礦人道士悄悄對女神官解釋道。

「我們就是沒辦法原諒對工具疏於照顧的人。」

原來如此。女神官點了點頭。

「既然如此，就得把這工具也找出來，帶回營地才行吧。」

「麻煩妳了。」工頭臉頰微微放緩。「這樣一來，那個傻子應該也會痛改前非才對。」

——嗯，太好了。

女神官暗自用力握緊了拳頭。

和委託人及當地人，都得打好關係。

她自己固然也這麼想，但同時也是哥布林殺手教她的。

沒有他人的支援，冒險者這個行業就無法成立。

「對了，地點就在從這裡往北一小段路的地方。地圖我會準備好，那大概是……」

「陵墓。」

哥布林殺手說話了。

他又喝了一口葡萄酒，也不管眾人的視線集中到他身上，繼續說：

「聽說是個由通道和墓室組成，形式很常見的墓穴。」

「哦？原來你知道？」

「以前。」哥布林殺手低聲回應。「有人百般叮囑，要我千萬不能靠近。」

哥布林殺手只說到這裡就不再出聲，女神官連連眨眼看著他。

以前。

她這才想起，雖然已經在他身邊待了一年，卻從未聽說過他的過去。

……只知道他有個姊姊。五、六年前當上冒險者，一直在剿滅哥布林。

看似冷漠，卻意外地很會照顧人，對許多細節都有顧慮到等等，這種種她都知道。

但關於他個人，自己到底又了解多少呢？

「……」

不，現在不是想這種事情的時候了，應該。女神官緩緩搖了搖頭。

迫在眉睫的剿滅哥布林，是**責任重大**的任務，不可以逃避。

「呃，這墓穴的入口，有沒有什麼奇怪的東西？像是骨頭或繪畫之類的？」

「如果不是那個傻瓜漏看，我是沒聽說有過這種東西。」

──所以沒有圖騰，對吧。

女神官把白嫩的指尖按上嘴脣，「嗯嗯」地連聲點頭。

也就是說，沒有薩滿之類的高階種。

當然了，這一年多來的冒險，已經讓她深深體會到危險不是只來自高階種。

萬萬不可以輕視敵人。

既然這樣，最重要的就是……

「還有，請問您知道先出發的幾位，他們的等級和陣容嗎？」

「每個人屬於哪個等級我是不記得，但知道是由白瓷和黑曜混編。至於職業，看上去是……」

工頭雙手抱胸，瞪著帳篷的頂點。

他回溯記憶，用粗短的手指一個個數起人數，隨即點了點頭。

「蜥蜴人戰士、神官……神官戰士。然後就是魔法師、神官，還有不知道是盜賊還是殺手。」

「請問有女性嗎？」

「有兩個。神官戰士，跟神官……不，那是叫做侍祭嗎？」

——那麼，如果還有活口，就是兩個。

躺在女神官內心深處的某種冰冷事物，輕聲細語地這麼說。

女神官只針對事實接受，咬緊了嘴脣。

「……那麼，假如還有剩，可以跟您要一些藥水嗎？錢我們會付。」

雖說有多張羅備用的份，但治療用品總是不嫌多。

可以不動用神蹟的部分，就該以物資來解決。

「好，沒問題。」工頭慷慨地答應了。「其他還需要什麼嗎？」

「呃，如果有醫師，麻煩請讓醫師待命……」

哥布林殺手聽著他們兩人對話，低沉地「唔」了一聲。

「你怎麼看。」

「估測應該是正確的。頂多兩個人。」

回答的是同樣待在外圍不插嘴的蜥蜴僧侶。

「前提想必不會錯，已經全滅了吧。」

「什……！」

蜥蜴僧侶說得輕描淡寫，讓少年不由得瞪大眼睛。

爬蟲類特有的眼睛一動，朝向少年。

「怎麼了？」

「沒、沒有……」

「嗯，嗯……喔，竟然有乳酪。這位仁兄可真周到啊，貧僧不客氣了。」

蜥蜴僧侶也不把少年一頭霧水的視線放在心上，長了鱗片的手一伸。

他靈活地從正在交談的女神官與工頭之間，把餐盤撈了過去，老實不客氣地從中抓了一把。

然後張開大嘴，大嚼這想來是準備當下酒菜的乳酪。

「唔，甘露呀，甘露！不得了，這也是那間牧場的乳酪嗎，小鬼殺手兄？」

「大概。」

「美味！」

他說得一副天下無大事的口氣，而實際上也的確不是什麼大事。

對蜥蜴人而言，所有人活過，死去，乃是理所當然。

是早是晚，如何活，變得多強，如何死去。差別就只有這樣。

蜥蜴僧侶把塞了滿嘴的乳酪一口氣吞下，用舌頭舔舔鼻尖。

「貧僧推測，最好別當作只有尋常小鬼。」

「嗯。」

哥布林殺手再度對蜥蜴僧侶的推測表達同意：

「既然沒有圖騰，應該不是薩滿。」

「然而冒險者卻未歸來。貧僧根本不想揣測是否又冒出了個聖騎士。」

「鄉巴佬（Hob）之類就輕鬆多了。」

「又或者是別的不祈禱者（Non-Prayer）。」

「不論如何，棘手的還是陷阱。」

「既然是陵墓，就是石造的。大可排除鑿穿牆壁那招。」

「雖然偷了工具，挖起來總不像泥土簡單。規模應該在二十隻上下。」

「只是話說回來，敵方戰力想必已有所衰減。五個人過去，不可能連一隻都解決不了。」

「所以更加沒有時間。一旦對獵物膩了，他們就會開始隨意找目標襲擊。」

「那就得一氣呵成了。行得通嗎？」

「得看她的判斷。」

「的確吶。」

兩名冒險者的快節奏對話，讓少年聽得連連眨眼。

蜥蜴人是個擅長戰爭的種族一事，已經廣為人知，但他還是第一次親眼看到。

而和蜥蜴人對談的這個身穿髒汙皮甲，帶著廉價鐵盔的冒險者，更被譽為邊境最優秀。

但腦子裡明白，跟親眼見識，還是大不相同。

所以當妖精弓手以一副懶散的模樣打起呵欠，少年就瞪了她一眼。

「……是怎樣？妳什麼都不做嗎？」

「各司其職。」

妖精弓手擦去眼角泛出的眼淚，長耳朵一搖。

「我的工作是斥候跟獵兵（Ranger）嘛，其他的就交給他們。」

「就是啊，小子。」

礦人道士慢條斯理地插嘴。

他似乎已經喝得起勁，抓起腰間的酒瓶就把火酒倒進杯中。

然後就像灌水似的大口喝乾，讓少年同樣看得放粗了嗓子：

「喂、喂，你這傢伙，等一下就要去冒險了你知道嗎!?」

「傻小子，礦人要是不喝醉，和路邊的石頭有什麼兩樣。」

說著還「噁噗」一聲，從口中噴出滿是酒臭味的氣。

「長耳丫頭剛才難得說了好話。對施法者而言，控制氣的緩急是很重要的。」

「難得這兩個字是多餘的。」

妖精弓手哼了一聲。

「不管什麼時候，我都只說有內涵的話。」

「真的假的？」

「真的。」

礦人道士反駁而開口，卻注意到少年狐疑的視線。

他咳了一聲，清了清嗓子。

「……總之，意思就是說，每個人都有自己分配到的定位。」

「定位？」少年狐疑得嗓音拔尖。「不就是戰士或法師之類的嗎。」

「不是不是。」

礦人道士趕蒼蠅似的揮了揮手。

「嚙切丸和長鱗片的，對戰鬥最拿手，所以負責先構思戰術，整理方法。」

「至於她呢，是因為這次的主旨就是要她帶隊，而且又很會說話，所以現在負責交涉。」

妖精弓手豎起的食指轉啊轉的，在空中畫著圓圈。

「而且平常她也會幫我們留意行李還有各種細節。」

「妳自己也該多留意一點啊，長耳丫頭。」

怎樣啦──礦人道士也不管妖精弓手豎起耳朵，手放到少年肩上。

「你可得好好看著，學起來。」

「……」

少年對礦人道士瞪了一眼，以粗魯的態度揮開了他粗獷的手。

「說什麼留意行李，不就是打雜的嗎？」

妖精弓手露出一副「被討厭囉」的笑容，礦人道士也「還早呢」地呵呵大笑。

隨著女神官交涉完畢，全隊(Party)促膝商討對策。

少年從帳篷角落瞪著他們。

「……區區哥布林，宰掉不就好了嗎？」

他這句自言自語實在太小聲，全隊(Party)沒有一個人回話。

§

這座陵墓低掩在一座小山丘上，張著大口。

也不知道是陵墓上長了草木而形成山丘，還是挖鑿山丘建造為陵墓。

歷經漫長歲月的現在，真相已經難以查證。

冒險者們抵達這裡，是在正午剛過的時分。

越過天頂的太陽開始傾斜，春天的陽光已漸漸喪失。

傍晚很快就會找上門來，讓一切都掩蓋在夜色之下。

正是好時機。

「原來如此啊。」

妖精弓手興味盎然地搖動長耳朵，對哥布林殺手笑著說。

「看這樣子，的確會有小孩子跑進去玩呢。」

「所以才會吩咐別靠近。」

「那麼，說實話，你靠近了嗎？」

礦人道士彷彿期待聽到小孩子惡作劇的情形，用手肘從旁頂了頂他的肚子。

哥布林殺手翻找起已經模糊的印象，想回溯起遙遠的記憶。

已經過了足足十年以上——不，是才只過了十年的，昔日的自己。

「……」

到底答案是有還是沒有呢？哥布林殺手想不起來。

大概是並未靠近吧。一旦做出這種事，應該就會被姊姊痛罵一頓。

萬萬不可以讓姊姊為難。所以，自己並未靠近。大概。

「不。」

哥布林殺手緩緩搖了搖頭，礦人道士簡短地應了聲「是嗎」。

「所以，你不清楚裡面的情形囉？」

「聽說由通道和墓室組成。」

對了。哥布林殺手點點頭，他想起來了。

「是姊姊這麼告訴我的。」

告訴對裡面的情形感到好奇的自己。姊姊還去調查過這是誰的、什麼樣的墓，轉告給他。

所以自己並未靠近，根本不曾進去過。

他在在想著，要是當時記住就好了。這一切的一切，他都不想忘記。

然而記憶如今已經蛀滿了洞，細節也被塗消，變得模糊不清。

十年——十年過去了。以前那個地方明明還有座村子呢。

「不論如何，都是過去的事了。」

哥布林殺手這麼說，強行結束了話題。

「所以，怎麼樣。」

「嗯嗯……果然沒有圖騰之類的東西，也沒有哨兵啊。」

女神官被問到，一邊把纖細的手指按在嘴脣上思索，一邊窺探遺跡的情形。

入口附近的確堆出了哥布林巢穴特有的垃圾堆。

但也就只有如此。

看不到小鬼信奉的那些小孩塗鴉似的動物符號(Symbol)。

——至少沒有薩滿這件事，似乎是可以確定了。

「別再囉嗦，我們趕快走吧……！其他冒險者不是被抓了嗎？」

血氣方剛的少年喊出的這句話，刺進了女神官平坦的胸中。

一年前的自己就是這樣。

當時那個青年、武鬥家，以及魔法師都說「趕快救去人吧」，自己也就天真地答應。

結果變成如何，變成怎麼樣的下場，她根本不想憶起。到現在都還不時會夢見。

如今的自己，又是如何呢？

膽小，覺得不安，害怕，這些到現在都還是一樣，可是……

「別急，先緩一緩。」

女神官差點就要陷入轉個不停的思考漩渦，救了她的是蜥蜴僧侶的大手。

帶著爪子，被鱗片覆蓋的手，放到了女神官肩上。

「欲速則不達，是自古以來就有的諺語。」

「好的。」

女神官點點頭。冷靜。慢慢來就好。要走得穩。

首先該做的是……裝備的最終檢查。

「各位，準備工作都做完了嗎？」

她說話的同時，乒乒乓乓地檢查自己的行李。

錫杖與鍊甲都在身上。

包包裡放了藥水(Potion)，還有冒險者套件。這可不能忘記。

到頭來也不過就是岩釘、繩索、釘子、槌子、白粉筆、蠟燭等無數雜用道具。

——出門時別忘了帶上，是吧。

雖說事前檢查本來就是他們的習慣，所幸並沒有人違背這位臨時頭目。

髒汙的皮甲、廉價的鐵盔，不長不短的劍、小型圓盾，腰間掛著雜物袋。

哥布林殺手仔細檢查裝備，一旁的妖精弓手則重新拉好大弓上的蛛絲弓弦。

礦人道士檢查塞滿觸媒的包包，蜥蜴僧侶抓起一把龍牙，清點數量。

只有少年例外。他只朝自己的法杖與長袍瞥了一眼，就檢查完畢。

「那麼，請教接下來該怎麼做呢？頭目小姐。」

「真是的，請不要這樣啦。你絕對是在尋我開心吧？」

「哈哈哈哈哈哈。」

女神官鼓起臉頰抗議，蜥蜴僧侶就張開巨大的顎，愉悅大笑。

真是的——她不禁埋怨道，但已經沒有太多時間卻也是事實。得趕快決定隊形才行。

「雖然得看通道的寬度，不過……這次我們有六個人，所以我想若不是兩列各三人，就是三列各兩人。」

妖精弓手點點頭說句也對，把手指舉在入口前方，估算出寬度。

「雖然得要入口和通道都一樣寬才行，不過照我看來，大概可以三個人並肩行走。」

「嗯……既然這樣，就排成三列各兩人來前進吧。」

女神官對妖精弓手這麼說，雙手一拍。

既然通道寬敞，相信這樣一定比較妥當。

「既然寬度夠讓三個人並肩前進，遇到緊要關頭，要換隊列也方便。」

「知道了。既然頭目這麼說，可得好好聽話才行呢。」

「就說請別這樣了嘛……」

看到妖精弓手慧黠地瞇起眼睛甜笑，女神官又嘆了口氣。

「那麼，隊形就排成……」

她苦思了一會兒，結果還是照平常的隊形。

前排是哥布林殺手與妖精弓手。

中排是女神官，以及紅髮魔法師。

後排是蜥蜴僧侶和礦人道士。

如果遇敵，就讓妖精弓手和蜥蜴僧侶互換。

假如有來自後方的襲擊，則讓礦人道士和哥布林殺手互換。

——這樣，就行了，應該……

「魔法師不是要待在最後排嗎？」

「敵人可未必都會從前面來唷。」

女神官含糊地笑著搖了搖頭。

疏於警戒後方這種事情，她是不可能做的。

「啊，還有。」

「……怎樣啦？」

「得消一下氣味才行。」

女神官一拍手，妖精弓手便皺起眉頭，少年則「啥？」的一聲歪了歪腦袋。

有三個人身穿剛洗好的衣服，香袋的數目則是兩個。

兩名純情少女，當然完全不打算放開香袋。

§

「GROB!?」

「GROOROB!?」

冒險者們湧進了墓穴。

悼念往昔英雄的墓地，如今也只不過是小鬼們的**巢穴**。

棺材翻倒在地，供品被搶走，隨意棄置的破銅爛鐵與穢物，玷汙了白堊的石壁。

這些哥布林睡眼惺忪地醒來，看到突如其來的入侵者，瞪大了髒汙的眼睛。

前鋒是戰士。穿戴髒汙的皮甲、廉價的鐵盔，佩有不長不短的劍與小型的圓盾，還拿著火把。

「是哥布林。」哥布林殺手說了。「數目是五。」

他一看清楚狀況，下一瞬間，劍就從他手中飛出。

擲出的劍精準地插在哥布林的喉嚨上。

「GORB!?」

哥布林張開大嘴，想呼喚同伴，但吐出的不是喊叫，而是血糊。

被血糊淹沒的聲帶，發出冒泡似的哀號，小鬼黑稠的血灑向四周。

入侵與掠奪(Hack And Slash)首重速度。

「——。」

當然了，剩下四隻哥布林也不可能白白看著同伴被殺。

「GROOR！」

「GROB！GOORB！」

要請求支援嗎？不，要殺戮，要報仇。要一擁而上，打垮他們，凌虐他們。

牠們用仇恨填滿小小的頭蓋骨，拿起短劍、長槍與棍棒，撲向這些冒險者——

「是二喔！」

一道清新的喊聲中，其中一隻就像在空中撞上牆壁似的當場墜落。

樹芽箭精準地射穿上顎，貫穿腦幹，讓小鬼當場痙攣死亡。

不用說也知道，這一箭來自妖精弓手。

她將下一枝箭搭上弓，以舞蹈般的動作，踏步往後跳開。

「GORO!?」

「哼……！」

哥布林殺手舉起盾牌護著她，用盾牌放倒跳下來的哥布林。

同時撿起哥布林脫手而出的棍棒，擊碎了滾倒在地的哥布林腦袋。

「三。」

小鬼連聲音都喊不出來，當場斃命。他隨手一揮，揮去棍棒上頭的腦漿。

轉眼間就三隻。果然俐落。

「該死的東西！」

大概是認為現在正是好時機吧。

全新的外套被淋滿了穢物的少年，自暴自棄地舉起法杖。

「卡利奔克爾斯（火礫）……克雷斯肯特（成長）……」

「還不能用法術！」

女神官斷然阻止，少年發出「什!?」的一聲抗議，但女神官根本無暇理會他。

節省法術是基本中的基本。她額頭冒汗，拚命思索。

事到如今，怎麼想都不覺得這支團隊還會需要有人指揮戰鬥的細節。

必須仔細觀察狀況。即使思緒混亂，與其事後才想到，不如立刻付諸實行。

——想像力就是武器……對吧。

腦中閃過的，是以往他教給她的智慧，以及學到的無數經驗。

哥布林各自拿著簡陋的武器進逼，剩下兩隻。

墓室四面，除了他們進來的門以外，還有三個門……

「封門！」

「好～！」

妖精弓手轉往後方，擦身而過之際，從女神官手中接下了冒險者套件。

然後將裡頭裝的岩釘打進門的下方封死。這是她這個遊兵才能做的工作。

「如果只有這點數目，目前應該沒問題。」

畢竟礦人道士足足能夠施展四次法術。為防萬一，必須備而不用，否則就棘手了。

就像剛才她對少年所說的，有時隊伍對施法者的要求就是「什麼也別做」。

「但願輪得到貧僧出場……」

「敵人還很多。」

所以才需要能夠做為戰力的戰士。

蜥蜴僧侶甩動尾巴上前，哥布林殺手毫不大意地說了。

他深深沉腰舉盾，右手握著棍棒的模樣，實在太滑稽。

只不過想到要和哥布林戰鬥，在場沒有一個人笑得出來。

「那麼，就不能在這裡費太多工夫吶。」

他說得沒錯。

蜥蜴僧侶攤開雙手，用爪子、牙齒與尾巴，蹂躪剩下的兩隻小鬼，撕裂了牠們。

但這多半並不值得大書特書。

因為裡頭還多的是哥布林。

§

「打得這麼慢吞吞，沒問題嗎……？」

「因為要是不一間間掃蕩乾淨，就太危險了。」

他們反覆在兩三間墓室進行了這樣的掃蕩。

由許多墓室相連而成的陵墓，構造雖然單純，但房間很多。

要毫不遺漏地找出哥布林來清除，不免會大費周章。

少年忿忿地用杖朝石頭地板上一頂，女神官安撫他。

「就算是這樣！」少年噘起嘴。「那些被抓的人不是更危險嗎……！」

的確，這話說得並沒有錯。女神官也很擔心先出發的那群冒險者。

痕跡——乾掉的血跡與哥布林的屍骨——是有的。然而，也就只有這些。

連這些人是活著，還是死了，都不能確定。

——想必是沒救了吧。

女神官心中，又響起了這個冰冷的聲音。

即使如此——女神官微微咬住嘴脣。她不能在這個時候折回。

「請問其他房間的情形如何？」

女神官拚命把翻騰不已的負面情緒趕到腦袋角落，對妖精弓手提問。

「沒上鎖，也沒有敵人在。」

她把長耳朵貼在木板上傾聽，試了試門鎖後，做出了這樣的結論。

「可是，妳看那個。」

她美麗的手指筆直指向門的上端。可以窺見上頭夾著一些像是帶子的東西。

多半是一開門，固定在門上的帶子就會掉落，讓某些東西掉下來吧。

「陷阱嗎。」

「大概囉。」

哥布林殺手小小唔了一聲。

他拋去已經燒盡的火把，換上一根新的，用餘燼點燃。

然後拔出插在哥布林屍骨上的短槍，檢查槍尖後往旁一扔。

比起槍尖不管用的棍棒，插在哥布林腰帶上的短劍還比較好。

他搶走短劍，往鞘內一插。即使已經生鏽，只要插得進去就沒有問題，反正是用過就丟。

最後再從散了一地的戰利品中，抓起了一把稱手的戰斧。雖是單手用，但分量很沉。

「真麻煩啊。」

他扛著這把斧頭丟出這句話。妖精弓手以優美的動作聳聳肩回應：「就是說呀。」

女神官也快步走到他們兩人身旁，踮起腳尖看向門的上方。

帶子不怎麼粗，構造也很簡單，但並不表示安全。

哪怕是生鏽的鐵釘，只要刺在臉上，就會出人命。又或者是淬毒也行。

她悄悄皺起形狀漂亮的眉毛。有太多想得到的可能了。

「說到這個，記得他們說過……哥布林偷走了工具，對吧？」

「只是我實在不想去想像，這些小鬼偷走工匠用的工具打算做啥。」

礦人道士雙手抱胸，沉吟起來。他將手平舉在微禿的額頭前，檢視頭上的帶子。

「看上去，是沒掛太重的東西。實在不像是什麼大規模的機關。」

「倒也有走別條路的選項。」

蜥蜴僧侶甩動尾巴，在石頭地板上一拍。

「唔嗯……」

該怎麼辦？該走哪條路才好？

女神官集眾人的視線於一身，翻找包包，拿出地圖。

是用尖筆記載在羊皮紙上的、簡單的手繪地圖。

這支團隊裡沒有專門的地圖師（Mapper）。

只要通過幾間封鎖起來的墓室，繞過這間門上裝了陷阱的墓室……

「啊啊！夠了，拖泥帶水！」

少年的喊聲，擾亂了她的思緒。

他毫不掩飾焦躁，放粗了嗓子，用杖指向門。

「那些哥布林不就住在這裡嗎！那怎麼可能會有危險的陷阱！」

「啊！等等，喂！你不要亂來……」

「讓開！我來開！」

妖精弓手雖是銀等級，但身材苗條，少年硬把她推開，手放到門上。

「咦……啊、啊、呃……！」

得阻止他才行。想歸想，女神官的喉嚨就是吐不出話來。

該說什麼才好？要怎麼說才好？

仔細想想，這支團隊的成員，直到現在都一直聽從她的吩咐。

對於不受她指揮的人物，又該說什麼話來說服他呢？

「……」

她哀求似的視線所向之處，哥布林殺手卻什麼也不說。

看不出他藏在鐵盔下的表情。是漠不關心，還是……

——要是，被他放棄……！

這個念頭已經太足以讓女神官打從心底怕得發抖。

內心深處一個冰冷而平靜的聲音，嘲笑似的對女神官輕聲細語。

怎麼辦？怎麼辦？怎麼辦怎麼辦怎麼辦怎麼辦……！

思考翻騰不已，就是說不出話來。

她心想總之得先阻止少年再說，伸出手去，少年卻已經推開了門……

「嗚、啊啊啊啊啊啊啊啊啊!?」

看到緊接著掉下來的物體，少年發出了驚叫。

他的叫聲迴盪在墓室內，甚至讓人覺得會響徹整座陵墓。

「為、為、為為為、為、為、為為什麼會有這種……!?」

是手腳。

被連根截斷，悽慘得簡直像是從屠宰場分割出來的女性手腳。

經過鍛鍊的四肢微微看得出肌肉隆起，十分美麗，現在卻只有一句悽慘可以形容。

這些手腳的主人有著什麼樣的結局，恐怕連想像都是白費工夫。

「是那些哥布林的惡作劇。」

哥布林殺手啐了一聲。

「牠們就算誤觸也只會嚇一跳。」

「嗚、嗚……」

女神官不由得低聲驚呼。

她感覺到喉嚨深處一股又酸又苦的滋味上衝，含著眼淚硬吞了下去。

然而現在不是腿軟的時候了。自己不是已經看過類似的光景好幾次了嗎？

她拚命說服自己不要慌亂，用發抖的雙手牢牢握住錫杖。

「情況不妙喔。」

妖精弓手像要替這樣的女神官打氣似的在她背上一拍，尖銳地說道。

她也一樣不舒服。只見她拉起外套的衣領，像是要遮掩蒼白的臉與脣。

「剛剛的慘叫，成了警報(Alarm)啊。」

「就是這麼回事。」

哥布林殺手說得不慌不忙，毫不大意地舉著戰斧戒備。

「會大舉湧上來吧。」

「雖然不是很清楚……」

就在妖精弓手搖動長耳朵的這個時候。

「──嗚、啊……！」

尖銳而悲痛的女子尖叫聲，響徹了整座陵墓。

冒險者們全身一僵，但立刻各自拿起自己的武器。

其中唯一有著不同反應的，就是少年魔法師。

「……這邊！」

「啊，不可以一個人過去……！」

少年對制止聲置若罔聞，跑了過去。

他踢破墓穴的門，闖進下一個房間，環顧四周，找到要找的事物。

「這裡嗎……！」

少年用肩膀頂開了門。

緊接著就是一陣令人作嘔的臭氣撲鼻而來。

這種氣味比他抹在身上的哥布林穢物更臭，參雜著血與嘔吐物。

接著少年看見了。

看見小鬼。

以及女人。

女人——一個被鐵絲綁在椅子上固定的女人。

被鐵絲割破的白嫩肌膚與肌肉。

滲出眼淚的大眼睛睜到極限。

小鬼手中握著的是有著紅黑色鐵鏽的鋸子。

而女子的手滿是鮮血。

沿著椅子扶手滴落在地上的一灘紅色液體。

上面漂著好幾根又白又細的——

「嗚、啊啊啊啊啊啊啊啊啊啊啊啊！」

少年大聲吼叫。

他吼叫著，不明就裡地用杖頭指向哥布林。

意識紅熱到就像火焰住進了腦子裡。

火焰就這麼化為具有真實力量的言語，從他口中道出。

「『卡利奔克爾斯（火礫）……克雷斯肯特（成長）……雅克塔（投射）』！」

火球拖著燃燒的尾巴從空中飛過，精準地打在哥布林的頭部。

腦漿、血液與頭蓋骨宛如熔岩似的噴發，失去頭部的小鬼當場軟倒斃命。

「呼，呼，呼……嗚、知、知道厲害了吧……！」

——明明就沒什麼，大不了，嘛。

連指頭都沒碰到就殺死了生物。感覺不像真的。

他如願地一擊宰了哥布林。感覺不像真的。

……就連拷問室悽慘的光景，也在四周繞轉翻騰，變得模糊不清。

「總之，得救人才行……喂，妳還好嗎！」

但他應該要在意。在意自己做了什麼。

他能夠施展的法術，就只有一天一次的「火球（Fireball）」。

還有先前的警報（Alarm），以及這裡是小鬼巢穴的事實。

「啊……啊、嗚……嗚……」

「妳等著！我馬上救妳！」

少年拚命用指甲去掐，想把將女子手腳綁在椅子上的鐵絲扯斷。

因此他並未察覺。

察覺裡頭有著足以讓冒險者全軍覆沒的敵人這個理所當然的事實。

「……嗚……咿、喔……」

「——!?」

所以這不是出於他的本事，純粹是幸運。

少年打了個滾，千鈞一髮地躲過了下一瞬間就毫不留情砸來的棍棒。

「嗚、啊……!?」

腦子裡的血氣一口氣退去。人真正害怕的時候，似乎連腳步都會站不穩。

「ＯＲＬＬＴ……？」

一個脹得鼓鼓的、滿是腫瘤的巨大灰色身軀。一種令人作嘔的體臭。

彷彿把愚鈍二字畫得具體成形的禿頭臉上，掛著鬆垮的傻笑。

粗得有如大樹一般的手上握著的，是一根簡陋的棍棒——不。

上頭釘上了無數用以穿刺、撕扯血肉的釘子，所以殺意清楚明白。

巨人。

巨人舉起棍棒，彷彿搞不懂自己這一棍為何會沒打中。

只要看看棍棒上附著的紅黑色髒汙，以及疑似女子的頭髮……

「嗚、嗚、嗚嗚、嗚……！」

少年賭氣咬緊本要顫抖得格格作響的牙關，撐著杖站起。

他的背後有著一名受了傷、連是否有意識都很難說的，受到綁縛的女子。

不能逃。不能拔腿就跑。可是，該怎麼做？

少年既然立志要當魔法師，在知識上必然對巨人有所了解，這是當然的。

巨大的身軀、怪力、愚鈍，以及強大的治癒力——需要火焰，又或者是強酸。

然而，可是。

他的法術，已經用完了。

「GRORB！」

「GRB！GROBRORO！」

豈止如此。

哥布林嘲笑似的鬨笑聲迴盪在墓室內，讓少年了解狀況惡化到了什麼地步。

他被引出來了——他就是被引出來的。

為什麼牠們會特地挑在這種地方折磨俘虜？

而且，好死不死，就緊接在一個糊塗的入侵者發出尖叫聲之後！

墓室四方的門開了。小鬼們大聲鬨笑，闖了進來。

——要是我有仔細看著那個森人到處封門的手法就好了……！

然而後悔也已經太遲。

這是圈套。

對入侵後一個接著一個房間封鎖的冒險者所設下的圈套。

當少年想通這一點，已經沒有法術可用的他，該採取的行動就只有一個。

他舔了舔乾澀至極的嘴唇，深深吸氣，呼氣。

「不要過來！是圈套——……！」

對少年而言，這就是他的最後一個行動（Action）。

下一瞬間，短斧飛出，羽箭射出，牙刀劃過。

「GRBRR!?」

慘叫聲響起。哥布林被人像是割草似的砍倒。

「數目二十，剩十七。」

接著就在一陣於地底淡淡吹起的風中，哥布林殺手殺了進來。

他空出的右手就像機械般精密地動起，拔出短劍就朝陷入混亂的哥布林頸子上招呼。

「GROORORB！」

「嘖……四。剩下十六。」

生鏽的刀刃承受不住衝擊而折斷彈飛，同時哥布林的脊椎也彎折到致命的角度。

哥布林殺手啐了一聲，同時放開劍柄，一把抓住斃命的哥布林所佩的劍。

他一邊踢翻死去的哥布林一邊拔出劍，手腕一轉，毫不大意地戒備。

「還活著嗎。」

「咦、嗯……活、活著……！」

少年魔法師茫然地連連點頭，但哥布林殺手冷漠地應了回去。

「不是問你。」

「應該是問這邊這位小姐吧？」

蜥蜴僧侶以爬行般的低姿勢飛奔而過，挺立在發呆的少年身前護著他。

「還」少年吞了吞口水，扯開嗓子：「還活著！那還用說！」

「是嗎。」

哥布林殺手的視線穿過鐵盔上的縫隙，帶著責怪的意念刺在少年身上。

不，少年看不出這個人的視線是不是在看他。

然而少年就是有這種感覺，辯解似的低下頭。

「我是想趕快來救這個人——……」

「我們這邊也有女人。」哥布林殺手的回答尖銳而冰冷。「而且是兩個。」

被他這麼一說，少年驚覺地看向「女人們」。

「真是的，所以我才討厭哥布林嘛……！」

「……！」

妖精弓手看到拷問室的慘狀後臉色蒼白，但仍以弓箭朝向巨人來加以牽制。

站在她身旁的女神官，握住錫杖的手則似乎微微發抖。

「可是……！」

「沒空囉哩囉嗦啦！連人帶著椅子扛走！」

少年正要開口反駁，踩著沉重腳步跑來的礦人道士就大聲怒吼。

礦人道士和女神官，是沿著兩名戰士與一名獵兵殺出的血路過來的。

「沒時間啦！」

他說得沒錯。

「GROROB！GROB！GROORB！」

「OOOORLLLT！」

已經沒有退路。

哥布林十六隻。巨人一隻。要說十面埋伏是還差了點，但冒險者們仍然被包圍住了。

這些怪物確信己方會獲勝，露出下流的笑容，一步步慢慢逼近。

冒險者們朝四面八方戒備，把少年、被俘虜的侍祭與女神官圍在中間保護。

「哪有這麼容易扛……！」

少年生疏地將手放上椅子，女子口中就發出連是「嗚」還是「啊」都分不出來的聲音。

手上沾到黏呼呼的血糊，光這點就讓少年的胃顫抖得隨時都會吐出來。

蜥蜴僧侶以種族特有的寬廣視野，轉動眼睛捕捉到了少年的身影，伸了伸舌頭。

「手指也別忘了。說不定還有辦法治好。」

「啊……！」

少年趕緊趴到地上，撿起了散落在紅色積水裡的手指。

這些手指的骨肉，被生鏽的鋸子一起切斷，傷口粗糙到了殘忍的地步。

沒有時間了。沒有時間。少年確實收集好差點脫手的手指，數清楚後，用手帕包起來。

他用沾上血的手，用力擦去額頭上的汗水，咬緊嘴唇。
「撿完了！」
「好！你搬那邊，我說那邊！」
扛起椅子發出的喀喀聲。女子的呻吟聲。
妖精弓手把他們護在背後，拉緊弓弦，長耳朵一動。
「裡頭還有更多要出來了！」說著朝女神官一瞥。「怎麼辦!?」
「咦，啊……！」
女神官一時之間，什麼也說不出口。
握住錫杖的雙手僵硬，還因為用力過度，發白得令人看了都覺得心疼。
怎麼辦？怎麼辦才好？在這裡迎擊比較好？還是該突破再說？
得立刻說出答案才行。啊啊，可是，但是——
——中了小鬼的圈套。
何況還是主動踏進圈套。
『我們追上去吧！』這是她的提議。
所以她不後悔。那當然。可是，事態足以讓她站不穩腳步。
女魔法師被拖倒在地，插上毒短劍。
劍士被小鬼圍住，一刀刀砍死。

女武鬥家被抓住腳，殘忍地摔在地上凌辱。

要冷靜。一想揮開腦海中浮現的光景，下一段記憶就甦醒過來。

差點被小鬼英雄捏扁時的恐懼、痛楚、絕望。

以前曾被咬破的脖子，隱隱傳來痠麻。

「呃、呃……呃……！」

漸漸逼近的小鬼，以及巨大的巨人。

女神官拚命想說話，但舌頭就像打結似的動不了。

眼角透出眼淚，牙關無法咬合，撞出害怕的聲響。

她明明最清楚現在不是害怕的時候……

「小鬼殺手兄！」

救了她的，是迅速判斷出狀況的蜥蜴僧侶所發出的吶喊。

「好。」哥布林殺手淡淡地回應。「可以吧？」

他問道。女神官無力地點點頭，除此之外，她不知道該如何是好。

「用『聖光(Holy Light)』。」

哥布林殺手的指示下得迅速，而且適切。

「我們往裡頭衝殺。前鋒交給你。殿後，還有那個嚷嚷的大傢伙，由我處理。」

「明白！」

「好、好的！」
女神官按捺住覺得自己沒出息的念頭，配合蜥蜴僧侶一拍即合的應答聲，跟著喊叫回應。
「你明明是戰士吧!?對手可是巨人耶！」
「傻瓜。」
妖精弓手得意地挺起平坦的胸膛。
「歐爾克博格就是會在這種時候**搞出不得了的事**。」
蜥蜴僧侶笑了。面對哥布林，這個人不可能輸。
女神官沒笑。至少得把交到自己手上的工作好好完成。
她雙手抓住錫杖，讓意識昂揚，對天上的眾神直接懇求。
「『慈悲為懷的地母神呀，請將神聖的光輝，賜予在黑暗中迷途的我等』！」
於是神蹟顯現了。
「GGROORRRROOB!?」
「TOOLR!?OORTT!?」
純白的閃光強得宛如太陽爆炸，錫杖上亮起的白光，燒灼小鬼與巨人的眼睛。
磨耗靈魂的祈禱所帶來的負擔，讓女神官累得小小的胸口上下起伏，但仍為了振奮自己而大喊：

「我們上吧！」

她舉起發光的錫杖跑了起來，蜥蜴僧侶來到她身旁並肩奔跑。

眼前，通道與墓室湧出哥布林，他的爪、爪、牙、尾毫不留情地掃向牠們。

殺開的血路上，跟在後面的是扛著俘虜的礦人道士與少年。他們沒有餘力施展法術。

妖精弓手毫不大意地彎弓搭箭，一邊奔跑，一邊朝前方進行支援射擊。

接著——……

「巨人？」留在後頭的哥布林殺手，低聲自語。「不是哥布林啊。」

「OOOORLLT！」

棍棒上的鐵釘閃出朦朧的光，揮了下來。

但既然眼睛被閃光照得睜不開，巨人的鋼臂也就沒有太大的意義。

哥布林殺手不慌不忙地跳開，翻找雜物袋，拿出一只小瓶子。

砸在巨人身上的陶瓶碎裂，碎片四散，不過並未造成任何傷害。

這當然無所謂。

重要的是裡頭裝的東西。

「TOORL!?TOORL!?」

來路不明的黑色黏液潑灑出來，沾上了巨人高大的身軀。

一陣衝鼻的臭氣。巨人想揮去這些黏膩的液體而掙扎，反而灑得到處都是。

這些怪物不知道這是美狄亞之油，由石油提煉的可燃之水(汽油)。

「先走了。」

哥布林殺手毫不遲疑地將火把砸上去，開始轉進。

「TOOOOROOOOOOROOOOOOORRRT!?!?」

「GROROOB!?」

巨人被火焰舔拭全身似的覆蓋住，被牽連進去的小鬼發出哀號。

哥布林殺手背對火焰奔跑，從同伴殺死的小鬼屍體上搶過武器。

是短槍。哥布林殺手左手持劍，右手握槍，在跳躍的同時扭轉身體。

「半數都捲進去了嗎。這樣……」

短槍飛出。擲出的槍直插上越過火焰而來的小鬼腹部，精準地解決了牠。

「GGRORR!?」

「就是十五。」

哥布林殺手立刻轉身，為了跟上同伴而再度奔跑。

他對路徑毫不遲疑。只要跟著打開的門、散落一地的小鬼屍骨，以及戰鬥的刀劍聲前進即可。

問題是從兩旁的門或墓室湧出的小鬼，然而……

「GBGOR!?」

「GRORB！GORORRB!?」

這些小鬼被遠方飛來的箭毫不留情地射殺。追加三隻。十八。

哥布林殺手越過紛紛倒斃的屍體奔跑。

妖精弓手跑得讓已經綁起的頭髮甩得像尾巴般彈跳的身影，映入眼簾。

「等等，歐爾克博格！我怎麼從後面聽到一大群傢伙湧過來的聲音！」

「因為是緊急事態啊。」

「至少也先說一聲！」

「我沒想到。」

「十九。」

哥布林殺手一邊奔跑，一邊突然轉身突襲。

好不容易追上的目標突然轉身，讓小鬼嚇了一跳，劍毫不留情地刺進牠的咽喉。

劍刃用力一剜，哥布林口吐血糊死去。接著他一腳踹在牠胸口，拔出劍。

「前面如何。」

「和平常一樣！打得正熱鬧呢！」

妖精弓手邊說邊碰運氣似的，接連發射兩三箭。

窮追的三隻哥布林，被箭從眼窩穿進大腦，當場斷氣。二十二。

「所以，你有打算嗎？」

「當然有。」

哥布林殺手趁機完成了轉向，一邊和妖精弓手並肩奔跑，一邊點頭。

「隨時都有。」

§

冒險者們逃進的墓室裡，只有一扇門。

另外三方都是牆壁，此外則有那些哥布林存起來的破銅爛鐵散了一地。

小鬼什麼都不想，只會利用現有的東西。牠們想不到這個房間的用途，所以閒置著。

少年一邊放下束縛尚未解開的女子，驚愕地大喊：

「這下不是無路可逃了嗎……！」

「這點恐怕還很難說喔。」

蜥蜴僧侶一邊毫不大意地在門旁戒備，一邊應聲。

雙手握住研磨過的牙刀（Sharp Tooth），上頭滴著血。

他實實在在殺出了一條血路，這點已無須多提。

「哥布林殺手先生他們呢……？」

至於女神官，則靠在裡頭的牆上，粗重地呼吸著。

維持「聖光」的祈禱一路跑過迷宮，對體力不好的她來說，想必十分艱辛。

她的臉上已經有著濃厚的疲勞神色，血氣消退，甚至略顯蒼白。

礦人道士用力摩擦沾到血的雙手，翻找包包，拿出藥水瓶。

「如果是長耳丫頭跟嚙切丸，要不了多久就會跟上了吧。來。」

「不好意思……」

她雙手拿好瓶子，拔去瓶塞，沾溼嘴脣似的一口一口慢慢啜飲。

每次喝得喉嚨發出聲響，就覺得身體漸漸恢復了熱度。

雖然不如諸神賜予的神蹟，但藥水的藥效也絕對不容輕忽。

她閉上眼睛，輕輕呼氣。嗯，多少輕鬆了些。女神官重新握好錫杖。

「……得趕快，也幫她治療一下才行……」

「歇著吧歇著吧。這傷不會馬上有生命危險。」

女神官立刻就要祈求小癒(Heal)，礦人道士用力把她推回牆邊。

個子嬌小的她腳步踉蹌，輕輕碰上牆壁。

「不好意思」她再度小聲道歉，「別在意」礦人道士搖搖手。

不管怎麼說，憑她的本事，應該很難把被切斷的手指復原。

既然這樣，還遠不如保留神蹟來得有用。

「小夥子還好嗎？」

「沒問題……！」

「是嗎？」

礦人道士冷漠地這麼說。相信少年的逞強也早被他看穿，只見他瞇起了眼睛。

「話先說在前頭，緊要關頭要是累垮，誰也無能為力喔。」

「……我才不會累垮。」

不過「才不像那邊那個女人」這句話，少年就實在說不出口了。

他也靠在牆邊，只是和女神官離得很遠，目光落到手掌上。

血已經乾掉、發黑，手掌一互搓，就紛紛剝落。

——神官就只會躲在後面害怕地求神。

事到如今，他才覺得自己實在說了很離譜的話。

她可不是指揮大家、舉起錫杖、亮起聖光、拚命奔跑嗎？

朝旁邊一瞥，只見她一邊大聲慢慢呼氣，一邊有點喘地喝著藥水。

連少年也看出她是在恢復體力，好應付下一場戰鬥。

少年剛要開口，又閉上了嘴。舌頭都要打結了。他吞了吞口水，再次開口：

「對、不……」

「來啦！」

他說到一半的這句話，被蜥蜴僧侶尖銳的吆喝打斷。

少年連連眨眼，凝神細看通道遠方的黑暗。

沒過多久，從遠方接近的火把光線映入眼簾。

「等等，歐爾克博格，那東西明明就還活著嘛！」

「沒想到命這麼硬啊。」

妖精弓手有如雌鹿般，輕快地飛奔。

哥布林殺手在她身旁直線奔跑。

而在他們背後……

「OOOLRTTTR！」

可以看見全身冒著煙，但仍揮舞著棍棒的巨人。

巨人動作遲鈍，所以速度的差距很明顯。然而要是腳下一絆，弄得摔倒在地，可就沒戲唱了。

他們飛奔的同時，還感受得到沿途擊碎牆壁與地板的棍棒。

妖精弓手跳進墓室，大聲呼喊：「我受夠了！」

「那是怎樣！我受夠了！我想和更帥氣的怪物戰鬥！」

「所謂更帥氣的怪物，就表示還得更強一點才行啊。」

「貧僧覺得龍就不錯。」

不管怎麼說，還有心思講這些喪氣話或玩笑話，就不必擔心。礦人道士呼了一口氣。

「那麼，嚙切丸，要怎麼做？」

「我在想。」

哥布林殺手這麼說完，目光往站在墓室內的團隊成員身上掃過一圈。

蜥蜴僧侶、礦人道士、紅髮少年，沒有問題。妖精弓手呼吸粗重。女神官疲勞。

他手伸進雜物袋，只用手指挑出兩只瓶子，扔向兩人。

「先喝了吧。」

「咦、啊……」

「是活力藥水(Stamina Potion)吧？謝囉。」

女神官還在不知所措，妖精弓手已經心懷感謝地拔掉瓶塞，一口氣喝完。

他們都帶了自己的份，不過現在沒空客氣或相讓了。

「……我、我不客氣了。」

看到妖精弓手的果決，女神官也終於把嘴貼上瓶口。

這樣就是第二瓶了。血氣恢復而讓臉頰有了紅潤，表情卻反而略顯黯淡。

「好，聚起來了。」哥布林殺手一邊以眼角餘光看著她們喝完，一邊點了點頭。

「我想要水。能用法術弄出來嗎。」

明明不是在問自己，少年卻「嗚」的一聲，一口氣喘不過來。

他只會用「火球」，而且法術已經用完。

也不清楚怎麼回事，他就是覺得讓這個人知道這點，會非常屈辱。

「那種法術，學會了，又有什麼意義……」

少年自然而然提出鬧彆扭的意見，哥布林殺手回答：「是嗎。」

礦人道士一邊瞥過去觀察他們兩人的情形，一邊點頭。

「與其說水，要雨倒是沒問題。只是因為在室內，會有點弱。」

巨人的怒吼與地動聲漸漸逼近。蜥蜴僧侶說了聲「備戰」。

「所以啊，嚙切丸。可沒辦法像你的拿手好戲那樣喔？」

「無所謂。」哥布林殺手說得堅決。「只需要潑上去。」

「好唷。」

「之後再來一次『聖光』。行嗎？」

「我……」女神官喉嚨顫動，一句話吞了回去，用力咬了嘴唇。「……我可以！」

「好。」

哥布林殺手宣告就這麼定了的同時，巨人終於抵達墓室。

「OLTROOOR！」

也不知道這陵墓的通道與墓室是造來讓誰走動，大得足以讓巨人輕鬆通過。

在吼叫聲中揮下的棍棒，以致命的重量與威力掃過墓室。

「呀!?」

「危險……！」

女神官晚了一瞬間蹲低，妖精弓手以撲倒的方式護住她。

打在棍棒上的鐵釘掠過森人的頭髮，扯下了綁住頭髮的髮帶。

「妳還好嗎!?」

「別說了！」妖精弓手披著一頭散髮大喊。「快點！」

「！『慈悲為懷的地母神呀，請將神聖的光輝，賜予在黑暗中迷途的我等』！」

女神官從被推倒的姿勢下拚命挺出錫杖，對慈悲為懷的天神獻上祈禱。

虔誠的信徒磨耗靈魂所發出的懇求，天上的地母神當然不會不回應。

「RRLLRTTOOR!?」

有如太陽般的強光爆發。閃光照亮了整間墓室，抹成一片全白的光景。

巨人受不了而退縮哀號，哥布林殺手立刻吶喊：

「水！」

「好！『奔馳吧雨馬（Kelbi），從泥土到森河，從海到天空！』」

礦人道士緊握住從包包裡拿出的一只小小的馬玩偶，進行詠唱。

緊接著就在尖銳的馬兒嘶叫聲中，一陣溼潤的風呼嘯翻騰，轉為一滴滴的驟雨。

礦人道士所言不虛，他使役雨馬引發的，就只是「求雨（Call Rain）」。

「行啦！嚙切丸！」

「接下來……是這個。」

哥布林殺手配合灑水，從雜物袋取出一只皮囊，砸向巨人。

「ORLTLRRLR!?」

一砸之下，巨人立刻發出哀號。

巨人腫脹的灰色外皮，從燒得焦黑的部位開始迅速龜裂。

整地過程中，遇到必須去除巨大岩石的情形時，有一種工程就是先加熱，再淋上冷水。

這樣一來，岩石就會自行龜裂、粉碎，之後只要用槌子敲打即可。

據說巨人是從岩石形成的，在日光下就會變回岩石，現在就實實在在處於這樣的狀況。

「TLRORL!?」
然而，巨人不會明白發生了什麼事。
牠萬萬想不到淋了水，再被潑粉，竟然就會全身**結霜**！
「TTLLOOTTTTTL!?」
「單純，但不壞。」
哥布林殺手面對按住顏面、痛得不斷掙扎的巨人，查看效果如何。
不，即使是哥布林殺手，也未必精確地掌握住了原理。
重要的是行動所帶來的結果，也就是會發生什麼事。
火焰祕藥——鍊金術中所說的硝石，吸收了水和巨人的體熱，開始急速冷卻。
「……你這招又是哪裡學來的啦？」
「……啊。」
妖精弓手顯得不敢領教，女神官腦中則忽然閃過在水之都裡有過的一段對話。
——對喔，他的確問過冰品的製作方式。
「ORLT!?TOORLRLOT!?」
這大概表示無論是否具備治癒能力，剛被加熱之後又遭到冷卻，都會承受不住吧。
傷口不見痊癒，讓巨人痛得無以復加，胡亂掙扎著揮動棍棒。

蜥蜴僧侶雙顎一歪，露出猙獰的笑容。

「這副德行著實難看啊。好，那貧僧上了……！」

蜥蜴僧侶手持牙刀撲向前去，妖精弓手的射擊隨後補上。

「等解決了那隻莫名的大傢伙……」

哥布林殺手毫不猶豫地擲出武器，拿起從大堆破銅爛鐵中撿起的劍，跑了過去。

「就要殺光哥布林。」

巨人的命運已經不在話下，至於其餘哥布林有著什麼下場，也不必再多提。

然而就在這樣的情勢下，被趕到後排的少年，卻始終瞪著哥布林殺手。

——原來如此。我的確對她說了很過分的話。

可是。

應付巨人會嫌麻煩，殺哥布林就殺得高高興興的這個人。

自己大意是有的。火候不到是有的。責任是有的。可是。

——唯獨這個男人，我絕對不想認同他——……！

§

「來來來，這種時候礦人怎麼可以不帶頭乾杯？」

「好，那，為我們的平安生還！為怪物的首級！為那個女侍祭的今後！」

乾杯！眾人高聲呼應著舉杯，碰得酒水飛濺。

這世上再也沒有比冒險者和酒宴之間更加難捨難分的關係了。

公會內的酒館，今天照樣來了許多做完了工作的冒險者。

有人說這次的敵人很棘手，有人在討論拿到的魔劍要給誰用，有人說那個村姑好漂亮。

你攻擊沒打中的代價太慘痛了。漂亮地完成了致命一擊。施展法術的時機選得再好不過。

先慶祝成功，同時也要開反省會。對同伴的失敗一笑置之，稱贊同伴的成功。

平分得到的財寶，有裝備則討論要賣還是要用，大談對下次冒險的期待。

冒險者在冒險中不提各種不平或不滿是當然的，他們並不想跟夥伴鬧翻。

這些小事，就該留到冒險之後。

冒險者們就是為了不在往後留下疙瘩，為了即使下次冒險就陣亡也不後悔，才要這樣大吵大鬧。

他們——哥布林殺手的團隊，也置身在這熱鬧的喧囂中。

「來啦，歐爾克博格。為什麼你每次連這種時候都不說話？」

「是嗎？」

「當然是啊！」

妖精弓手一點一點地舔著自己杯中稀釋過的葡萄酒，卻一直幫別人倒酒。

比起服務更像是在倒著玩，這樣的確有點惡劣，但也許是已經喝醉了。

與她面對面的哥布林殺手，默默從頭盔縫隙喝酒，這點也一如往常。

「啊啊，不好意思，女侍小姐，可以幫我多拿些香腸來嗎！」

「好好好，蜥蜴大爺！老樣子對吧！」

獸人女侍（Padfoot）在桌子、椅子與冒險者之間來回穿梭，露出笑容。

「是不是也灑上乳酪比較好呢？」

「喔喔，甘露！務必！」

蜥蜴僧侶點完了下酒菜後，用尾巴拍打地面，也是老樣子了，然而……

「來，妳也一樣！杯子拿出來拿出來，喝吧！」

「……好。」

女神官垂頭喪氣，則和平常不一樣。

真要說起來，換做是在平常，細心留意眾人的需要，幫忙倒酒，是她的工作。否則也輪不到妖精弓手馬虎又粗心地分配酒與菜餚。

「我，這個，今天……」

她說話聲音小得像是隨時都會哭出來。

這種喪氣的態度，比神職的身分更加不適合酒宴。

不過這也難怪。

第一次指揮團隊的經驗，做得正順利時，卻搞出了大失敗（Fumble）。

當時因為有別的同伴能夠幫忙指揮，所以並不要緊，但若非如此，相信全軍覆沒是在所難免。

就和對她而言的第一場冒險一樣。

「真是夠了……！我們都還活著，這樣不就好了嗎？」

但活了兩千年的森人，不會拘泥這種小事。

「我說妳喔，哪有可能一開始就能指揮得很完美啦？」

妖精弓手搖了搖一對長耳朵，以言語和態度表示女神官的說法太沒道理。

「連森人也辦不到。要是有那樣的森人，不是抹了白粉就是耳朵是假的。」

「以長耳丫頭來說，這話還真有那麼點道理。」

「沒禮貌，我講話當然大有道理。」

妖精弓手哼了一聲，對礦人道士挺起平坦的胸膛自豪。

不過這也只有短短一瞬間，白嫩皮膚已經染紅的她，緊接著就半翻白眼，看向另一邊。

「倒是你這邊怎麼樣？問你啊。」

這張桌旁靜靜不說話的，除了哥布林殺手與女神官之外，還有一個人。

正是不高興地拄著臉，鬧著彆扭用叉子前端玩著香腸的少年。

的確，雖說是第一次冒險，但他的表現毫無可取之處。

莽撞地衝出去而落入圈套，他的王牌法術也用錯了地方。

和許多冒險者心目中的「華麗冒險」完全無緣。

——雖說這樣才是現實，也的確沒錯啦。

妖精弓手嘆了口氣，對他失去興趣似的舔起葡萄酒來。

「算了，你就別太沮喪了。第一次冒險能平安回來，你就為這件事高興吧。」

「就是啊，小子。首次冒險就撞上巨人，可不是那麼容易有的機遇。」

也不知道是運氣好還是不好。礦人道士在不高興的少年背上用力拍了拍，喝了一口酒。

「要不是有巨人，我才不會輸給哥布林這種貨色……」

「別說啦，來，喝吧喝吧。酒可是好東西啊，好東西。」

礦人道士也老實不客氣地從酒瓶倒了酒，放到少年面前。

他就像看著不共戴天的仇人一樣瞪著這杯酒，然後一口氣喝乾。

「嗚噁!?咳！咳噗！咳！」

「看吧。這下你應該很清楚，從一開始就什麼都做得好才奇怪了吧。」

礦人道士半是壞心眼、半是安慰地取笑被燒灼喉嚨的酒精嗆到的少年。

少年怨懟地瞪著礦人道士，正想開口說些什麼——

結果一個裝了一小份香腸的盤子就推到了他眼前。

「來來，貧僧分一點**加了香腸的乳酪**給你換換口味。」

還冒著熱氣的香腸上，灑著已經融化的半固體乳酪。

蜥蜴僧侶老實不客氣地用手指捏起自己的份（比別人多），扔進雙顎之間。

一口咬下，腸衣就啪的一聲裂開，濃稠的油脂在口中流淌。

搭配辛香料鹹味的香腸，襯托出乳酪的甘甜，這是何等美味。

「甘露！」

蜥蜴僧侶為了讚頌祖靈而合掌大喊一聲，接著對女神官也遞出了盤子。

「來，這很美味，也能搏個好彩頭好兆頭。味道好就是本事好。」

「……說得也是。」

女神官戰戰兢兢，客氣地把叉子伸向香腸。

叉起，送到嘴邊，小小張開嘴，咬了一小口。

「我也……想做得更好。」

「哈哈哈哈。」

蜥蜴僧侶快活地大笑，女神官抬頭瞥了他一眼。

他說尾巴太長，坐起來會礙事，因此一直站著。因此身高差距很大。

女神官微微嘟起臉頰，蜥蜴僧侶便唔了一聲，重重點頭。

「有這等志向很好。若是不想辦到，自然就辦不到。所謂進步，指的就是往前踏步。」

說著轉過身來，長了鱗片的粗獷手掌豎起一根手指，在空中畫圓。

「我等父祖那麼可怕的龍，也是從在沼地中爬行的生物，進化到以四腳踏地，最後才變成龍。」

這是蜥蜴人的神話，女神官並不清楚。

海中的塵芥化為魚，魚上了陸地，踏上地面，站起，成為支配萬物的龍。

他們所說的是進步，是進化，是往前進的意志，講的就是這麼一種文化。

雖然耐人尋味，但女神官不知道該如何看待這番話，含糊地笑了笑。

——雖然他在為我加油，這點我是知道啦。

「說到這個。」

女神官吃起香腸想掩飾尷尬，結果妖精弓手從旁插嘴了。

想必不會是要幫忙緩頰。因為她經常想到什麼就說什麼。

「那個，呃——是叫侍祭嗎？她怎麼樣了？還好嗎？」

「啊，是。」

女神官趕緊點頭，輕輕擦去嘴邊沾到的油脂。

「手指勉強接回去了。所以說是要等靜養夠了，再來打算將來。」

「這樣啊，太好了——這樣講也有點怪啦，不過只要活著，就還有下次機會嘛。」

妖精弓手這幾句話，肯定是不經意說出的。

正因如此，有人回答這句話，才更讓她吃驚。

「就算活下來，也一點用都沒有。」

是少年。

他以幾乎讓人錯以為只靠視線就能殺人的凶惡眼神，瞪著妖精弓手。

「輸給哥布林耶？想也知道會被人看不起。」

「怎、怎樣啦？」

森人少女被震懾住似的，噘起了嘴脣。

「又不是說一定會變成那樣——……」

「我姊姊就是這樣！」

少年啪的一聲，手掌重重拍在圓桌上。

妖精弓手嚇了一跳，長耳朵連著屁股一起上升。

這一拍震得盤子搖動，飯菜灑出，酒瓶翻倒。

蜥蜴僧侶趕緊輕巧地端起大盤，礦人道士的動作也差不多。

看來對於這位喝醉的少年，他們兩人都打算徹底作壁上觀。

——也是啦，年紀輕輕就喝醉，難免會有這種情形。

遠比悶在心裡好多了。人就是這樣，是礦人就更會理所當然這麼認為。

「大家笑她輸給哥布林，被哥布林幹掉了！」

「姊姊。」

低沉的喃喃自語聲。

圍坐在圓桌旁的冒險者們，視線都不知不覺往角落直視。

原來是先前一直默默小口喝著酒的哥布林殺手，沉吟似的說了這句話。

「原來你有姊姊。」

「有啊，我有！」

少年大喊。得到酒精支援而高亢起來的感情，讓他話一出口就停不下來。

「要不是中了哥布林的毒短劍而死，我現在還有這個姊姊！」

「咦……」

就不知道有誰能夠注意到，女神官臉上的血氣應聲消退。

她心想，果然如此。

又覺得，怎麼可能。

手微微發抖。纖細的喉嚨嚥下口水而發出的震動，聽起來格外大聲。

中了毒短劍。被殺。紅髮的。魔法師。

她怎麼可能會不記得？

「我姊姊可厲害了！要不是哥布林用毒，她一定會贏！」

少年咒罵似的這麼說完，憤而把杯子一扔。

杯子在地上彈跳，蜥蜴僧侶「啊喲」一聲，急忙用尾巴纏住。

「可是，學院那些傢伙，卻胡說八道……」

全都去死吧。

少年喃喃說完這句話後，終於趴倒在桌上。

酒館內吵吵鬧鬧的冒險者們，一瞬間變得鴉雀無聲，難道只是錯覺？

又或者，冒險者們其實一直在聽少年說話？

塞在酒館裡的冒險者們當中，有人在看著少年嗎？

不，即使有，相信他們也不會表示什麼意見吧。

要當一個冒險者，就表示一切都由自己負責。每個人各自把某些事物背負在背上，或是懷擁在心中。

就看是財富、是名譽、是功勳、是修行、是金錢、是夢想、是理想，還是信仰。

儘管種類各不相同，意念的重量卻沒有兩樣。

尋求一天的溫飽，和前往遺跡追尋未知的發現，這兩者又有誰能去論斷其中的高下？

初學者拚命撲殺下水道的巨鼠（Giant Rat），與老手去對抗龍，這兩者又有什麼差別呢？

所以他們什麼都不說。

要說有什麼例外——對，要說有例外，也只有這個明明已經是老手，卻一直在殺小鬼的人。

「……是嗎。」

哥布林殺手低聲、因此更像是驚呼般的語調，喃喃說了這句話。

他抓起桌上自己的杯子，一飲而盡。

然後喀噠一聲站起。

「我要回去了。喝到差不多就回房……」

他微微啐了一聲。這個少年並未租用房間。

他從腰間的雜物袋裡抽出一枚金幣，扔到圓桌上。

「……幫他弄個房間。」

「喔，知道了。」

礦人道士並不多說什麼，點了點頭。粗粗的手指撿起金幣。

「啊……」

不知道女神官對從她身旁走過的哥布林殺手，究竟想說些什麼。她開了口，但並未說下去，就只是用細微的聲音叫了他的名字。

「哥布林、殺手先生……」

「……多少休息一下。」

粗獷的皮護手，放到了她苗條的肩膀上。

女神官正要把自己小小的手放到那手掌上，他的身影已經消失。視線游移著尋找，結果看見他已經踩著大剌剌的腳步走向門口。

「你給我等一下，歐爾克博格！」

妖精弓手為了不被酒館的喧囂蓋過，扯開了嗓子。

「明天要怎麼辦？放假!?」

「不知道。」

回答短而冰冷。

哥布林殺手推開彈簧門後，撞見了正要進來的冒險者。

「呃，這不是哥布林殺手嗎⁉」

一名面容精悍的美男子，大大地皺起眉頭。是使長槍的冒險者。

他多半也是剛結束冒險，全身滿是泥土與灰塵，還微微帶著血腥味。

「你這小子，不要突然冒出來，這不是嚇了我……」

「一跳嗎」這幾個字，似乎吞回了長槍手的喉嚨中。

「……怎麼啦？發生什麼事了？」

「什麼都沒發生。」

哥布林殺手推開長槍手，走向公會外。

長槍手站在公會門口不動，看著他的背影，就像在目送難以置信的事物離開。

他竟然會推開別人，這是極其罕見的情形。

§

這世上再也沒有比冒險者和酒宴之間更加難捨難分的關係了。

公會內的喧囂，穿透牆壁與窗戶，傳到了大路上，為夜晚增添了熱鬧。

所以即使有個冒險者蹲在連雙月的月光都照不到的小巷子裡，也不會有人注意到。

他穿著廉價的皮甲，髒汙的鐵盔。就連初出茅廬的冒險者，身上的裝備大概都還更像樣點。

初出茅廬的冒險者，從冒險的緊張中解放出來，大鬧一場之後喝得爛醉，乃是家常便飯。

「……他說姊姊？」

這個冒險者脫下鐵盔一扔，發出了低呼聲。

還以為自己辦到了什麼。

還以為自己達成了什麼。

「……蠢貨。」

他咬緊牙關，握緊拳頭，胃仍然像塞了鉛塊一樣沉重。

按捺不住上衝的一切，他當場吐了起來。

間章

「她們的故事」

Goblin Slayer

He does not let anyone roll the dice.

「好的，結束了。」

脖子上感受到的微微暖意，與背後的柔軟一起迅速遠離。

千金劍士依依不捨似的全身一震，慢慢睜開眼睛。

吹著清爽微風，陽光灑落的中庭——水之都，律法神殿。

千金劍士輕輕摸著自己的頸子，摸到皮膚緊繃，苦澀地笑了。

「……實在是很難消除乾淨呢。」

「因為**咒術**就是這樣。」

回答她的，是一位才剛為她施術的妙齡女性。

佇立在背後的她，薄衫下有著連女性看了都會怦然心跳的肢體。

她手上拿著天秤劍，雙眼的眼帶，是她想必也很完美的美麗臉龐上唯一的遮蔽。

「十分抱歉，是我能力不足……」

「……哪裡，您這麼說就太折煞人了。」

千金劍士大為惶恐，對這位人們譽為劍之聖女的至高神大主教深深一鞠躬。

只要想到她的雙眼，為了自己這點傷勢就抱怨，未免太不知羞恥了。

「……全都多虧了大主教。不管是我的性命能得救，還是能和家人在一起。」

「不是的。」她嘻嘻一笑，嘴脣形成了一道美麗的弧線。「不是我……」

「……您是指，他嗎？」

「是啊。」

聽千金劍士這麼說，劍之聖女手按豐滿的胸部，春心蕩漾似的嘆了口氣。

「因為我，就只是拜託了那位先生，拜託專殺小鬼之人而已。」

「……是，這我當然明白。」

千金劍士嘴角再度露出她所特有的、嘴角微微鬆開的微笑。

她左手輕輕撫摸的，是佩在腰間的輕銀寶劍。

那場在雪山的戰鬥距今已有幾個月，如今她能像這樣待在這裡，靠的並非是自己的力量。

不，說起來至今的一切都是如此。到底有多少事情，是單靠自己辦到的呢？

雙親、團隊夥伴、小鬼殺手——以及在那邊境之鎮認識的，朋友。

一想到那個像姊姊的女神官、開朗的森人、櫃檯小姐與牧牛妹，就覺得胸口一陣溫暖。

她覺得只要有這股溫暖，自己就不要緊。

「……所以這次，我想親手辦到一些事情。」

「為了大家？」

「不。」千金劍士回答。「……因為我不知道我的所作所為，能不能為大家帶來益處。」

劍之聖女點了點頭，彷彿在說這樣就好。

想為這個社會做出貢獻，這樣的心意是好的。

然而不可以確信自己的所作所為，會為社會帶來貢獻。

正確本身就是一種危險。至高神之所以只為世上帶來律法，原因即在於此。

而千金劍士非常清楚這一點。

她原以為正確的事情，其實錯了。頸子上的烙印就是證明。

為了替同伴們鎮魂，也為了新的冒險者們，自己能夠做些什麼呢？

「……不過，我想盡己所能去做。」

「好的，我也會盡綿薄之力。」

劍之聖女溫和的微笑，真不知道讓千金劍士覺得多麼放心。

她是結束十年前那場戰爭的英雄，也是和國王及其他掌權者都有交流的大主教。

講什麼綿薄之力，實在太令人惶恐。千金劍士心想，太令人惶恐了。

「對了……」

所以她並未察覺，劍之聖女有那麼一瞬間，難為情地扭捏起來。

「您對那位先生，是怎麼想的呢？」

「……啥？」千金劍士連連眨眼。劍之聖女那雙看不見的眼睛，已經直逼眼前。

千金劍士有種彷彿被施了「看破（Sense Lie）」似的感覺，但仍回問：

「……請問……這是什麼意思？」

「就是字面上的意思。」

「……是恩人。」

千金劍士並不猶豫，立刻選出了這個字眼。她摸了摸掛在腰間的劍，又說了一次：

「……是恩人。他，還有他的團隊都是。因為我還交到了朋友。」

「是嗎……」

劍之聖女以難以言喻——但明顯帶著喜色的聲調回答。

千金劍士戰戰兢兢地看向她，劍之聖女就以笑咪咪的表情點頭。

「我明白了。您真的遇到了好的緣分。」

「……是啊！」

千金劍士挺起她豐滿的胸膛，回答得很自豪。

她能自豪的所作所為不多，但只有那次邂逅另當別論。

千金劍士對劍之聖女告辭，走在神殿走廊上的腳步充滿了力道。

對於身後的劍之聖女之所以高興得笑吟吟的理由，她連想都不曾想過。

第4章『一群沒有名字的男人』

訓練場尚未完工就先行啟用，是在那之後的一週左右。

初夏的陽光照耀青草繁茂的山丘，蘊含了些微暑氣的風吹拂而過。

再也沒有比今天更適合流汗活動身體的天氣了。

「好、痛啊!?等等，我手都麻了耶!?」

「拿盾的手別垂下來！妳想腦袋開花嗎！」

「嗚呀!?咿!?哇啊啊!?」

金屬與金屬相碰的尖銳聲響，迴盪在鋪了白沙的圓陣內。

最先完工的，就是這用來進行模擬戰的圓陣，血氣方剛的年輕人已經開始訓練。

畢竟公會後門的空間太小，而且有不必自己出錢買的武具可用，也很吸引人。

「管妳手麻還是怎樣，說什麼也別放低盾牌！戰鬥就是要無時不刻舉著盾啊！」

「至少可以請妳按部就班慢慢教嗎!?」

現在在圓陣裡對打的，是女騎士與圃人少女——身穿皮甲，手持圓盾的劍士。

說是在對打，但揮劍揮得痛快淋漓的只有女騎士一個。

圃人劍士則嚷嚷著舉起盾牌，拚命抵擋她的攻擊。

雖說是並未開鋒的訓練用劍，要是被砍中，可不會只有痛而已。

「怎麼啦！怎麼啦！龍(Dragon)的爪、爪、牙可沒這麼好應付呢！」

「我才白瓷，才不想去招惹龍啊！」

「妳沒聽過有人和龍偶然遭遇(Random Encounter)的那件事嗎？掃腿來啦！」

「哇呀啊!?」

圃人少女被她漂亮地一腳掃翻，輕而易舉地被放倒在白沙上。

女騎士哇哈哈哈地大笑著搶上前，用劍柄砸她。

反握住劍刃，拿劍柄掃去的一擊，威力足以致命，堪稱殺招。

圃人劍士氣喘吁吁地想爬出重圍，卻再度輕而易舉地被掀翻在地。

也不知道該說是無情還是狠心，總之她就是毫不留手。

或許應該乾脆說是殘暴。她就是那樣才會嫁不出去。

「哇啊……」

「好慘。」

新手戰士與紅髮魔法師表情抽搐，努力不去想著他們自己接下來也會變成這

樣。

為什麼只是坐在圓陣外等著，心情卻會愈來愈堅毅呢？

這裡是怎樣？是聳立在極寒地帶、難攻不落的巨大迷宮嗎？

「喂，你們兩個，別只顧著看別人。」

有個冒險者拿長槍的另一頭，在他們兩個人頭上戳了戳。

那人沒有穿著平常穿的盔甲，而是一身便服，手提長槍，脖子上掛著銀的識別牌——是長槍手。

「會忍不住多看女生兩眼，這我也不是不懂啦。但不認真練可是會死的喔，會死啊。」

「不，我、我才不是在看女生。」

「對啊對啊，我們跟長槍大哥又不一樣。」

兩人一個鬧起彆扭，一個傻笑，讓他不由得「你們兩個……」地皺起眉頭。

「我說你們啊，我是不知道你們怎麼看待我，但你們這樣像是受教的態度嗎？」

「誰叫你——」新手戰士說得理所當然。「每次都被櫃檯小姐甩掉。」

「就連剛來的我都知道耶。」

長槍手的臉應聲抽搐，就不知道他們兩人是否察覺到了。

是嗎是嗎？長槍手露出了僵硬之中帶有無限溫和的微笑。

「我現在很～清楚了。好，我就來講講你們不想被人提起的事情吧。」

「？」兩名少年不約而同地歪頭納悶，長槍手就把槍尖當成手指似的，直挺挺地指向他們。

「你，上次冒險時衝動亂闖，結果還用光法術，什麼貢獻都沒有，對吧？」

「嗚……！」

「你老是接驅除老鼠的任務，但一搞成長期戰就會累垮，結果買活力藥水（Stamina Potion）買到缺錢。」

「嗚呃!?」

這些都是事實。都是他們各自不想被人在檯面上提起的，不光彩的祕密。知道這些事情的，若不是同個團隊的隊友，就是……

「是、是櫃檯小姐，跟你說的……？」

「當然。櫃檯小姐拜託我，要我把重點放在體力上，好好鍛鍊你們。」

長槍手低聲一笑，像鬼似的緩緩起身，擺出了架式。

新手戰士與少年以像是面對可怕亡靈般的緊張神情，深深沉腰。

「咱們來玩鬼抓人。我打獵，你們被獵。」

看到長槍手呼嘯生風地舞動長槍，兩人不約而同察覺到「啊，惹毛他了」。

「不妙，我們快跑！」

「喔，嗯、嗯……！」

他們不先反省或道歉，而是動如脫兔地逃走，想必是適切的判斷。

「喂，你們兩個給我慢著！」

兩名少年把武具和法杖都扔了，開始在訓練場外圍繞圈奔跑。長槍手則從後追趕。

工人與正在休息的冒險者們，都一副拿他們沒轍似的表情，在一旁看著。

旁觀者清，這些人當然看得出長槍手並未認真。

他能夠維持在兩名少年稍一鬆懈就會被追上的精準速度，可說的確有一套。

——那傢伙看似輕佻，其實很會照顧人。

這就是眾人一致的感想。

真要說起來，本來要在這裡擔任教官的，應該是一群退休的高階冒險者。

但並沒有規定禁止現役的冒險者指導後進。

有閒著的人當作打發時間，也有休假中的人當成自主訓練。

建設進度穩定進展的訓練場，做為冒險者們交流的場所，已經發揮了120％的功能。

「……」

哥布林殺手一邊看著這一切，一邊持續動手。

他坐在曠野上，距離訓練場已經完工的區域與建築中的區域，都有一大段距離。

藍天下聽見鳥兒啾啾鳴叫，風緩緩吹過，草原上掀起波浪。

視線望去，看見的是站在他正對面，迫不及待等著他做完手上工作的兩名少女。

是圃人少女巫術師（Druid），以及侍奉至高神的見習聖女。

「就像這樣。」

他將剛做好的成品拿給兩名少女，她們立刻看得連連眨眼。

那是用皮帶纏住石塊，完成了投石準備的投石索（Sling）。

「咦，就只有這樣？」

「意外的簡單耶。」

「對。」哥布林殺手點點頭。「有時牧羊人也會帶著，用來驅趕狼。」

「感覺三兩下就做得出來呢。」

「只要有帶子就行。石頭也是到處都撿不完。學起來不會吃虧。」

起因是之前有一次在慶典上，他在她們面前露了一手投擲的技法。

相信兩名擔任後衛的少女，都是覺得這種技能正適合學來自衛。

於是櫃檯小姐找他商量：「她們兩位說想學會用投石索……」

哥布林殺手很乾脆地答了句「是嗎」，乾脆得連他自己都嚇了一跳。

「經常有人歌頌凡人(Hume)的武器是劍，但正確答案是投擲。」

哥布林殺手用手指勾起投石索站起，慢慢甩動成圈。

好讓兩名初學者看清楚每一個動作。

戰鬥中會一個動作就揮擲出去，所以他現在應該算是教得非常仔細。

「不管標槍或石頭，凡人投擲的本事都非其他種族所能及。身體構造就是這樣。」

而投石索就是要將這種優勢再進一步加強。

哥布林殺手慢慢增加轉圈的速度，瞄準目標。

為防萬一，他將靶子設置在與訓練場相反的方向。

就只是在稻草人身上，戴上頭盔與鎧甲——是武具店廢棄的裝備。

稻草人的個子格外低，則是因為仿哥布林，這已經不必多說。

「因此，會變成這樣。」

哥布林殺手說完，就擲出了石塊。

石彈破風飛去，在一聲悶響中擊飛了頭盔。

哥布林殺手走過去撿起掉在草叢裡的頭盔，隨手朝兩人一扔。

「哇。」

「咿！」

兩名少女忍不住發出驚呼。

畢竟尋常的石頭貫穿了金屬外皮與皮革內襯，在頭盔中滾動。

如果有人戴著這頂頭盔，頭蓋骨會有什麼下場，相信是令人連想都不願去想像的。

「如果用這個，就連圃人的力氣，應該也能抵擋住一隻逼近的敵人。」

至少自己的師父就是圃人。聽到他這句小聲的自言自語，少女巫術師眨了眨眼睛。

哥布林殺手大剌剌地走近，從頭盔中拿出石塊。

石塊的形狀就像岩釘似的尖銳。是他為了投擲用而精挑細選出來的，一種重視威力甚於穩定性的石彈。

這些小小的加強，有時候會有效。他小聲補充這句話。

「不管怎麼說，只要抵擋住第一隻，同伴就會趕到——也許吧。」

「就只是也許？」

「沒錯。」

見習聖女狐疑地問起，哥布林殺手正經八百地回答。

「就只是緊要關頭多一張牌。如果妳們覺得這樣也好，就多練習。」

「……我覺得哥布林殺手先生的說法還挺卑鄙的。」

還說自己能體會神官姊姊的辛苦。這是少女巫術師噘起嘴脣道出的苦口良言。

哥布林殺手聽完後，歪著頭說了句「是嗎」兩名少女也不再理他，拿起了投石索。

她們有樣學樣，一邊討論著「是這樣嗎？」「這樣吧。」一邊把皮帶纏上石頭，各自朝靶子擲出。

有擊中的，也有落空的。也有沒有往前飛的。

然而，哥布林殺手見狀，卻不主動說些什麼。

要是有問題想問，相信她們自己會過來。不然還是讓她們專心練習比較好。

哥布林殺手就是這樣被教會的，他自己也覺得應該這樣。

不去做的人，不管過了多久都做不到。

到了現在，哥布林殺手隱約思考起師父——忍者所說的這句話。

自己究竟算不算做到了呢？

沒有答案。根本無從回答。

哥布林殺手呼一口氣，死了心似的在原地坐下，結果……

「呵呵呵，大家練得好熱心呢。」

「唔……」

突如其來打斷他思索的說話聲。遮到頭上的影子。

哥布林殺手轉頭一看，拿著陽傘的櫃檯小姐笑咪咪地站在那兒。

「……妳來啦。」

「是。該說是視察嗎？要說督導……應該算不上吧。總之就是跑來了。」

櫃檯小姐說著來到哥布林殺手身旁，抱著膝蓋坐下。

她和平常一樣穿著制服，或許是因為初夏的暑氣已經有點悶熱，只見她額頭上冒出了汗水。

哥布林殺手也猜到，既然是吃公家飯，穿著方面想必無法隨心所欲。

而她似乎也有自己的矜持，終究不會做些解開衣領仰頭搧風之類的舉動。

「……哥布林殺手先生都不熱嗎？」

「不會。」他搖搖頭。「沒什麼感覺。」

「你是說真的嗎？」

「沒必要說謊。」

這個回答似乎讓櫃檯小姐不太滿意，邊說了句「算了」邊小小地哼了一聲。

「那麼，如何呢？這些黑曜和白瓷的冒險者。」

「天曉得。」

哥布林殺手這麼說完，看向正在練習投擲的兩名少女。

她們很熱心。很認真。是一群好女孩。

但這不表示，她們就一定能存活下來。

「我看不出來。」

「真是的——」

櫃檯小姐鼓起臉頰，豎起食指緩緩搖動，像是在叮嚀小朋友。

「這種時候，就該說些比較無關痛癢的回答喔。」

「是這樣嗎。」

「就是啊，尤其答案會留在文件上的時候，更該如此。」

「我會記住。」

哥布林殺手說完這句話，站了起來，一邊感覺著櫃檯小姐抬頭仰望的視線。

算算該是時候了。

「各位～！來吃午餐吧～！」

「牧場送飯菜來囉～！」

推著推車嘎啦作響的聲響之後，傳來的是兩名少女的喊聲。

女神官，以及牧牛妹。

並不是有誰決定這麼辦。既然訓練場尚未正式營運，自然不可能會供應午餐。

所以這純粹是出於善意。

哥布林殺手由衷感謝她舅舅對冒險者這麼照顧。

他絕對不會自以為是，以為對方是為了他而這麼做。

「好了，我也得去幫忙才行了。」

櫃檯小姐拍了拍裙子上沾到的草與泥土，站了起來。

她小小伸了個懶腰，收起陽傘，夾在腋下。

她就像小鳥似的，在草原上飛奔。

「啊，對喔。」

說著又笑著回過頭來，帶得辮子在風中甩動。

「這可以叫做勞軍嗎？」

哥布林殺手不回答。

而是朝著努力練習投擲的兩名少女，簡短地說聲：「休息時間到了。」

她們因為運動而熱得臉頰潮紅，點了點頭，跑向推車。

他看著她們離開後，自己則背對聚集在推車旁的冒險者群，踏出了腳步。

接受請求，答應指導新手訓練，讓他覺得也有一些後悔。

「喂，哥布林殺手。」

叫住他的，是不知不覺間已經來到身邊的長槍手。

他的目光望向跑遠的櫃檯小姐背影，以及在她背上彈跳的辮子。

然後小小呼一口氣，視線轉到哥布林殺手的鐵盔上。

「那傢伙」他指的是重戰士。「跑哪兒去了？」

「今天帶著其他孩子去闖洞窟。」

雖然不能說冒險中沒有危險，但想來還是沒那麼容易出什麼事。

哥布林殺手沉默了一會兒後，淡淡地說下去。

「他，怎麼樣。」

「啊啊，你是指那個魔法師小鬼？」

長槍手露出了猙獰的笑容。

少年正從推車的貨臺上，領走在井裡泡涼的瓶裝檸檬水。

大概是跑得夠累了吧，只見他閉上眼睛，喉頭咕嘟作響，喝得津津有味。

「骨氣是有。魔法的才能，我就沒辦法說什麼了。」

「是嗎。」

「不過，今天是吹什麼風啊？」

長槍手往身旁那髒汙的鐵盔瞥了一眼。

「你竟然會來訓練場指導新人。我還以為你都只顧著照顧那個女神官呢。」

「也不是這樣。」

哥布林殺手斬釘截鐵地說完，踩著大刺刺的腳步往前走。

他匆匆要離開這裡。長槍手看出這點，為難地仰望天空。

「啊啊……」

太陽高得惱人。今年的夏天多半也會很熱。

「……喂，今晚有空嗎？」

「唔……」

哥布林殺手低聲沉吟。

朝牧牛妹那邊瞥了一眼，就看到她也正看過來。

牧牛妹笑咪咪地，手放在腰間搖動。看來他們已經先講好了。

哥布林殺手點點頭。

「……嗯，似乎沒問題。」

「那我們就去喝一杯。」

「……酒嗎？」

「不然還喝什麼？」

哥布林殺手無法掌握其中的意義，不，是意圖。

他完全不明白，邀他有什麼好處。

「邀我嗎。」

「不然是在邀誰啦？那傢伙我也會邀。我們三個男人，自由自在地喝。」

「……是嗎。」

「好歹也陪我一下。」

被他這麼一說，哥布林殺手默默仰望天空。

太陽已經過了天頂，應該正要緩緩走向下坡。

如果是在這個地方，要從太陽的傾斜來讀出時間這種小事，對他而言是輕而易舉。

是姊姊教他的。

他不可能會忘記。

「……知道了。」

「好。」

長槍手用拳頭碰了碰哥布林殺手的肩膀。

「那，就這麼說定。」

§

藍天是那麼的高。

少年被汗水溼透的背和臉頰，感受著草貼上來的感覺，喘著氣躺了下來。

他躺下來攤開雙手雙腳，氣喘吁吁地往肺部攝取氧氣。會喘氣是因為氧氣不夠。只要呼吸，就會取得氧氣。所以呼吸才會粗重。自己絕對不是沒出息。少年的腦子裡一直轉著這樣的念頭，初夏的風撫過他的鼻尖。

施法就會消耗體力，而且冒險基本上就是要徒步越過原野、山丘或曠野。至於說為什麼，首先就是馬很貴。糧草費用也貴。又占位子。馬蹄之類的也得保養。

如果只是從一個鎮移動到另一個鎮，那麼只要從一個驛站搭到下個驛站，應該就能解決。

然而，冒險的舞臺大多都是地下迷宮、偏遠地帶，或是人跡未至的化外魔境。要自備馬和馬車去闖會有困難，更別說是租來的。

往年的勇者說，我們冒險者這行做的生意就是走路，倒也不能說是謊言。所以即使是魔法師，也非得和戰士一樣培養體力不可，這點他懂。

懂是懂，不過，可是……

「再怎麼說，也太……」

「……累、累死我了。」

白瓷等級和銀等級，也就是第十階要應付第三階，哪怕對方已經手下留情。

少年喘著大氣發著牢騷，附和的是同樣躺了下來的圃人少女。

她被女騎士抓去對練，不，是一直被痛打到剛剛。

大概是熱得受不了，只見她把鎧甲、盾牌和劍都扔到一旁，躺成大字形。

她的個子相對嬌小，但那以圃人而言十分豐滿的胸部，隨著呼吸而起伏。

少年不小心斜眼看到她的內衣因為汗水而緊貼在皮膚上，硬把視線轉向天空。

他既覺得難為情，也覺得做了對不起她的事。

他勉強讓又熱又悶而沉重遲鈍的腦袋微微運作起來。她練完，下一個就是自己。

「呃、呃呃……妳有沒有掌握到什麼訣竅？」

「……不知道～」

也就是說，她就是一直被猛劈、掀倒、痛毆。

少年嗚哇一聲皺起眉頭，但女騎士卻也不是打算無意義地欺凌後進。

這種訓練就是要他們即使遇上強敵，也要舉好盾牌，所以剩下的都不重要。

長槍手也是一樣，說穿了就是要他們在想東想西之前，先練好體力再說。

要是這群即使對上龍或食人巨魔（ogre）都能抗衡的人拿出真本事，白瓷等級根本不夠看。

所以他們其實都已經手下留情，只是……

「……他們那樣，不會太火熱嗎？」

「不知道。」

在一小段距離外，躺在見習聖女大腿上的新手戰士也是一樣，所有人都精疲力盡。

巫術師少女則可能是跟著少年斥候去了，看不見她的身影。

圃人少女發著牢騷說「早知道我也選投石索就好」，少年就對她啐了一聲。

「跟那種傢伙，才沒有什麼好學的。」

「會嗎？你想想，他是銀等級耶。」

「可是，他只對付哥布林。」

而且古怪、頑固，讓人摸不透他在想什麼。少年嘀咕個不停。

「而且，對付哥布林這種貨色，一刀還砍不死的話不行吧。」

「如果是一對一，我也不會打輸哥布林喔？」

「對吧？就說哪有什麼哥布林殺手這……」

「那當然是因為他一直在解決哥布林嘛。」

插嘴的不是圃人少女，而是見習聖女。

「我當然也不是不覺得他……有點離譜。」

見習聖女一邊摸著一直發出怪聲呻吟的新手戰士的頭，噘起了嘴脣。

「可是什麼都沒做的人，去抱怨做了事情的人，根本就不像話吧。」

「……」

「聽說你去剿滅哥布林，然後失敗了。」

「少囉嗦。」

少年忿忿地朝天吐口水。

「我也聽說你們都只驅除老鼠。」

「那是因為……我們的實力就是只到這裡。」

見習戰士難受地說了。他和圃人劍士不一樣，鎧甲、劍與棍棒都不離身。

但仍微微鬆開護具的扣具，這是讓身體可以休息的巧思。

「對巨鼠（Giant Rat）防禦跟攻擊，就已經竭盡全力。要是一次冒出個三隻，根本就應付不來。」

「老鼠不是有毒嗎？」圃人少女問道。「不危險嗎？」

「所以還得花解毒劑的藥水（Antidote Potion）錢啊……」

「等升上下一個位階，我會試著對天神祈求『解毒（Cure）』的神蹟。」

兩人談起今後的展望，說這樣一來就存得了錢，也就可以買比較好的裝備。

劍也換成寬刃劍，鎧甲也換成鍊甲，頭盔會限縮視野，所以至少要有個金屬護額……

「……嘖。」

少年總覺得聽著十分沒趣。

他忍不住啐了一聲，讓圃人少女對他露出狐疑的表情。

「沒事啦。」他說著想扯開話題似的撇開了視線，結果……

「各位要不要也來點檸檬水？」

看見的是帶著笑咪咪的微笑，走在草原上的女神官。

她抱著一個大籃子，裡頭裝了小瓶子和包起來的食物。

「還有，餐點也有準備……」

反應並不踴躍。

想必是因為奔跑或揮動武器大半天之後，根本沒有食欲吧。

新手戰士「啊啊」地呻吟一聲，圃人少女也皺起眉頭說「吃了大概會吐」。

見習聖女大概也不想只有自己一個人吃，默默搖了搖頭。

「呃，要是不吃東西，下午會撐不住喔……？」

女神官這麼說完，為難地皺起眉頭。但她也無法勉強眾人。

相信少年也不是看到她不知如何是好，才幫忙打圓場，但他就是慢吞吞地舉起了手。

「……我吃。」

「咦？你說真的嗎？」

紅髮少年不情願地起身，對圃人少女粗魯地「嗯」了一聲。

「我學過的，說是運動後，要是不吃東西，就不會長肌肉。」

「真的假的？那可不吃不行了。」

「……那，我也……」

「那，我也吃吧。謝謝妳。」

餐點是簡單的三明治。

就只是用麵包夾了培根、火腿、蔬菜與乳酪。

但這夠勁的鹹味，深深透進了已經流失汗水的身體。

少年們起初還需要搭著飲料來吃，但隨即開始大口大口地吃個不停。

——她真的很懂呢。

看到他們這樣，女神官也不由得佩服起來。

那個牧牛妹，已經在哥布林殺手身邊支持他好幾年。

相信她對於冒險者在訓練之後需要什麼，自然是再清楚不過。

需要什麼……

——我姊姊可厲害了！要不是哥布林用毒，她一定會贏！

女神官「嗯」的一聲下定決心，在他身旁輕輕坐下。

「怎麼樣？我是說……還順利嗎？」

這個問題是針對特定的個人，但同時也是在問在場的眾人。

「累死我了。」圃人少女率先出聲回答。「同上」新手戰士懶洋洋地回答。

「勉強跟得上。」見習聖女說得得意……

「……」

紅髮少年不說話，小小哼了一聲。

「呃……」

——被他避而不答了。

她為難地皺起眉頭，選擇先換個話題再說。

比起停下來思索而想到好主意，還不如立刻展開行動。

哥布林殺手就是這樣教她的。

「對了。」女神官注意到的，是圃人少女。

「似乎沒看到妳的團隊呢。」

「啊啊，妳說我嗎？其實是因為我們頭目(Leader)是貴族家的次子還是三子。」

圃人少女張大嘴咬著三明治，一邊咀嚼一邊說話。

「說本來是繼承人的哥哥病倒了，要他回去。所以我們就解散了。」

「啊啊……」

的確是有可能發生的事。

貴族的次子、三子——說穿了除了嫡長子以外，都不是那麼容易有一席之地。

畢竟基本上就只是被當成嫡長子有個什麼三長兩短之際的預備人選，想要更好的角色，就得自己爭取。

看是要跟父母分領土，或是建立功勳，又或者是和其他家族聯姻……

尤其騎士的家系更是艱難。

基本上騎士是不世襲的稱號，不能從父親手上繼承。

若是嫡長子，還可以擔任侍從，贏得修練與受勛的機會，但次子、三子就很難了。

於是這樣的族群當中，倒也出了不少冒險者。

這當中沒有男女的區別。貴族千金的次女三女離家冒險的情形，也是時有所聞。

而當自己是所謂自由騎士(Knight Errant)者的生存率，卻又意外地高。

畢竟有裝備，又有知識，某些情形下還練過劍術，說來也是當然。

然而嫡長子出了什麼三長兩短，因而非得回老家不可的情形，也同樣時有所聞。

她們提到的這個頭目，就在沒受什麼傷的情形下，開出了一條通往貴族的道路，所以倒也算是運氣不錯。

無論有或沒有家世、裝備、知識、經驗、本事，無法避免的死亡始終存在。

「不過，就算是這樣，應該也不表示就不用辛苦啦。」

她的意思是說，貴族有貴族的辛苦。

圃人少女說得一副開悟似的模樣，顯得十分滑稽，讓女神官嘻嘻一聲笑了出來。

同時，也擔心起來。畢竟這個年輕女孩，就要獨自走上武裝遊民的路。

記得圃人是在三十歲上下才成年，所以如果只算歲數，她倒是比女神官加倍年長。

「可是，獨行(solo)會不會太艱辛？」

「當然艱辛了，可是我也有夢想！」

圃人少女自豪地挺起胸膛這麼說。

「我要變成大人物！要讓大家知道個子大小根本不重要！」

「啊啊，我懂，我懂。」

新手戰士把三明治的最後一小片扔進嘴裡，心有戚戚焉地一邊咀嚼，一邊點頭。

「要知道我可是只因為出身鄉下，說我的目標是變成最強，就被大家嘲笑耶？

這實在是讓人沒辦法服氣啊。」

「就是啊就是啊。」圃人少女拍手叫好。

「大家當然會笑嘛。你想想，要是你這個鄉巴佬變成最強，其他鄉巴佬不就沒有立場了？」

見習聖女這麼說完，露出得意的滿臉甜笑。

他能像這樣神采奕奕，對她而言就是最值得自豪的事。

「哼哼，所以你追隨我來修行，是個很正確的決定吧？」

「因為只有妳一個人實在太危險了啊。」

「反了吧？」

「啥？」

「怎樣，你有什麼意見嗎？」

吵吵鬧鬧。

女神官瞇起眼睛，像是在看某種令人莞爾的光景。

轉眼間就開始的爭吵，讓她在他們身上，看見了自己隊友的影子。

「你們感情很好吧？」

相信他們也無法反駁「才沒有！」

兩人面面相覷，咕噥幾句，然後不約而同地閉上了嘴。

對話就此中斷。

風婆娑吹過，輕輕撫過因為運動而火熱的臉頰。

「…………我不懂。」

少年低聲說話了。

「總之，眼前我覺得最重要的，就是要能殺哥布林殺得順利。」

看我怎麼給那些嘲笑姊姊的人好看。

他說得臉紅脖子粗，女神官一時間，對他什麼也說不出口。

當上冒險者才不到一年，她又怎麼會擁有能讓她大放厥詞的人生經驗呢？

何況她認為，對於他的想法，自己不能妄作評斷。

所以。

「是我……」

所以女神官用力咬緊了嘴唇。

「是我認識的，魔法師小姐，是吧？」

她喉嚨發抖，嗓音顫動。得壓抑住才行。

「她說……將來有一天，想試著去和龍戰鬥，打倒龍。」

「……龍？」

龍——真正的龍，是非常可怕的。和山野間爬來爬去的種類不一樣，非常勇猛。

有蠻力、有體力、有智力、有魔力、有權力、有財力。

因此屠龍勇士（Dragon Slayer）才會受人敬畏，受人讚頌。

「說得像是痴人說夢，辦不到的。」

「因為真的就是夢嘛。」女神官理所當然地微微一笑。「就是可以說得像是夢話一樣。」

沒錯，就是這樣。

至少在那個時候，第一次去到洞窟的那一瞬間。

雖說緊接著就遭到粉碎……

——大家一起談論過的事情，也不會因此而失去價值呀。

到了現在，女神官也多少懂了。

那是非常尊貴的事物。絕對不應該被藐視。

無論多麼不切實際，多麼不腳踏實地，可想而知會挫敗，仍不例外。

夢想，就是夢想。

這和能不能實現沒有關係。

絕對不容小鬼踐踏。

「……」

少年什麼話都再也說不出來。不，說不定是在想著該說什麼話。

但就在他再度張嘴之前。

「喔，各位新人！你們很努力嘛！」

一個清新的嗓音，乘著吹過草原的風而來，令人耳朵都覺得舒暢。

仔細一看，遠方——市鎮所在的方向，有著三個人影，形成一個奇妙卻又熟悉的組合。

「午後就由大姊姊帶你們去闖洞窟！」

「哪門子的大姊姊啦，長耳丫頭。」

妖精弓手猛力揮動手與長耳朵，礦人從旁用手肘頂了頂她的肚子。也不想想妳睡懶覺睡到快中午。

「快到中午的時間就叫做早上。森人之間就是這樣。」

「妳絕對在鬼扯。」

兩人你來我往，一如往常地展開和樂融融的鬥嘴。

女神官朝新手戰士與見習聖女使了個眼色，像是在說：「你們看。」

兩人以難以言喻的表情撇開目光，不過這就先別提了。

「妳說洞窟……是要打哥布林嗎？」

「別鬧了，不要講這種像是歐爾克博格會說的話啦。」

女神官一問，妖精弓手就像要趕蒼蠅似的，連連噓聲揮手。
「是熊的巢穴……以前是啦。熊冬眠完，已經離開了，所以拿來熟悉環境應該很不錯吧。」
女神官心想原來如此，點了點頭。
洞窟不同於地下水道或野外，在裡面揮動武器或跑來跑去，需要一點訣竅。如果能夠在沒有怪物的洞窟裡練習……相信一定是好事。
「話說，貧僧等人也還沒吃午飯。」
蜥蜴僧侶雙手以奇怪的姿勢交疊合掌，大顎上的鼻孔噴出氣息。
「看來這裡有便當。如果不介意，可以拿嗎？」
「啊，可以的，雖然只是三明治。」
女神官說著翻找籃子，從中取出了一包三明治。
「包的料是火腿、培根、蔬菜……還有乳酪。」
「喔喔，實是天賜的美味！甘露！哎呀呀，這是何等美妙！」
「也有只包黃瓜跟乳酪的喔？另外還有葡萄酒。」
「太棒啦！」
「呵呵呵呵。哎呀，妳可真機靈！失禮失禮！」
女神官一放下籃子，三人就爭先恐後地伸手進去，翻找自己想要的品項。

女神官一副莞爾的模樣在一旁看著，這時又吹起了一陣初夏的風。

她按住帽子，以免帽子被吹走，在風精指尖碰上臉頰的感覺中瞇起眼睛。

「啊，哥布林殺手先生的……」

午餐要怎麼辦？

女神官正要這麼說而轉頭，卻並未看見他的身影。

──咦？

無意間卻看到在遠方，他和其他冒險者──長槍手與重戰士──正說著話。

「唔。」

女神官學著他的模樣，舒了一口氣。寂寞是有的。但這也是好事。

「──呵呵。」

嗯，一定──肯定是好事。

§

「那，我出門了。」

哥布林殺手一邊在自己的房間迅速檢查裝備，一邊對牧牛妹這麼說。

「今晚我會晚回來，晚餐不用幫我準備。」

他腰間佩劍，固定盾牌，穿上鎧甲，把皮帶穿過雜物袋，戴上鐵盔。

對於他這種與出發冒險時無異的裝束，牧牛妹也很習慣地一副「好好好」的模樣。

他去訓練新進冒險者，回到家之後，馬上又穿成這樣。

但他還會先回家一趟，就不知道是不是在客氣。

「舅舅也要參加集會，會晚回家，所以我會一個人寂寞地看家的。」

「別忘了拴上門。柵欄也要關起來，窗戶和木百葉窗都要放下來。」

「我當然知道。你實在很會瞎操心。」

牧牛妹哈哈大笑，哥布林殺手就默不作聲。

她趁他不抵抗，俐落地輕拍幾下，拍掉他鎧甲上的灰塵。

接著她似乎發現看不慣的地方，「唔」了一聲，微微轉動他的頭盔調整。

「別說這個了，我才要問你，你真的準備好了？錢包帶了嗎？這才是最重要的耶。」

「唔……」

他唔了一聲後，乖乖照辦，大肆翻找雜物袋。裝了貨幣的包袱巾，有在裡面。

「沒有問題。」

「那就好！」

牧牛妹抓住他的肩膀，把他整個人轉過去背對她，簡單理了理頭盔上破破爛爛的綁繩。

「不過要是你喝醉，我會去接你，可別給你朋友添麻煩喔。」

哥布林殺手對「朋友」這兩個字微微歪了歪頭，過了一會兒後，「嗯」的一聲點點頭。

「我是這麼打算。」

從牧場到鎮上，從鎮上到酒館，一路上哥布林殺手都不帶燈火行走。

走在滿是夜色的野外，本來就是訓練的一環，而且只要進了市鎮，就不需要燈火。

剛入夜時鬧區特有的熱鬧，哥布林殺手平素並不習慣，只默默走過。

推擠來推擠去。不只是冒險者，還有旅客與建設訓練場的工人，把鬧區擠得水洩不通。

他一邊在人潮中勉力行進，一邊轉頭張望，就看到了對方告訴他的招牌。

「……受不了。」

哥布林殺手厭煩地擠開人潮，好不容易擺脫了擁擠。

同時他手伸進雜物袋，檢查是否遇到扒手。沒有問題。

「密友之斧亭」是一間酒館，認那刻有數字的斧頭招牌就不會弄錯。

推開彈簧門，直衝耳膜的熱鬧喧囂聲，立刻籠罩住了哥布林殺手。

滿是油燈橙色光芒的店內十分寬廣，成排的圓桌似乎都坐滿了人。

雖說建築物本身的確比公會分部要小，但公會屬於混合設施。

在以一樓為酒館，二樓為旅店的古風冒險者旅店當中，這間店算是相當大。

所謂冒險者的旅店，就是委託與冒險者仲介處——這樣的情形，如今已是歷史。

那是隨著公會制度普及，屬於遊民的冒險者得到一定程度公民身分以前的情形。

如今雖然也有部分這樣的店家，會和公會合作，仲介委託，但據說冒險者旅店已經漸漸式微。

只是話說回來，聽說傳奇酒館「黃金騎士亭」，似乎根本就並不幫忙仲介委託……

「喔，你來啦？哥布林殺手！」

就在這時，一個強而有力的喊聲，飛向了杵在門口的哥布林殺手。

他就像搜索洞窟似的，讓視線往店內掃描，結果——啊啊，有在。

酒館角落，可以將整間店盡收眼底的座位上，豪傑與精悍的美男子，舉起了他們健壯的手臂。

「這裡啦，這裡！」

「你很慢耶，我們都開喝啦！」

「抱歉。」

高高舉起的杯子已經喝掉了一半左右，桌上的菜也已經吃過。

更明顯的是，兩名冒險者的臉都紅了。

哥布林殺手道歉一聲，以有點生硬的動作坐上了圓桌。

其他兩人都穿便服，只有他一個人仍然披盔戴甲，不免顯得滑稽。

不同於年輕人想像中的冒險故事，平常冒險者們在鎮上都會脫掉裝備。

所幸長槍手和重戰士也在腰間佩了小劍防身，但像他這樣多半還是太過火。

只是話說回來，視線會頻頻瞥過來的，不是對冒險者非常陌生，就是旅客之類的人。

邊境最強的長槍手、邊境最優秀的小鬼殺手，邊境最佳團隊的頭目，他們的名頭都已經頗為響亮。

只是若要說他們「人面廣」，則會因為其中一人而有些說不通。

「不過，為何不約在公會的酒館？」

「這個嘛，當然是因為我不想和你這種全身穿鎧甲的傢伙一起喝酒，被人家講閒話。」

長槍手對哥布林殺手丟出辛辣的調侃。

但重戰士緊接著就補上一句「這只是場面話」，用手肘輕輕頂了頂長槍手。

「這小子是害臊，怕被別人看到他和你喝酒。」

「是嗎。」

「說得再清楚一點，是不想被櫃檯小姐看到吧。」

「你少囉嗦！」長槍手嚷嚷著，用大拇指朝牆上的菜單一指。「別說了，點些東西吧！」

「好。」

哥布林殺手瞪著菜單。

光是酒類，就有麥酒、火酒、葡萄酒等琳琅滿目的種類，達到十種以上。

「……唔。」

哥布林殺手低聲沉吟。

「我說你喔。」長槍手傻眼似的嘆了口氣。

「你在幹麼，這種時候先點個麥酒就好啦，麥酒。」

「那，就麥酒。」

「好，小姐～！麥酒三杯！」

「愛指揮，愛指揮。」

重戰士壓抑不住，喉頭的哼笑聲從嘴角洩出。

長槍手瞪著他說：「怎樣啦？」重戰士就搖搖手說：「沒有啊。」

接著以熟練的手法倒得滿滿的三個杯子，放到了桌上。

「來了來了，麥酒三杯對吧，久等了！」

女服務生是個還很年輕的馬人（Centaurus）。

萬萬不可以錯稱為獸人（Padfoot）。

因為心高氣傲的馬人，並沒有肉趾（pad）這種故作可愛的部位。

淪為不祈禱者（Non-Prayer）的牛人（Minotaurus）也是一樣。

只是牛人整體而言，個性上就不會在意這種小事……

閒話休提。

女服務生晃動豐滿的胸部，放下杯子，搖動尾巴以四隻腳離開。

她個子那麼高大，真虧她可以這麼巧妙地在擁擠的店內穿梭。

重戰士看著她那鍛鍊得十分雄偉的屁股，說得心有戚戚焉：

「胸部雖然也不錯，不過還是屁股好啊。」

「啊，所以你才喜歡那個騎士小姐？……她不是也騎馬嗎？」

「這是兩碼子事……不過，這種話題也是在公會裡不能說的啊。」

也不知道哪裡會有女人的眼線。重戰士深深嘆了口氣，握緊了麥酒搖曳生波的杯子。

「好了，來乾杯吧。」

「敬什麼。」

哥布林殺手同樣拿起杯子，靜靜問起。

「呃……算了，太麻煩了，就老套吧。」

長槍手點點頭，帶頭舉杯說道：

「敬我們的城市！」

「敬眾神的骰子！」

「敬冒險者。」

三名冒險者喊聲乾杯，各自喝乾了自己杯子裡的酒。

§

提議走一會兒醒醒酒的，是三人中的哪個來著？

街上被為了喝酒並享受夜晚歡樂而跑出來人們，擠得水洩不通。

他們閒晃著穿出人潮，不知不覺間來到了河邊。

小溪流水潺潺，天上重星閃爍，雙月並列發光。

風吹在火熱的身體上令人舒暢，心情又如何會糟。
既是如此，也就會唱起一兩首歌。

哪怕大地腐敗　風兒生病　大海碎裂
世界踱入永恆的黑暗
宿有光芒的結晶
發出的四種光芒　始終不絕
我等　與夥伴相誓
與朋友一同　走上探究之旅

哪怕大地的盡頭　風的起源　海的彼岸
森羅萬象盡是幻想
宿有光芒的結晶
發出的四種光芒　始終不消
我等　絕對　不會忘記
與朋友走過的　這段旅途

這是很久很久以前，已經被人們忘了大半的武勳詩。

若是吟遊詩人，勢必能夠唱得優美而雄壯，但三個醉漢唱來，只怕說是荒腔走板還算客氣了。

「所以——」

但長槍手似乎唱得心滿意足，以和唱起歌時一樣的調調切入正題。

也不知道是哪裡感到不滿，只見他瞪著哥布林殺手：

「你打算怎麼辦？」

「你指什麼。」

「想也知道吧。」

這小子醉了啊。重戰士忍不住仰天長嘆。

該帶那個魔女來嗎？不，照她的作風，多半會選擇隔岸觀火。

加上以她的個性，十之八九會笑咪咪地看著。不行，靠不住。

「就是櫃檯小姐啊，櫃檯小姐。而且不止她，你還身邊還有像是森人啦、牧場妹啦、神官妹啦這些女孩！」

「……」

哥布林殺手沉默了一會兒後，以掙扎似的低聲說：

「在哥布林絕跡之前，應該沒辦法吧。」

接著開口說了聲：「我……」卻又打住，長槍手從旁白了他一眼。

不過，想來也是。

會用小鬼殺手這樣的名號自稱的傢伙，背負著什麼樣的過去，大致不難猜到。

所以長槍手深深呼氣，特意露骨地作傻眼貌，聳了聳肩：

「出現啦。」

「哥布林嗎？」

「才不是。」

長槍手真的傻眼地哼了一聲，重戰士喉頭哼笑。

但重戰士接著點點頭，開口接話：「不過，我也不是不懂。」

「喔？」

「也就是說啊——」

也就是說。重戰士複誦了一次，就像在摸索某種看不見的事物似的，手伸向半空。

「也就是說，既然是男人，不都會想當個一城之主，一國之王？」

「王是嗎。」

長槍手一邊踱步，一邊開心地笑了。並非出於嘲諷，而是表示他能理解。

「很不錯啊？以前我就聽說過，有個劍鬥士出身的傭兵當上了國王。」

「不過話說回來，我沒有學問。」

重戰士敲了敲自己的腦袋。

「去學就好。」哥布林殺手說了。「錢你有，腦袋也不差。」

「可是沒時間啊。」

重戰士聳了聳肩膀。即使喝醉也不忘佩掛在腰間的劍晃了晃，碰出聲響。

「要是當上了王才開始學，這國王就是個笨蛋，不就會給老百姓添麻煩？」

「嗯。」

「可是如果現在就要開始學，就沒辦法冒險，又變成會給團隊添麻煩。」

「原來如此。」

哥布林殺手雙手抱胸，「唔」了好一陣子，然後得出結論。

「很難啊。」

「對，很難。」

重裝戰士說得十分沉重。沉重得讓他想把武器或其他的一切都當場拋開。

但他的聲調很輕，很開朗。揚起的嘴脣，證明了他在笑。

「不過話說回來，感覺倒也不會太無聊。」

「畢竟還有騎士小姐會追隨你是嗎？」

「少囉嗦。」

長槍手又把話題扯回來，重戰士毫不客氣地踹他一腳。

純戰士的力氣本身就足以成為一種凶器。

「很痛你知不知道!?」重戰士無視於哀號的長槍手，上半身靠在橋的欄杆上。

哥布林殺手來到他身旁。

「不算壞事。」

「……」

「應該，不算壞事。」

「也是啦。」

哥布林殺手的話實在太正經八百，讓重戰士緬靦地笑逐顏開。

「……嗯。她願意追隨我，我的確也覺得不壞。」

「嘖，所以我才說你們這些不用擔心沒對象的傢伙過得真爽。」

長槍手露骨地咂舌，背靠到欄杆上，仰望星星。

望向天空的另一頭，瞇起眼睛，瞪著那高得絕對摸不到的光。

「是你太飢渴啦。」

「笨蛋，既然身為男人，當然要把目標放在和美女一起變成最強。」

「又在講這種像是我們家小鬼頭會說的話……」

就不知道他是指少年斥候，還是新手戰士。

能夠純粹地去追求「最強」的稱號，也可說是年輕的特權。

「啊啊，沒錯，就是最強。我就是認為只要往最強邁進，就無所不能。」

長槍手鬧彆扭似的噘起嘴脣，朝天吐口水。雖然這不會讓眾神的骰子擲出的數字改變。

「有女人緣，被大家感謝，對社會做出貢獻，自己也能變強。一點壞處都沒有。」

「你現在有女人緣嗎？」

「當然有！」

重戰士像要還以顏色似的尋他開心——哥布林殺手「唔」了一聲之後說：

「看來不像。」

「少囉嗦。」

長槍手仍然仰著天，只轉動眼睛看向哥布林殺手。

老樣子的鐵面具。髒汙的鐵盔。看不見底下的表情。

——換成是櫃檯小姐，大概就看得出來吧。

這也就表示，他和她就是有過這麼多的交流。

假設我戴上鐵盔，她會懂我的表情嗎？

長槍手深深吸氣，吐氣。

© Noboru Kannatuki

「那，哥布林殺手，你小時候的夢是怎樣的？」

「我嗎。」

「在場還有其他老是在殺哥布林的傢伙嗎？」

「……也對。」

哥布林殺手默默俯瞰河水。

在雙月照耀下仍然昏黑的水流，就像滴滿了墨水一樣。

河水是從哪裡來，又要去哪裡呢？哥布林殺手想起了以前聽姊姊說過的話。

姊姊告訴他說，河水是從山上來，會流到大海。

當時他一直在想，有一天要去親眼看看水源。只是他再也不會有這樣的機會了。

「……我，曾經想當冒險者。」

「你這小子。」

長槍手用手肘頂了頂哥布林殺手。

「不是已經在當了嗎？」

「不。」

哥布林殺手緩緩搖了搖頭。

「很難。」

「很難嗎？」

「對。」哥布林殺手點點頭。「沒那麼簡單。」

重戰士說了聲「是嗎」，深深呼氣。

「想做的事，非做不可的事，和能做的事不一樣啊。」

「光想就覺得鬱悶呢。」

三個男人默默仰望雙月。

蘊含了夏季氣息的風，吹過河畔。

——曾經想過。

曾經想成為勇者。

曾經想成為英雄。

曾經想成為王者。

曾經想成為歷史。

曾經想成為傳奇。

曾經想得到從神代傳承至今的武具，救出公主，和龍戰鬥，拯救世界。

曾經想找出祕密遺跡，探索世界的神祕，揭曉其中的真相。

曾經想被一群美麗的女子圍繞、愛慕，以不輸任何人的才幹出人頭地。

曾經想發揮苦練的武藝稱霸，成為後世傳頌的強者。

曾經想成為一個讓人們說「男兒當如是」的男人。

雖然他們已經察覺，他們並未被賦予這樣的故事。

銀等級，第三階。在野最高階的冒險者。他們有著處在這個地位的自覺。

絕對不會認為這沒什麼了不起，或是嫌麻煩所以止步在鋼鐵等級就好。

然而。

正是這然而。

「……所以，該怎麼說。」

他是哥布林殺手。

而非紅髮少年。

既然如此，就不需要更多理由。

「……至少，他們有想做的事，就會想讓他們去做。」

三個男人相視點頭。

第5章
『郊外的訓練場』
Goblin Slayer
He does not let anyone roll the dice.

「……什麼？」

要說是午餐時刻還早了點，算是晚了點的早餐。

公會內的酒館裡，正在大吃蒸馬鈴薯泥的礦人道士歪了歪頭。

「要我來？」

「對。」

他面對的是穿著髒汙皮甲，帶著廉價鐵盔的男子——哥布林殺手。

坐在礦人道士對面的他，卻沒有用餐的跡象。

哥布林殺手忍著頭痛似的手按頭盔，從縫隙間喝了一口水。

「可以拜託你嗎？」

「這，是沒關係啦。」

礦人道士舀起一匙薯泥吃下。

礦人（Dwarf）這個種族，本來就是美食家兼雜食家，酒豪兼大胃王。

他們的信條就是，只要不難吃而且分量又多，那就是好。如果還能美味，就更是好極了。

妖精弓手說這是「粗糙」，卻被反駁說：「只是你們森人太纖細。」

不管怎麼說，他吃到這盛得小山一般但灑了鹽的薯泥，顯得心滿意足。

「馬鈴薯嗎。」

「咕嘟……對啊，因為今天我就是想吃馬鈴薯。」

礦人道士津津有味地吞下口中的食物，「嗯」的呼了一口氣。

「你不吃嗎？」

「因為等一下要去剿滅哥布林。」

「是嗎？」礦人道士抓起哥布林殺手的杯子，倒了滿滿一杯葡萄酒。

「也好，喝吧，陪我喝一杯。」

「唔。」

礦人道士瞇起眼睛，看著哥布林殺手喝葡萄酒。

「我和那個小夥子，法術的型態就不一樣吧。」

「詳細情形我不懂，但多半不同。」

「我倒是覺得與其找我，不如找別人比較好啊。」

「不行。」

哥布林殺手緩緩搖了搖頭。

「我所知道的人之中，最有本事的施法者(Spell Slinger)是你。」

「……」

礦人道士的手停住了。

他沒規矩地用本來不斷送往嘴邊的湯匙，來回攪動薯泥。

過了一會兒，他嘆了口氣。

「這句話真是讓人無法抗拒呢。」

礦人道士以怨懟的眼神，瞪了哥布林殺手一眼。

「你乾脆去找那個魔女小姐還誰，講上這句話不就得了？」

「怎麼可能」哥布林殺手說這句話的聲音很低沉。

礦人道士倒也不是壞心眼到會聽不懂他的意思。

「不好意思。就算是玩笑，還是有點惡劣啊。」

「如果不方便，拒絕也無所謂。」

「說什麼傻話？除非對客人看不順眼，不然礦人才不會拒接工作。」

礦人道士粗魯地這麼說完，又大口大口吃起薯泥。

他也不管嘴邊的鬍鬚沾到薯泥，硬灌似的把薯泥扒進嘴裡。

沒過多久，他就像往桶子裡倒酒似的吃完了飯菜，把湯匙一拋。

「不過，嚙切丸，告訴我一件事。」

「什麼。」

「這是吹什麼風？」

哥布林殺手不說話了。

這件事並不是那麼奇怪。

他是戰士，對法術所知不多。既然需要清楚法術的人，就去找這樣的人。

然而，這個問題想必不是在問這個。

只要看看礦人道士滿是鬍鬚的臉上投來的眼神，連哥布林殺手也還看得出這點。

「我是哥布林殺手。」

哥布林殺手喝了口葡萄酒，沾溼嘴脣。

「他是冒險者。」

「原來如此啊。」

礦人道士呼吸粗重地哼了一聲，把矮小的身體靠在椅背上。

他那像是滿滿一個酒桶的重量，壓得椅子咿呀作響。

「要是那個長耳丫頭聽到你這話，大概又會生氣吧。」

「是嗎？」

「當然是了。」

「是嗎。」

礦人道士把空了的盤子推向哥布林殺手，揮了揮手。

飛快疊起的盤子，已經有五盤，還是六盤？

女服務生——這位則是有肉趾的獸人——輕快地把盤子放上托盤，端去洗盤子的地方。

「也好，我就接。接是接了，不過你可要等等。」

「無所謂。我已經先叫他下午來一趟。」

哥布林殺手這麼說完，往手上的杯子裡倒水。

他搖動杯子，目光落到起伏的水面。

「……你覺得他會來嗎？」

「誰知道？要打賭也成。」

礦人道士笑吟吟地雙手手掌互搓。

模樣就像魔術師要變下一個戲法時那樣吊人胃口。

「那，我再吃個幾盤就走，順便當散步唄。畢竟，你也知道。」

他雙手響亮地拍了拍自己那大鼓般的肚皮。

「俗話說八分飽最剛好。」

哥布林殺手不說話，把喝乾的杯子放到桌上。

§

訓練場——由於才建設到一半，有一半像是在原野——上，可以看到少年的身影。

「……」

如果把不情願的感情直接畫成一幅畫，大概就會變成這樣吧。

他氣呼呼、鬧彆扭，沒規矩地盤腿拄著臉頰，抬頭看著把他叫來的男子。

「……你，不用去剿滅哥布林嗎？」

「要。」

披戴髒汙皮甲與鐵盔的男子，慢慢點了點頭。

「我打算把你託付給他後就去。」

「我倒是不記得有被你託付給誰。」

「是嗎。」

「對。」

「抱歉。」

他這種平淡的態度，讓少年覺得看不順眼，滿心不爽。

——真虧那些人能和這種傢伙組團隊。

換做是自己，肯定辦不到。

那個女神官也好，森人也罷，還有蜥蜴人也是，還有……

「喔，有在啊。很好很好，看來有前途喏。」

現在正慢吞吞從草原上走過來的礦人也是。

也不知道在開心什麼，只見他笑咪咪地，拿著掛在腰間的酒瓶就喝。

他的確是銀等級，想必是個很有本事的魔法師。

可是，若要問到是否因此就想請他教導，那又是另一回事。

是另一回事，但——……

「……」

少年聽到自己咬得牙關作響的聲音而驚覺過來。

「好，那，可以拜託你嗎。」

「小意思。我才要跟你說，沒術師跟著，你可別搞砸了。」

「那當然。」

「還有，下次請我喝個酒。」

「知道了。」

眼前的兩名男子只說了這麼幾句話，就完成了溝通。

自己完全無法插嘴，讓少年覺得怨懟地瞪著他們。哥布林殺手面向這樣的少年說：

「那你要乖乖聽話，別給他添麻煩，認真學。」

這句話像是哥哥或姊姊會對弟弟說的。

哥布林殺手似乎把少年的「哼」當成答應，轉過身去。

他踩著大剌剌的腳步，匆匆走開。

「啊，喂……！」

「過來吧，要陪你的人是我。」

少年有種被拋下的感覺，正要站起，礦人道士就牢牢抓住他的肩膀。

這短小但粗獷又厚重的手掌強而有力，抓得少年隱隱生疼。

「坐下坐下。站著學的東西，和坐著學的東西，不一樣。這是要動腦子的。」

「……好啦。」

坐下總可以吧？少年嘀咕著，重重坐到草原上。

風擾動草木送過來的，是冒險者們練習的聲響。

還有來來去去的工人搬運建材、揮動工具的工作聲響。

天空很藍，陽光暖得會讓人冒汗。少年舒了一口氣。

礦人道士見狀，以緩慢的動作盤腿坐下，笑吟吟地說：

「好了，我雖然不是你那些法術的專家，不過……你啊，會用幾種法術，能用幾次？」

這是少年最不想被問到的問題。

「『火球(Fireball)』……只有一次。」

少年小聲說完，噘起了嘴。

「……你明明就知道吧？」

「蠢材。」一記指骨敲了下來。

「嘎!?」

「我就是要告訴你，你這樣想就錯了。」

少年按住被狠狠敲上一記的腦袋，無聲地呻吟。

腦袋劇烈脹痛。這是魔法師的拳頭？

不，是礦人的拳頭吧。該死。少年咒罵著，種族差距終究難以顛覆。

「嗚、嗚嗚嗚嗚……好、好痛啊……要、要是腦袋敲破，你要怎麼賠我！」

「魔法師的腦袋怎麼可以那麼硬？敲破才剛好。」

「……礦人一般不是都當戰士的嗎？」

「也有僧侶。礦人就是智慧和精神都很強。」

「是、是聽說過礦人出了知名的賢者（Sage）啦。」

「那是小說。」

礦人道士深深嘆一口氣，像要告知祕密似的輕聲說「你聽好了」。

「你擁有的法術不是只有『火球』。」

「啥？」

少年不由得連腦門上的劇痛都忘了，抬起頭睜大眼睛，就看到三根手指豎在他眼前。

「明明就是『卡利奔克爾斯（火礫）』、『克雷斯肯特（成長）』和『雅克塔（投射）』。」

「啊。」

「是把這三個真言組合在一起，才會變成『火球』，你懂不懂啊？」

「不，這當然……」

少年把「是這麼說沒錯」這句話給吞了回去。

這是當然的。

他所學的魔法，就是將三個具有真實力量的辭彙，組成一項法術。

這也就是說，即使只看每一個真言，「當然」也都擁有力量。

但話說回來，這些力量還是遠比法術要弱。

然而。

聽人指出自己並未察覺到的「理所當然」，還覺得「原來是這種小事啊」的傢伙……

——就只是個笨蛋。

礦人道士察覺到少年繃緊了臉頰，露出牙齒一笑。

「好，你腦袋也軟點了吧。那，你就說說看這是什麼意思。」

「……發出火。加以膨脹。擲出。」

「看，這樣一來，選擇就增加到了四個。」

「四個？」

「也就是說，你可以施展『火球』、點火、讓東西膨脹，或是投射什麼東西。」

只是如果擲出火球，當天的法術就要打烊了。

聽礦人這麼說，少年把視線落到自己的手掌。他掐指數起。

——四個。

本來以為只會把『火球』砸出去的自己，竟然足足會施展四種法術？

「……我說啊。」

「啥？」

「這麼簡單就算數，可以嗎？」

「這是換個方式想……也不算啊。是在清點手上的牌。」

礦人道士這麼說完，不知道從哪兒變出了一疊遊戲用的牌。

會是在變戲法嗎？只見他粗短的手指俐落地閃動，切牌後攤開成扇狀。

「就算只湊得出不值錢的牌型，手上有牌這點還是沒什麼兩樣吧？」

「是這樣嗎……」

「就是這樣。」

牌收成原來的一整疊後，就像變魔術似的消失。

礦人道士對這戲法並不炫耀，但又像是要揭穿謎底似的壓低聲音說：

「你，還記得那個標致的小姐嗎？那個魔女。」

「……嗯。」

少年回想起那名肉感美女的模樣，紅著臉點頭。

「我知道。」

「那個小姐，會念印夫拉瑪拉耶（點火）來點菸管。」

「……咦？真的假的？」

也難怪少年會忍不住驚呼。

要是在學院做這種事，肯定會被教師痛罵一頓，說不該浪費法術。

所謂的法術，就是具有真實力量的言語。是改寫世界定律的神祕，操作世界協調的技法。

不該輕易動用——而且老手冒險者不是常說嗎？

——不要大意，殺敵不要猶豫，不要用光法術，別去碰龍——他們是這麼說的。

「也是啦，不該這樣亂用法術，這我懂。可是啊——」

礦人道士說聲我想想，在尚未想通的少年面前雙手抱胸。

「假設下雨天，你沒有打火石，樹枝樹葉都是溼的，但想生火，這種時候就用得上。」

「……這，是沒錯啦。」

「可是只要有知識，也就可以省下法術，自己生火。」

只要把樹枝樹葉搭好，就可以生火。而且挖出來的樹枝往往還是乾的。

又或者只要木柴堆架得當，也可以一邊燃燒，一邊烤乾溼掉的樹枝來當燃料。

知識120％足以彌補法術的不足。高度熟練的技術，更會令人分不出是技術還是魔法。

礦人道士說，這說穿了就只有過程不同。

過程就是選擇，而選擇就是……

「說穿了，就是手上有的牌。」

「……」

「還有啊。」

少年雙手抱胸，沉吟良久，礦人道士拔出了腰間的酒瓶，拔去瓶塞。

飄來的酒精香氣，是來自礦人特有的火酒。

「所謂施法者的工作，可不是詠唱法術喔。」

他隨口拋出的下一個題目，讓少年連連眨眼。

「是**運用**法術。」

「……？這是哪裡不一樣了？」

「你要是沒發現這點，那就沒搞頭啊。」

解謎（Riddle）正是魔法師的本事。

隨時都得意洋洋炫耀真相的人所說的話，能有多少分量呢？

又或者，這樣得知的真相，又有多少價值呢？

因此魔法師要笑。要笑著說。

說也許是這樣，也許不是。

「那些以為只有朝敵人丟些火球閃電什麼的，才叫做魔法師的傢伙啊，根本是外行人。」

說完，礦人道士露出了鯊魚似的笑容。

§

哥布林殺手連連擊打打火石，濺出火花，點亮了火把。

松脂燃燒的臭味，混進了瀰漫在洞窟內的溼氣、霉味，以及已腐敗穢物的臭氣。

這樣等於是告訴那些小鬼說，有冒險者來了，然而……

不可思議的是，哥布林多半不會對火把的氣味有所反應。

反而會敏感地察覺到女子、小孩，又或者是森人之類的氣味，一擁而上。

想必是分不出火把與腐敗臭氣的差別，哥布林殺手心想。

同時也覺得，最好還是能把鎧甲的金屬氣味給去掉。

因為沒有人能夠保證，將來不會碰到鼻子靈的哥布林。

「嗚噁噁……這絕對，不公平吧……」

因此，森人的氣味就非得徹底消除不可。

妖精弓手弄髒了臉，欲哭無淚地說著喪氣話。

她露骨地皺著眉頭，露出厭惡的表情，在裝束上塗抹泥巴。

長耳朵沒精打采地垂下，緩緩搖動。

「為什麼就只有我非塗不可……」

「因為妳會讓那些哥布林興奮。」

被他一句話擋回來，妖精弓手環抱自己苗條的肩膀發抖。

自從和這個古怪的冒險者一起行動以來，她已經多次見到「興奮的小鬼」造成的犧牲者。

只要想到曾經數次差點命喪小鬼之手，她就一點也不想去想像自己淪落到同樣立場的情形。

既然不想這樣，也就只能採取對策。

妖精弓手一邊喪氣地抱怨，一邊把堆積在巢穴入口的穢物抹到裝束上。

「上次用的香袋怎麼了。」

「……我的錢。」

妖精弓手以含糊的表情撇開了目光。

「……沒了。」

即使是血脈從神代延續至今的上森人，對此也無可奈何。

平常就對剿滅哥布林任務避之如蛇蠍的她，會願意同行，原因想來也就出在這裡吧。

雖然站在哥布林殺手的立場，也只有感謝，並不想多所干涉。

「箭也包括在內。」他小聲說了。「資源管理很重要。」

「所以我才討厭錢啊！」

「是嗎。」

「用了就會沒有耶！」

「是吧。」

「可是又不會長出來！」

「也是。」

「我怎麼想都不服氣……！」

「是嗎。」

她說出主張時，氣得耳朵劇烈起伏，但哥布林殺手只當耳邊風。

重要的是哥布林留在洞窟中的壁畫。

牆上以黑褐色的塗料，畫著來路不明的、簡陋的連環圖式動物象徵。

他和先前小鬼聖騎士（Goblin Paladin）那一戰中搶來的燒印仔細比對，確定沒有類似之處。

「只是普通的圖騰。」

哥布林殺手刮了刮用活物的血所畫的印。

乾掉的血紛紛剝落，在護手的手掌上留下黑褐色髒汙。

「裡頭有薩滿。」

「哼～？」

妖精弓手也不怎麼在意，放下背上的弓，緩緩搭上箭。

「數目呢？」

「不到二十吧。」

哥布林殺手從堆積在洞窟前的穢物量，做出了估計。

「行嗎？」

「當然要上。」

妖精弓手挺起平坦的胸膛主張。

「要是因為只有兩個人就被看扁，那怎麼行？」

兩個人。

沒錯，這次來闖這個小鬼巢穴的冒險者，只有兩個人。

哥布林殺手與妖精弓手。

礦人道士被他請去指導少年。

蜥蜴僧侶和女神官則說另有別的事情要辦。

只以戰士與獵兵這兩個人，應付二十隻小鬼，並非明智之舉。

但哥布林就是會出現。

而他是哥布林殺手。

委託內容極其單純——甚至可說十分定型。

村外出現了哥布林。本以為無關本村，也就置之不理，結果肆虐了起來。

農作物被偷走。家畜被搶走。出村子摘草藥的少女受到攻擊，被擄走。

請救救我們——酬勞是髒汙且生鏽的，好幾代之前的貨幣一袋。

但他沒有理由置之不理。

委託定型。酬勞便宜。那又怎麼樣？

敵人是哥布林。除此之外還需要什麼理由呢？

哥布林殺手不明白。

「歐爾克博格也真是一板一眼說。」

妖精弓手走在前面，朝哥布林殺手瞥了一眼，瞇起了眼睛。

「因為只要還有望救出人質，那些毒氣啊水啊火啊的你就都不會用。」

雖然知道太遲或已經救出之後，就一點也不留情。妖精弓手發出鈴鐺似的嘻笑聲。

「來，這個拿去。先填填肚子吧？」

她說著朝哥布林殺手扔去的，據說是森人間不傳之祕的點心。

他轉動鐵盔，看向已經像松鼠一樣小口小口咬起來的妖精弓手。

「……有妳在。」

「怎樣啦？」

「一有妳在。」哥布林殺手尋找合適的用詞。「就很熱鬧。」

「……你這是在誇我嗎？」

妖精弓手半翻白眼瞪了哥布林殺手一眼，像隻小鳥似的快步湊了過去。

她狐疑地，微微垂下長耳朵與眉毛，以試探的眼神看向鐵盔內。

「你是不是在說我吵？」

「我說話沒有別的意思。」

「……是喔？」

妖精弓手興味索然地應了這麼一聲，轉過身去，頭髮像尾巴似的流過。

她看似隨興地匆匆走向洞窟深處，然而……

「哼哼～」

即使從身後看去，也看得出她的一雙長耳朵正心情大好地搖動。

當然了，他們並非都在悠哉。

既然不是菜鳥，當然不會連這裡是敵人的陣地這點基本認知都沒有。

哥布林殺手從頭盔的縫隙間，把點心塞進嘴裡，一邊爽脆地咀嚼，一邊拔劍。

妖精弓手敏銳的聽覺每次捕捉到聲響，長耳朵就會頻頻顫動。

說笑——雖然都是妖精弓手在說——也是一種維持精神穩定的方法。

證據就是沒走多久，妖精弓手已經停下腳步。

「很快啊。」

「是沒有被監視的感覺啦。」

不需要言語。

哥布林殺手已經舉劍備戰，妖精弓手身上的氣息也變得有如拉緊的弓。

「擄走了少女，就會有冒險者來，這點也很定型。」

有史以來，哥布林和冒險者就戰得沒完沒了。

這也不限於小鬼，所有不祈禱者都是這樣。

但歷經這令人想起來就昏天暗地的漫長歲月，相信哥布林也學到了教訓。

冒險者會來。

一定會來。一定會來殺我們，搶走我們的東西。所以，要殺了他們。

不反省自己的行為，不收斂，這正是哥布林之所以是哥布林的原因。

「從哪邊來。」

「右。」妖精弓手閉上眼睛，耳朵顫動。「五六隻吧。還參雜武具的聲響。」

「前面呢。」

「目前沒有。」

這表示哥布林對付兩個人，不打算夾擊？

哥布林殺手「哼」了一聲，將劍在掌上反轉——改為握持劍刃。

「牠們以為突襲(Ambush)是牠們才會的技能(Skill)啊。」

下一瞬間，哥布林殺手就像用柴刀劈柴似的，將劍往土牆上砸去。

「GROOOORB!?」

被挖薄的泥土脆弱地崩塌，化為土沙，往水平坑道的另一頭倒塌。

最前面的一隻搞不清楚情形，瞪大眼睛愣住。

牠們以為自己會對這些糊塗的冒險者展開包圍攻擊，女的則加以凌辱，抓來當孕母。

哥布林殺手立刻往牠頭蓋骨再補上一擊，擊潰了牠的這種圖謀。

「一。我們主動攻擊。要上了。」

「這麼窄我會很不好射耶。」

但妖精弓手說歸說，轉眼間卻已經射出三箭，越過哥布林殺手，射中了三隻。

「GROB!?」

「GOOBBR!?」

三隻分別是咽喉與左右眼中箭的小鬼倒斃，哥布林殺手踏上牠們的屍體。

「四……」

握柄沾滿了腦漿的劍，根本不能用。

哥布林殺手踢倒額頭連著劍的小鬼，一把搶起牠做為武器的鏟子。

「……五。」

第五隻撲上來。哥布林殺手擊偏牠十字鎬的一擊。

緊接著將綁著盾牌的左手所握住的火把，往哥布林臉上砸了下去。

「GROORRORBRO!?」

肉燒焦的聲響與令人厭惡的臭氣。他任由顏面受到燒灼的哥布林大聲喊叫。

反正突襲失敗的消息都會傳回去。牠發出哀號已經晚了五秒。

哥布林殺手毫不留情，以機械般的動作，拿鏟子劏下了小鬼的頭。

「GROORB！」

根本沒被碰到就已經在呼喊的，是最後一隻。

這隻哥布林拋下手中的鋸子，抱著頭蹲下。

牠口水亂噴，悲慘地哀求兩名冒險者。

——是陵墓裡沒殺乾淨的？

哥布林殺手拋開折斷的火把，撿起了這髒成黑褐色的鋸子。

他將鋸子穿過腰帶，用手夾住。接著取出火把，用餘燼點燃。

「好了。」

「GOR!?」

這隻哥布林被哥布林殺手踹開，發出哀號坐倒在地。

但牠立刻以哀求的聲音與動作五體投地，腦袋往地面磨蹭。

這是在求饒——就不知道是多少有些智能，還是盤算過利害得失，又或者是知道投降的概念。

包括牠待在這一批的最後面來看，是否表示牠在這些小鬼中，地位要高了些？不，牠的體格比其他哥布林小了一圈。該看成是小孩嗎？

「……歐爾克博格。」

「嗯。」

聽到妖精弓手顫抖的嗓音，哥布林殺手靜靜地點了點頭。

這隻年幼的哥布林，正要從腰帶拔出毒短劍。

這隻年幼的哥布林帶著首飾。

是透過掠奪得來的首飾。

用椎子開了孔，穿過鐵絲串起的，是用鋸子切斷的——全新的年輕女子手指，一共十根。

哥布林殺手對這個擔心受怕、討好，背後藏著短劍的小鬼，淡淡地說道：

「殺光。」

§

「對了。」

「唔？」

「這也許是我第一次和你一起呢。」

「喔喔，這麼說來，也許真是如此。」

蜥蜴僧侶說完，搖動尾巴在地上輕輕一拍。

中午過後的訓練場。

如前所述，雖說設施已經半完工，但仍有許多地方露天。

新手冒險者與工人也都三三五五地，各自在草地上攤開午餐。

畢竟不是每次都會有人送餐點來，而且就算來了，活動身體就會肚子餓。

「畢竟即使用上祖靈或眾神的力量，也無法連空腹都治療好啊。」

「純水（Create Water）和食物（Create Food）的神蹟，都是有的喔？」

雖然我尚未蒙賜這些神蹟。聽女神官這麼說，蜥蜴僧侶佩服地「喔喔？」了一聲。

「宗派不同，神的恩典也會不一樣啊。」

「就是啊。只是……我今天已經不太能再祈禱了。」

要說他們兩人來訓練場做什麼，答案就是負責治療兼修行。

畢竟不是只有訓練中的新進冒險者才有危險。

反而是進行建設工程的工人，面臨的危險還比較多。

當然如果是些小傷，靠包紮就能應付，但若是骨折等重傷，不只會無法進行工程，後續往往還會造成影響。

光是以小癒（Heal）對眾神懇求治療過，都會有很大的不同。

隨後兩人一起選定了原野的外圍，做為用餐的地點。

女神官在草地上膝蓋併攏坐下，解開午餐的包裹。

裡頭裝著麵包、乳酪與稀釋過的小瓶葡萄酒，再加上幾許乾果。

「嗯？」蜥蜴僧侶以打座姿勢，伸長脖子湊過來看。「妳吃這樣夠嗎？」

「夠的。」

不用提到樸素儉約的美德云云，她本身就吃得少。然而……

「這個，說起來有點不好意思。」

女神官撇開視線，緬靦地臉頰泛紅。

「從當了冒險者以後，我似乎就胖了點。」

「哈哈哈哈哈。這沒什麼，是因為有在鍛鍊。」

蜥蜴僧侶張開大顎，愉悅地放聲大笑。女神官搔了搔臉頰。

「而且，你也知道，鎮上的飯菜也很好吃，所以……」

「不不不，神官小姐還是胖一點比較好吧。因為本來實在太瘦了些。」

「神官長大人也對我說了一樣的話啦。」

看來即使身為神職人員，正值青春年華的少女還是難免會在意。

何況她身邊還有牧牛妹、櫃檯小姐、魔女等許多充滿魅力的女性，或許也是原因之一。

女神官「唉」地嘆了口氣，迅速對地母神獻上餐前謝恩祈禱。

蜥蜴僧侶則面對餐點，用奇妙的手勢合掌，然後翻開了獸皮包裹。

「啊」女神官睜大眼睛，接著微笑地瞇起。「三明治，是嗎？」

「呵呵呵呵呵。」

這大概是滿面的笑容吧？蜥蜴僧侶眼珠子轉了一圈，得意地拎起這個物體。

切成厚片的麵包上塗了奶油，夾著炙燒牛肉，這很正常。

最引人矚目的，是那幾乎要從麵包上滿出來的乳酪。

肉幾乎被乳酪埋沒，由此可見顯然乳酪才是主角。

一般的三明治，肉才是主角，乳酪只是陪襯，但這情形完全逆轉了。

「喜歡什麼東西，愛怎麼夾來吃就怎麼夾來吃，這才正是自由的體現。」

「我也不是不懂啦。」
女神官看著蜥蜴僧侶像個孩子一樣說得得意洋洋，勉強壓下了笑聲。
「可是，吃飯還是吃喜歡吃的東西最好吧。」
「唔，食即文化，若是少了文化，可就沒這麼好了。」
蜥蜴僧侶話一說完一口咬上了三明治。
他一口咬下了大半塊之後，順勢咀嚼了兩三次，然後吞下。
「喔喔，甘露！美味！」
「呵呵，你真的很喜歡乳酪呢。」
「唔。光為了這個，貧僧就很慶幸與凡人(Hume)的世界有所交流。」
女神官的目光，漫然追著他開開心心甩動著拍打地面的尾巴移動。
她也張開自己小小的嘴，把撕成小塊的麵包一小塊一小塊含進嘴裡。
一仔細咀嚼，麵包立刻透出強烈的穀物滋味。再和著葡萄酒，一起吞下。
「你在故鄉，是吃些什麼樣的東西？」
「貧僧一族，既是戰士，也是獵人，所以都是吃獵捕到的鳥獸。」
蜥蜴僧侶很快就吃完了第一個三明治，伸手去拿第二個。
「年少的戰士找年少的戰士，戰士找戰士，高層的人找高層的人，各自聚集在一起吃飯。」

他一邊大口咬著三明治，一邊用另一隻手掌拍了拍草地。
「就像這樣，坐在地上或地板上。」
「不會大家一起吃嗎？」
「因為要是國王或隊長泡在士兵的國度裡，就會讓其他人不自在。」
「是這樣啊？」
「但宴會則另當別論。戰勝的當晚，廣場上會燒起營火，眾人都排排坐在一起。」
女神官腦海中忽然浮現出不曾見過的異國光景。
叢林之中，聚集在大樹下的許多蜥蜴人，各自舉起酒杯飲酒，喧鬧。
人群的正中央，擺著整隻烤熟的野獸，勇猛的戰士們扯下肉歡呼。
莫名的只有一個人咬著乳酪歡天喜地……則應該是她擅自做出的想像。
然而，至少……
「感覺，非常熱鬧呢。」
「那當然。」
蜥蜴僧侶自信滿滿地掛保證。
「我等另外還會採玉蜀黍或馬鈴薯之類的東西……」
「啊，如果是馬鈴薯，跟乳酪也很搭喔？」

「喔喔？」

蜥蜴僧侶探出整個上半身，眼神粲然發光，張開雙顎逼近過去。

女神官會忍不住「呀！」的一聲尖叫，微微退縮，也是無可厚非。

「這件事，請務必詳述！」

「呃、呃，我是在神殿長大，所以曾經做過這道料理……」

把馬鈴薯切一切，加上由牛奶、麵粉與黃油調成的醬料，灑上乳酪，放進窯裡烤。

在冬季的慶典或一些節日上，餐點多少需要豪華點時，就會做這道菜。

「大家一起坐在大廣間，先獻上祈禱，然後一起用餐。」

「善哉……！」

蜥蜴僧侶對菜色與用餐方式發出讚賞。

「因為和同胞一起吃飯，可以加深情誼。」

「是的。」

女神官面帶笑容點頭，然後驚覺一件事，歪了歪頭。

「啊，如果不介意，下次要不要我一起做了帶來？」

「唔，務必。」

「啊，他們好像在吃很好吃的東西！」

就是在這個時候，一道愉悅開朗的嗓音傳了過來。
女神官伸長脖子轉頭一看，最先映入眼簾的是一雙赤腳。
再上去則是一雙嬌小但鍛鍊得十分健康的腿，短褲上面則是貼身的衣服。
大概是流汗太熱，只見這位圃人劍士拉扯衣襟，把空氣從領口送進去。
「好好喔，是三明治？給我吃一口？」
蜥蜴僧侶唔了一聲，把手上的三明治扔進嘴裡，一邊咀嚼，一邊威嚇似的甩動尾巴。
「貧僧的教義，可沒有把食物分給別人這一條。」
「咦咦？」
但話說回來，她倒也不是真的那麼遺憾，蜥蜴僧侶也立刻轉動眼珠子。
「還好啦，我也有飯可以吃就是了！可以跟你們一起吃嗎？」
圃人少女這麼說完，哈哈大笑地指了指手上的包裹。
這個用紅色手帕包得很漂亮的包包，大得令人略感驚奇。
女神官正咬著杏桃干，「嗯」的一聲吞下去，連連點頭。
「啊，好的，我不介意。」
「貧僧也不打緊。」
「那，我就打擾了！」

她活力充沛地撲到草地上坐好，急急忙忙攤開便當。

那是烤得蓬蓬鬆鬆的金黃色鬆餅。

這些鬆餅怕不有凡人的臉那麼大，一疊就是一片、兩片、三片、四片……竟然有足足五片。

考慮到與圃人的體格差距，仍然顯得太多，令人覺得礦人也不過就吃這麼多。

她拿出一個小瓶子，拔去軟木塞，淋上濃稠的蜂蜜，大口咬了上去。

女神官忍不住眨了眨眼睛。

「妳好會吃喔。」

「畢竟我們一天要吃個五六餐嘛。」

雖然冒險中就實在沒有這個空閒。圃人少女說著，舔去了手指上沾到的蜂蜜。

「所以就得增加一次吃的量才行囉！」

「啊哈哈……」

女神官含糊地笑了。因為她覺得就算圃人少女照本來的次數吃，每次吃的量大概還是一樣。

「對了……記得妳目前是單獨行動吧？」

「嗯，就是啊。所以我一直在想，要不要接個驅除老鼠的任務。」

驅除下水道的巨鼠(Giant Rat)，是適合新手冒險者的任務之一。

但話說回來，這種任務卻不受冒險者青睞——因為不像冒險。

並非每個人都是為了和老鼠戰鬥，才來當冒險者。

是為了和可怕的怪物戰鬥，闖蕩洞窟，從寶箱得到財寶，才會當冒險者。

話又說回來。

正因如此，單獨（Solo）行動就會伴隨著困難。

「畢竟菜鳥戰士（Fighter）多如牛毛嘛。」

她笑著說，連團隊都不知道要上哪兒湊。

和一群合得來的夥伴組隊開始冒險是很好，但獨自被留下，處境就會很艱難。

——要不是有哥布林殺手先生。

自己現在會變成怎樣呢？

女神官這麼想。

世事真是奇妙。

如果那一天，在那個地方，沒有被三名同伴找上，自己現在又會是怎樣呢？

要是沒有和他們一起冒險，現在應該不會待在這裡。

冒險的結果，後來的戰鬥，積累至今的日子。

就是透過每一分每一秒，一再做出的小小決定，才會有現在。

「請問一下。」

當女神官想到這裡，口中已經說出了話語。

「如果不介意，要不要跟我們一起冒險……試試看？」

「冒險？」

圃人少女被問到，不可思議地歪頭瞪大眼睛。

「那個穿鎧甲的大哥，叫哥布林殺手的人呢？雖然他今天好像不在。」

「啊，呃……」

「其實呢。」

女神官欲言又止，換蜥蜴僧侶探出頭。

他迅速咀嚼含在嘴裡的三明治，咕嘟一聲吞下去。

「要升級，必須證明自身實力，因此她在找願意共組臨時團隊的冒險者。」

「我想，大概會只有這一次……」

「哼～？」

女神官過意不去地眉毛低垂，圃人少女盯著她的臉看，然後雙手抱胸，看向遠方。

新進冒險者們很容易被人說是烏合之眾（Mob）。

各自休息的這些人當中，無論凡人戰士或礦人戰士都多得很。

也不知道是練出來的還是與生俱來，其中也有一些人肌肉極為發達。

「話先說在前面，我的本事根本就沒什麼大不了的喔？」她說著微微一笑。

她捲起袖子，露出經過鍛鍊，但比凡人或礦人要細的手臂。

「妳也看到了，我是圃人，而且裝備也不好，又只是個普通戰士。」

她身穿薄皮甲，劍與盾也是雖然並非劣質，尺寸卻太小。

綜合武藝、體力與裝備來看，比她強悍的戰士應該到處都是。

「這樣好嗎？」

「然而。」蜥蜴僧侶充滿威嚴地點點頭。「妳有幸運。」

「幸運喔……」

「也可說是緣分……是吧？」

「是的！」

女神官毫不猶豫地肯定了蜥蜴僧侶的說法。她盡力挺起平坦的胸膛，說得斬釘截鐵。

「那個時候，妳不是問了我們藥水的事情嗎？所以……！」

我才會找上妳。聽她這麼說，圃人少女搔搔頭說：「哎呀，被記住啦？」

「……好啊，嗯。沒問題。只是，只有我跟妳，可就有點吃緊啊。」

圃人少女先頓了頓，說聲「所以」，然後握緊雙拳，高高舉起。

「我們再多找些人吧！包在我身上！我有人選！」

「啊，我也去！」

圃人一旦起意，行動就好快好快。

為了追上已經像隻兔子一樣跑掉的她，女神官也站了起來。

女神官快步跑上前去，臨走之際，對蜥蜴僧侶深深一鞠躬。

這個蜥蜴人的龍司祭是心裡有數才這麼提起，對此她不可能沒發現。

她和他們四個人組成團隊，已經長達一年。

蜥蜴僧侶悠哉地揮揮手，要她別放在心上，她就再度一鞠躬。

「喂～快點走啦。等大家吃完，訓練又要開始啦！」

「啊，好的！對不起，謝謝……！」

已經跑在前面的圃人少女「喝！」的一聲，一腳踹飛了紅髮少年。

女神官晚了一步跟上，低頭哈腰地道歉並說明情形。礦人道士從丹田發聲，哈哈大笑。

其間圃人少女已經鎖定了下一個目標。她撲向新手戰士與見習聖女。

見習聖女尖聲抱怨，說虧他們難得兩個人一起吃午餐，圃人少女只當耳邊風。

這時女神官帶著少年趕到，又低頭哈腰道歉……

「哎呀呀，緣分就是人德，人德就是緣分啊。」

蜥蜴僧侶一邊咬著三明治，一邊看著這所有光景，心滿意足地點頭稱是。

畢竟他們已經共事了足足一年。

他不可能不明白那個少女的本性有多善良。

——倒是這麼說來。

蜥蜴僧侶依依不捨卻又大膽地咬上最後一塊三明治，心有戚戚焉地想著。

——這是否該算是這支團隊的中心，那個古怪又偏執的小鬼殺手兒的人德呢？

§

啾啾啾。啾、啾啾。啾啾啾。

牧牛妹聽著金絲雀細小的叫聲，從睡夢的深淵中起身。

「嗯……嗯，嗚……？」

她用力揉了揉眼角，眨了幾次眼睛。打了個大大的呵欠後，發現自己坐在餐廳的椅子上。

看來自己趴在餐桌上，不知不覺間睡著了。

醒來一看，太陽已經快要下山，室內也很昏暗，只剩淡淡的雙月月光照亮室內。

朝桌上一看，一杯已經完全涼掉的紅茶就放在那兒。

看樣子自己是在等他的時候，不小心睡著了。

「……嗯，沒留下痕跡吧。」

她伸手去揉鬆僵硬的臉頰，毯子就從肩膀上滑落。

想必是舅舅幫她蓋的。雖說已經早春，夜裡還是很冷。牧牛妹撿起毯子，重新披上。

「要心懷感謝……」

其間金絲雀仍然忙碌地啾啾叫個不停，在籠子裡飛來飛去。

牧牛妹迅速點了蠟燭，拿著手持燭臺走向籠子。

「怎麼啦～？有點冷嗎？還是肚子餓了呢？」

她心想，聲音會變得像是在跟小孩子說話，也是無可奈何的。

她微微蹲下，朝籠子裡看去，就看到金絲雀微微歪著頭窺看她的情形。

窗戶上有著穿著睡衣的自己，被搖動的火焰照出的淡淡影子。

——還是在床上睡過比較好吧？

想歸想，但就是提不起勁。

——是不是跟去，才是最好的呢？

她順勢靠到窗邊，拄著臉頰，嘆了口氣。

這個念頭太痴人說夢，也太胡來，是一種才剛想到就可以否決的妄想。

她自己確實有在鍛鍊，怎麼說呢，雖然不想承認，但體格也比同年齡的少女要好。

但話說回來，能不能揮動武器和怪物對峙，又是另一回事。

而且，要是連自己都跑掉，他是不是就不會回來了……

「……哇，我有夠自戀。」

一想到這裡，牧牛妹不由得臉上泛起笑意，嘻嘻一聲笑了出來。

就在這個時候。

忽然間，一陣喀噠聲響起，門打開了。

門開的同時吹進了夜晚的空氣，其中還參雜了奇妙的臭味。

鐵鏽的香氣。泥土、汗水與塵埃，以及血。

不用看臉，牧牛妹也了然於胸。

——是他的氣味。

「歡迎回來。」

「……我回來了。」

回答她柔和嗓音的，是一個低沉、平淡而粗魯的聲音。

伸手帶上身後門的動作已經盡量小心，但還是伴隨著稍大的聲響。

牧牛妹轉過身去，笑逐顏開，他就狐疑地搖動鐵盔。

「原來妳醒著。」

「沒有，才剛醒。」

「我吵醒妳了嗎。」

「也不是，所以別擔心。反而算是多虧牠讓我醒了。」

牧牛妹用食指戳了戳鳥籠，說聲：「對吧」，金絲雀就「啾」了一聲。

「牠好厲害的說。你還沒進來，牠就知道你回來了。」

「唔。」

他低聲沉吟，拉過椅子坐下。

至少可以把武器護具卸下吧——這句話牧牛妹不會說。

她輕巧地離開窗邊，迅速將掛在廚房的圍裙穿在睡衣上。

「你要吃飯嗎？」

她一邊在背上打結，一邊回頭看向背後的他，他就低聲說了句「是嗎」。

「要。」然後靜靜補上一句。「什麼都行。」

「是燉濃湯喔。我都準備好了。」

隔了一瞬間的停頓後。

「……是嗎。」

他還是點了點頭。

從爐灶再度生火，燒熱鍋子，到把燉濃湯分裝到盤子上，花了些時間。

「啊，你最好擦一下鎧甲。」

「是嗎？」

「嗯。那邊有擦手巾。」

「嗯。」

他乖乖照辦，但用力擦拭盔甲的動作有點雜亂。

當然髒汙不是這樣一擦就能輕易擦去，但牧牛妹滿意地認為這樣很好。

接著他從鐵盔的縫隙間，貪婪地吃起了放到眼前的燉濃湯。

已經是春天，明明不冷還特地做燉濃湯……相信最好還是盡在不言中。

「最近一直都是這樣耶。」

牧牛妹坐到他對面，雙手撐著臉頰，笑咪咪地看著他。

「妳指什麼。」

「成天出門。」

牧牛妹抓起布巾，上半身探到桌上，幫他擦去濺到頭盔上的湯汁。

「打哥布林——也不只啊，還有訓練場那邊也是。」

「嗯。」

「很忙嗎？」

「……不會。」

他想了一會兒後，一副自己也不太清楚似的模樣歪了歪鐵盔。

「……很難說。」

哼～？牧牛妹坐回座位，撐著臉頰窺看他的神色。

雖然被遮在面罩下的眼色，終究不可能看見。

「你還是……」

牧牛妹喉頭發出嘻嘻一笑。

「討厭那邊蓋起來？」

他拿著湯匙的手定住了。

「不，說討厭也不太貼切。」

她「唔～」地刻意裝出思索沉吟的模樣。

他的情形和以前毫無二致，要掩飾住裝出來的煩惱都很辛苦。

「大概，是很落寞吧？」

「……」

「而且，你也掛念那孩子。」

「…………」

「掛念歸掛念，卻又想不到什麼好方法可以多出手幫忙。」

「……………」

「而且這陣子哥布林似乎又在搞些有的沒的……」

「……………………」

「不動起來，就會不安得受不了。」

一直不說話的他，放下了湯匙，深深嘆了口氣。

「……真虧妳這麼清楚。」

「那當然是因為，我們在一起已經好幾年了啊？」

牧牛妹終於忍不住而發出笑聲，同時朝他眨了眨一隻眼睛。

他的視線從鐵盔下直射過來。牧牛妹接下這道視線，身體坐正。

「妳，都不覺得怎樣嗎。」

問題就只有這麼一句話。

然而，他的意思，以及話裡蘊含的感情——肯定只有她懂。

不，即使是她，若被問到是否正確理解，她也覺得幾乎會失去自信。

可是，舅舅並非那個小村莊的居民。

剩下的人，就只剩他——還有她。

「這……當然是不會說，都沒覺得怎樣啦。」

「……」

「像是在池子裡玩過水等等，還有很多很多，別的回憶。」

她記得。

在那間磚砌的小房子裡等她回家的雙親說話聲。

被太陽晒熱的石塊那暖呼呼的感覺。

跑在穿過村莊的小徑上時吹來的風。大人們耕田的鐵鍬與鋤頭聲。

用架設得太差而一直嘎嘎作響的汲水桶汲上來的井水那冰冷的感覺。

長在山丘上的小樹，以及把寶貝藏進這棵樹樹洞時心中的雀躍。

兩個人一起看著火紅的夕陽，在地平線的遠方漸漸沉入曠野盡頭時的心情。

躺在草原上看著雙月與星星看到深夜時，背上的草刺刺的感覺。

太晚回家而被生氣的爸爸打了一巴掌時的痛。鬧脾氣把自己關在閣樓的寂寞。

打盹時樓下飄來媽媽做的早餐的香氣。

這一切她都記得。

那已經是一個在哪兒都再也找不到——只存在於他與她心中的世界。

「可是，我想說，這也沒辦法。」

正因如此，牧牛妹這麼說完，無力地微笑。

「什麼都是這樣。世界還是照樣運轉，我們還活著，風還是會吹，太陽還是會升起、下山。」

她的食指轉啊轉的，在空中畫著圈。

後來一段似乎很短，卻又很漫長的歲月過去了。

十年，十一年。小孩子變成大人。景色也會改變。無論市鎮，還是人們，一切都會變。

萬物流轉、轉變，不知停留為何物。就連感情，甚至回憶，也不例外。

又哪裡會有不變的事物呢？若說這世上真有什麼不變的現象，那就只有萬物都會改變的這個道理不變。

——當然改變是好還是壞，我就不知道了。

「既然這樣，就得接受改變本身才行呢。」

「……是嗎。」

「是啊。」

牧牛妹嗯的一聲點點頭。

「就是這樣啊，一定是。」

「是嗎。」

他只說了這句話，就不再開口。

發生過了很多事。他這麼想。

一年。回想起來，從為了去救那個神官少女——說得正確點，是為了殺小鬼——而進行的冒險算起。

與妖精弓手、礦人道士、蜥蜴僧侶的邂逅。和那個叫什麼來著的怪物的戰鬥。

和攻擊牧場的小鬼大軍展開的戰鬥。長槍手與重戰士的助力與勝利。

從水之都的地下水道冒出的大群小鬼。與小鬼英雄（Goblin Champion）的對決。劍之聖女。

在秋天的慶典上，也深深體認到自己得到了許多知己好友。

然後在冬天的雪山上，與小鬼聖騎士的戰鬥。

以前的自己，和現在的自己之間，有了確切的改變。

不然，自己會想照顧那個少年嗎？

人生隨時都在面臨岐路。

相信他已經什麼道路都能選了。

「……」

然而。

然而，可是。

——要不是中了哥布林的毒短劍而死，我現在還有這個姊姊！

「……我大概，還不行。」

他，哥布林殺手，靜靜地這麼說了。

「……嗯。」

牧牛妹有點落寞地點了點頭。

「……這樣啊？」

「沒有確切證據，但，那些小鬼又在行動了。」

哥布林殺手一邊思考，一邊選擇用詞，慎重地說道。

偷走工具的哥布林。在訓練場周圍漸漸開始吵鬧起來的哥布林。

會只是因為訓練場的建設很稀奇，所以產生興趣嗎？

不可能。

預兆是有的。前兆是有的。

這種想法也許有點強迫症，但在他心中就是覺得說得通。

是出於宿命，還是出於巧合，沒有定論。

然而，他早已確信自己非得與哥布林戰鬥不可。

「所以，我覺得，非幹不可。」

「嗯。嗯……我知道。」

視線交會。

牧牛妹那因不安而動搖的眼神，以及從鐵盔下直視而來的視線。

她的喉嚨在顫抖。該說什麼呢？該怎麼說呢？她好幾次開口，又閉上。

「……我會等你喔。」

「好。」

於是哥布林殺手站了起來。留下空了的餐盤。

關門的聲響響起，餐廳裡再度只剩她一人。

牧牛妹背對蠟燭微弱的光，縮起身體抱住頭，趴到桌上。

金絲雀細小的鳴叫聲，起不了任何安慰的作用。

§

接下來三天，什麼事都沒發生。

冒險者們從早到晚忙著冒險、訓練，又或者是加深情誼。

可以說這肯定是一段有意義的時間。

不會回頭的是流動的河水與時光之砂。哪怕是眾神，也沒辦法收回骰子已經擲出的數目。

因此哥布林肯定會出現。無論是宿命，還是巧合。

三天後——事情發生在黃昏時分。

第6章『各自的戰鬥』

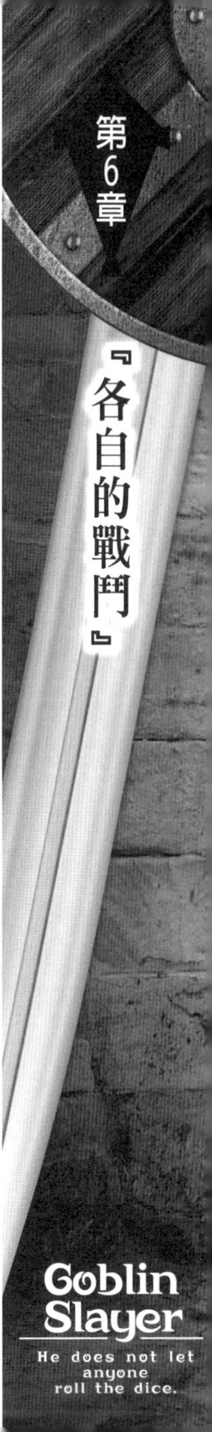
Goblin Slayer
He does not let anyone roll the dice.

「累死人了，總算做完啦……」

最先察覺到**跡象**的，是一名工人。

他看向手指縫隙間在遠方即將下山的夕陽，把鏟子扛在肩上，重重呼一口氣。

他是個不值一提的人，既不打算成為商家的長工，卻又沒有錢一輩子玩樂度日。

結果就是像這樣拿著鏟子，流著汗水工作，但連這樣他都不滿意。

——該死，女冒險者真是讚啊。

有些女子雖然說不上是白白淨淨，但穿著方便活動的衣服跑來跑去。

也有些女子穿著魔法師或神職人員會穿的那種鬆垮的長袍。

和那些靠脂粉或香水弄得花枝招展出來賣的女人不一樣。

當然若是真正高級的娼妓，就完全是另一個世界，但那樣的世界和他無緣。

而冒險者就和這些女冒險者寢食與共。

他心想，一定很自在。順著自己的心意活著，死去。他心想，好羨慕啊。

「過得真爽。宰怪物搶財寶（Hack and Slash），變成大富翁是吧？」

他當然也明白，事情並不是那麼簡單。

然而，人都會想認為「只有我不一樣」、「只有我會成功」。

也就當然會想只看事物「對自己有利的那一面」。

妄想著當冒險者的他，實實在在就是這種情形。

不必大成功。當不上勇者也無所謂。

只要湊得出一身品質還不錯的裝備，拯救一兩個村莊，被村裡的姑娘感謝……

啊啊，也可以去幫淪為奴隸的貴族千金贖身，照料她下半輩子。

團隊成員則找些長得漂亮的魔法師，慢慢增加同伴。而且要找美麗的女子。

要鑽個其他人誰也想不到——連他自己也想不到——的漏洞，做出成績。

最後和喜歡的女人成家，但麻煩自己找上門來，然後就意氣風發地說一句：

「好啦，該去冒險啦！」

「……嘿嘿！」

他所謂「還過得去的成功」，在現實中絕對不可能「過得去」，但他才不管。

說穿了他就只是在享受順著自己心意妄想的樂趣罷了。

不會被別人指指點點地嘲笑。只是找些沒什麼大不了的樂子。

工作、喝酒、吃飯、找女人或朋友玩、發牢騷，有時作作夢，就這麼活下去。這樣就好了。

「……啊？」

於是，最先察覺到**跡象**的，就是他。

訓練場——柵欄已經搭得差不多，逐漸接近完工的這個角落有著一處陌生的土堆。

土也是資源，所以照規定，挖出來的土砂，必須堆到指定的地方。

「真是的，是誰偷懶了啦？」

會嫌麻煩的心情，他也不是不懂。他也曾經偷偷地胡亂堆置。但現在注意到別人偷懶的是他，而且既然非收拾不可，也就難免忿忿不平。他也想過乾脆假裝沒看見，但不巧的是他手上有著鏟子。

「……真沒辦法啊。」

好啦，只是挪一下位置。與其明天弄得不開心，還不如現在做一做，回去睡個好覺。

他想到這裡，走近土堆，發現土堆後頭有個人影微微在動。

傍晚昏暗的光線下，看到一個大約孩童大小——但面相醜怪的生物，正在那兒爬動。

——哥布林！

這個時候，他並未驚呼出聲，這點應該值得誇獎。

接下來的對應，也絕對不應受到非議。

他雙手握緊鐽子，壓低腳步聲走過去，舉起鐽子。

「GROB!?」

被土砂磨利的鐽刃，以媲美戰斧的威力，擊碎了小鬼的頭蓋骨。

哥布林黑而稠的血與腦漿四濺，當場軟倒，男子用力踏住牠的屍體。

「哈哈！怎麼樣，活該……！」

他慢慢拔出鐽子，黏答答的血牽著絲，讓他皺起眉頭。

冷靜一想，這是明天也要用到的工具。得先洗乾淨才行。

但在產生嫌惡感的同時，也覺得鐽子完全符合他的期待，劈開了哥布林的頭，讓他覺得十分靠得住。

「不過，這些傢伙是從哪裡……是挖地洞來的嗎？」

男子賊笑著揮去鐽子上的血，朝地洞窺看。

這垂直坑道雖然粗陋，卻挖得很紮實。會是哥布林挖的嗎？

坑道深不見底——不對，不只是因為坑道內很暗。是因為太陽轉眼間已經下山。

「……」

男子打了個冷顫。一股來路不明的恐懼從背脊上竄過。

「不對，不對。用不著我來調查。這裡可是有冒險者啊。」

就交給他們吧。這不是自己的工作。但話說回來，還是非得回報不可。

就在這個時候。

「……」

右腳傳來一陣尖銳的疼痛，緊接著視野傾斜，倒到地上。

他心想怎麼回事，強行扭轉身體一看，發現腳踝滲出血。

「GROB！GROORB！」

接著看見一把沾有不明黏液的短劍，握在一隻哥布林手上——不對。

大聲嘲笑的小鬼，有足足十幾二十隻，從夜色中醒來似的現了身。

「……——！……」

工人開口想求救，但舌頭也打了結似的發抖，講不出話來。

被刺中的腳傳來熱辣辣的痛楚。

喉嚨乾渴麻刺，嘴裡黏答答的，有血的滋味。吸不進空氣。視野反轉。

他為什麼會沒能發現，哥布林不只一隻呢？

因此，他當然也無法察覺到哥布林拿著毒短劍。

沒過多久，他死了。

但說來理所當然的是，今晚死去的人——他不是第一個，也不是最後一個。

§

「今晚要講解八種無聲殺死哥布林的方法……」

哥布林殺手對新手們說到這裡時，外面傳來了哀號。

從傍晚到夜晚，並非所有冒險者都會回到鎮上。

沒有人可以保證不會在夜晚進行冒險。即使不在晚上，遺跡、迷宮或洞窟裡，也都很昏暗。

靠著雙月與星光進行夜間訓練，絕非白費工夫。

至少有一群冒險者這麼認為——例如紅髮少年、圃人少女，以及新手戰士與見習聖女。

還有十幾人，也都在其他冒險者踏上歸路後，聚集在訓練場的廣場上。

「怎、怎麼了……!?」

「是哀號……對吧，剛剛那聲。」

年少的冒險者們戰戰兢兢地面面相覷，竊竊私語。

「……」

只有哥布林殺手手按腰間的劍，拔了出來。

他的行動很迅速。

他無視於一頭霧水的少年少女，視線往四周掃過，找出了哀號聲的來源。

哀號不是只有一聲。短短的間隔後，又有第二、第三聲。

「喂、喂，這是出事了吧……!?」

「別吵。」

紅髮少年一頭霧水地開口，哥布林殺手立刻讓他閉嘴。

「靠到牆邊。圍繞施法者組成圓陣。前鋒，拿起武器。」

「知道了。」新手戰士以緊張的神情，把見習聖女護在背後。

「……我說啊，這不是演習之類的吧？」

「就算是演習。」哥布林殺手簡短地回答。「也不應該馬虎。」

「嗚、嗚嗚……討厭！我，到底是怕，還是不怕，都搞不清楚了！」

圃人少女發出啊哈哈幾聲乾笑，也舉起小小的劍盾，擺出備戰架式。

她的表情很僵硬，即使在夜色中，也能明白看出她臉色蒼白。

恐懼，緊張，顯然兩者都有。沒有森人那麼長的尖耳朵微微顫動。

「嘖……」

啐了一聲的，是紅髮少年。

他舉起杖，轉身面向尚未掌握事態的其他新手。

「喂，你們沒聽見嗎！不要發呆！要組成陣勢啦！」

「喔、喔喔……」

「知道了，知道了啦……！」

會是因為這聲喝叱來自同梯而非前輩嗎？

其他思考尚未跟上狀況，還掌握不住事態的人，也終於開始動作。

他們各自拿起武器，雖然手腳笨拙、不好看，但仍開始組成一個從牆壁延伸出來的半圓陣。

「那邊，盾牌舉好！保護好旁邊跟後面的人！」

見習聖女出聲喝叱，指揮還不習慣的人。

這讓人想到，雖說新手戰士與見習聖女專門在打老鼠，但已經有過實戰經驗。

圃人少女與紅髮少年也是一樣。這多半證明他們已經確實從初學者的領域踏出了一步。

「……」

只要這一步，能夠繼續通往第二、第三步……

看到他們這樣，哥布林殺手以其他人聽不見的音量小聲沉吟。

該丟下這些新手，去查清楚事態嗎？還是應該繼續保護他們？
不但猶豫……還忍不住覺得，不想丟下他們不管。
——這是愚蠢的想法。
連他自己都覺得不可思議。
明知在這種狀況下怠忽收集情報，無異於白白等著全軍覆沒。
光是想這些，都是在浪費時間。因為根本想都不必想。
「在這裡待命一陣子。」
哥布林殺手做出了結論，目光在眾人身上掃過一圈，毫不猶豫地說了。
「過了十五分鐘我還沒回來，就自己行動。」
「自己行動……」
「沒回來就表示我死了，就算沒死也受了傷。」
哥布林殺手淡淡地說了。新手們交頭接耳，他刻意不去聽。
「能回到鎮上是最好，如果有困難，就想辦法撐到早上。」
接著跑了起來。頭也不回，直線往前跑。
哀號聲繼續增加。雄叫、怒號。武具碰撞的聲響。刀劍對砍聲。
不知不覺間，聲音分散到四面八方，像要壓扁他似的包圍了他。
春天的夜晚，還留有冰精氣息的冰冷夜色中，根本無從判別事態。

蓋到一半的房屋延伸出來的影子大得令人毛骨悚然，哥布林殺手舒了一口氣。

——不。

「……一。」

哥布林殺手一邊飛奔，一邊隨手擲出右手劍。

建設中的設施旁堆放的建材影子。擲出的劍刃造成了嘎一聲垂死的哀號。

哥布林殺手進了遮蔽處，踏住喉嚨被刺穿而斷氣的小鬼腹部，拔出了劍。

一把有著紅褐色髒汙的鏽子，從倒斃的哥布林手中跌落，碰撞出聲。

「果然是哥布林啊。」

真不知道這短短一句話裡，蘊含了多麼沉重的意義。

潛伏在黑暗中的小鬼，數目還有兩隻。即使黑暗中看不見身影，仍看得到那燃燒般的眼睛。

而且腳底感覺到沾黏的感覺——鐵鏽的氣味瀰漫。

是個縮在地上，已經斃命的新手冒險者。

職業看不出來。年齡和種族也是。

這個冒險者，沒有臉。

恐怕是被尖銳的物體，毫不留情地從頭頂到顏面都劈開了。

但微微鼓起的胸口，以及頻頻痙攣的手腳線條，看得出是一名女性。

「GOROROB！」

「GROOOORORB！」

小鬼發出叫聲撲上來，哥布林殺手默默把劍砸了上去。

金屬與金屬碰撞的清澈聲響。哥布林的手上有著十字鎬。應該是搶來的吧。

哥布林殺手毫不猶豫地踏步上前，一隻手按住十字鎬。然而。

「GROB！」

另一隻同樣握著十字鎬的哥布林，將鎬尖毫不留情地劈了下來。

「……！」

鋼鐵的鎬尖貫穿了哥布林殺手舉起的盾牌。尖刺的穿甲能力本來就強。

但，這樣就對了。

哥布林殺手左手強行一拉，把陷進盾牌的十字鎬，從小鬼手上搶了下來。

同時朝右邊的哥布林毫不留情的一起腳，撩向牠的跨下。

「GROOROROROBB！？！？」

「一。」

腳上傳來踢爛物體的噁心感覺，但他根本不理會哥布林渾濁的哀號。

他例行公事似的踏在痛得動彈不得的哥布林頭上，手上的劍呼嘯而過。

朝著左方，剛剛被搶走武器而正要逃走的哥布林背後，毫不留情地擲出。

「GOROORB!?」

「然後。」

哪怕並非當場斃命，一旦脊髓遭鐵塊擊碎，應該就無法動彈。

腳底下的哥布林還在掙扎，哥布林殺手毫不留情地踏爛了牠的後腦勺。

感覺就像踏在腐朽落地的果實一樣，令人覺得噁心。他揮開鮮血與腦漿，走上前去。

接著用刀刃刺穿頻頻痙攣的哥布林延髓，用力一彎，徹底讓牠斷了氣。

「三。」

接著哥布林殺手強行拔下了還卡在盾牌上的十字鎬。

鎬尖還沾著全新的土。多半是從外部挖地洞過來，襲擊這座訓練場。

牠們不惜這麼大費周章，也要攻擊這個地方？是想殺了這個地方的人？

哥布林。

哥布林。

哥布林。

他不滿意。

對一切都不滿意。

天地轉了一圈。

屍體四具。哥布林三，冒險者一。

就像十年前的那一晚。

他再也逃不了。這不是早就明白至極的事情嗎？

自己是哥布林殺手。

「……有人，在那邊嗎……？」

就是在這個時候。

隨著一聲尖銳的喝問，一個新的人影——一名冒險者，跑進了遮蔽處。

這也難怪。

黑暗中看到一個瀰漫血腥味，手持武器的人站在那兒，相信換做是誰都會這麼做。

然而這名握持錫杖的冒險者，一掌握住對方的身分，眨了眨眼睛後，立刻破顏一笑。

「哥布林殺手先生！」

「妳沒事嗎。」

「是！」

女神官雙手牢牢握住錫杖，開心地連連點頭。

「今天我也負責治療，用完了神蹟，所以在房間裡休息……」

她的視線，看向倒斃在地的小鬼……以及冒險者的屍骨。一雙柳眉皺起。

女神官也不顧一身白色法袍會沾上血，跪在地上，握住了反射性痙攣的死者一隻手。

「是哥布林，嗎？」

「對。」

哥布林殺手對她看也不看一眼，揮去了劍上的血。

「神蹟還有剩嗎？」

「……我休息過了，所以能夠祈求整整三次。」

「其他的……」哥布林殺手微微停頓。「……同伴，都來了嗎。」

「大概……」

「好。」

到了這個時候，哥布林殺手才首次轉向女神官。

女神官一直在仰望哥布林殺手。

微微射下的月光，照亮了她蒼白的臉。

哥布林殺手忽然覺得，她的臉晶瑩剔透，就像玻璃珠似的。

「妳可以嗎。」

「……我可以。」

她用力咬緊嘴脣，以顫抖的嗓音說了。她不擦眼角。因為她才沒有哭。

「我們上吧……！」

「好。」

哥布林殺手點點頭。

「哥布林就該殺光。」

§

沒過多久，兩人來到了等一切完成之後，將要做為訓練場行政樓的建築物。

這裡雖是中樞，但由於尚未完工，反而更像座廢墟。

屋頂和牆壁都有很多地方還空缺著，看得到拿著武器聚集過來的冒險者身影。

所幸開出活路來到這裡的冒險者，似乎不算少。

「等等，喔，這不是哥布林殺手嗎！你那邊沒事嗎？」

率先出聲的，是在門口警戒四周的長槍手。

感覺他會打頭陣殺出去，卻還留在這兒，說來也真有點令人想不到。

「嗯。」

哥布林殺手緩緩點頭。他正確地接收到了對方問這個問題的意圖。

中。

「我負責的那批都沒事。」

「這樣啊。畢竟其他人，大多都是傍晚一到就回去了啊。」

「在天色……變暗，之前……對吧？」

接著又有一個人說話。

長槍手身旁，如影隨形依偎著他的肉感美體魔女，讓一顆淡淡的燐光球飄在空

「鬼火（Will-o'-the-wisp）」……不對，不是精靈。大概是「光明（Light）」的法術吧。

雖說是魔法造成的火焰，但相信不會有人想在這種狀況下用火。

因為春夜的風很強，一旦鬧出火災，問題就大了。

「兩位也沒事嗎……」

女神官似乎因為見到認識的人而放鬆下來，鬆了一口氣。

她鞭策事到如今才發抖起來的膝蓋，用雙手握住錫杖，拚命撐住。

「我們也在喔！」

一個彷彿在她背上推了一把的清新嗓音響起。

緊接著，女神官的臉上就漾出了花朵綻放般的笑容。

「各位！」

「哎呀，真傷腦筋。雖說人生隨時都是戰場，但貧僧真沒料到事態會如此發

展。」

「害我沒吃到晚飯啊。」

與平常無異的蜥蜴僧侶，以及悠哉摸著肚皮的礦人道士。

女神官忍不住跑了過去，妖精弓手用力抱緊了她。

「妳還好嗎？有沒有受傷？有沒有被哥布林怎樣？」

「沒事，我沒事的。太好了，大家都沒事……！」

——還好沒變成那個時候那樣。

被同伴們圍繞，讓女神官忍不住眼角透出淚水。又有誰能怪她呢？

沒有人能夠忍受三番兩次失去同伴。

「……」

哥布林殺手看著這樣的光景幾秒鐘，然後緩緩轉動鐵盔。

總之隨時都要思考。思考該做什麼，能做什麼。

這棟建築物尚未完工，很脆弱，相信無法堅守太久。

那麼就需要有戰力。不是在角落擔心受怕的那些新手。正想到這裡……

「喔喔，你們那邊也沒事啊，哥布林殺手。」

他的視線和輕輕舉起一隻手的巨漢戰士交會。

重戰士似乎已經打過一場，微微飄散出血腥味。

被殺的當然是哥布林。不用說也知道。

哥布林殺手朝四周一瞥，確定沒看到其他認識的人。

「今天你一個人嗎。」

「她也是女人，會有些日子不能活動。我們隊上的小夥子在旅館照料她。」

重戰士以難以言喻的深奧表情這麼說，聳了聳肩膀，帶得盔甲與武器搖動。

「畢竟做為頭目，管理好同伴的健康，也是職責所在。」

而他的努力奏了效——應該可以這麼說吧。

因為以同伴健康狀況不佳為理由而讓他們休息的結果，就是讓他的團隊免於被牽連進來。

「可是啊。」

重戰士露出了像是猙獰的鯊魚會有的笑容。

「三個邊境第一的好手聚在一起，應該搞得出一些有意思的花樣。」

當然了，若要說到狀況是否急迫，當然急迫。

未能抵達此處就喪命的冒險者所發出的垂死哀號，還在迴盪。

每次傳來那些哥布林震耳欲聾的怒吼，來到這裡的新進冒險者就露出擔心受怕的表情。

所謂的冒險者，幾乎都是「襲擊的這一方」，而不是「受襲擊的一方」。

當然了，想來他們曾經受過奇襲，也接過護衛的委託。

然而無法否認的是，內心深處這種意識仍然根深柢固。

他們作夢也想不到，自己會處在受到襲擊的立場。

從得以改掉這種意識的這點而言，女神官雖然遭逢不幸，但這也是一種幸運。

不管怎麼說，若不逃脫出去——不，是若不剿滅哥布林，他們就沒有明天。

對此眾人似乎都有共識，長槍手朝外窺看，皺起眉頭。

「要是被牠們就這麼大舉湧來，可就沒意思啦。我可不想和這棟樓共存亡。」

「總，之……還是，先全部，會合……比較，好吧。」

「嗯。」哥布林殺手點點頭。「我負責的那些人，在廣場上待命。」

「那就需要傳令。」

重戰士立刻說了。

「狀況已經掌握住了，是哥布林。叫他們過來這裡。對其他生存者也得通知一聲，讓大家集合才行。」

「我去！」妖精弓手毫不猶豫地舉手。「因為我們之中就屬我腳程最快！」

「好，拜託妳了。」

「包在我身上！」

妖精弓手有如疾風一般，朝夜色飛奔而去。

重戰士目送她的背影離開後，視線在眾人身上掃過一圈。

小鬼殺手與他的團隊共五個人。長槍手和魔女，還有自己。

雖然還得看新手當中堪用的有幾個人，然而……戰力頂多就只有十個人左右吧。

擔心受怕而縮在牆角的那些人就不用提了。重戰士很乾脆地判斷不能指望這些傢伙。

「那麼，哥布林殺手。敵人是哥布林，頭目呢？」

「恐怕也是哥布林。」

哥布林殺手的回答中不帶迷惘。

「多半是高階種，但我不認為王會這麼容易又誕生。從耍小聰明這點看來是薩滿……」

「根據呢？」

「由哥布林以外的種族指揮，哥布林會被當成雜兵，而非主力。」

這是事實。

特地讓小鬼挖地洞來襲擊訓練場，這種事情除了小鬼以外不可能想到。

重戰士點點頭，「小兵也要殺，但還得擊潰大本營才行啊」地做出結論。

「就不知道敵人的大本營在哪……」

「依貧僧所見，實在不覺得他們的地洞只有一處。」

蜥蜴僧侶立刻插嘴。他用尾巴拍打地板，豎起覆蓋鱗片的手指。

「應該就在四面四角吧。從這些洞口回溯到根本處，應該最省事。」

「可是啊──」長槍手一邊警戒外面一邊說道。「你們知道哪條才是主幹嗎？」

「那當然。而且，裡頭八成全都相通。」

就地下的知識而言，沒有人贏得過礦人。

礦人道士從腰帶抽出酒瓶，一口接著一口喝，「噁噗」一聲吐出滿是酒臭味的氣息。

「還不就是一條地洞挖過來，到襲擊地點前不遠才分成好幾條嗎？因為這樣最不費事。」

「看來是定案了。我們從最近的洞口進去，可以吧，哥布林殺手？」

「無所謂。」

「那麼，問題，就是孩子們，了。」

魔女以煞有深意的動作，朝新手們側目。

「新手，還，不止，這些，吧？要怎麼……辦？」

「看是要留下他們、帶他們去，或是叫他們逃走是吧……」

長槍手賊笑著，頂了頂重戰士的肩膀。

「洞窟裡用**大劍**應該行不通吧？」

「隨你去說。」

重戰士被他挖出過去的醜態，表情剽悍地歪過臉。

「也是，上頭比底下適合我。那些小夥子就包在我身上，坑道就拜託你們了。」

「好。」長槍手掛保證，「沒問題。」哥布林殺手回答。

老兵（Veteran）們轉眼間就擬定了計畫。

雖說女神官已經從新兵（Novice）的領域踏出了幾步，但終究沒有能力插嘴。

她不像不在場的妖精弓手那樣「不參加」，而是「無法參加」。

那個森人反而有點把在外圍插科打諢，當成自己的職責。

有各式各樣的觀點與意見，議論才能夠成立。反駁與相反方案，並不是在否定其他提議。

而現在的女神官，壓倒性地欠缺觀點——欠缺基於經驗的觀點。

但她也不能只是閒著杵在那兒，於是頻頻瞥向外側警戒。

——可是。

這種難以言喻的不安，是怎麼回事呢？

也說不定，這是一種啟示。

第一次冒險中去闖洞窟時，她心中的警鐘聲響就不斷上衝。

翻騰在她小小胸口的，來路不明的焦躁──一種覺得非做點什麼不可的想法。
不能就這樣放著不管。非得做些什麼不可。
──可是，要做什麼？
「啊。」
當女神官突然想到這個可能性時，忍不住驚呼出聲。
緊接著其他冒險者的視線就刺在她身上，讓她臉頰微微泛紅。
「怎麼了。」
最先問起的，是哥布林殺手。
「……哥布林嗎。」
「請、請問！」
說話聲破嗓，引來了更多矚目。光是這麼一下，就讓女神官想當場拔腿就跑。
「其他的新進冒險者，已經回去了吧？」
「對。」長槍手點點頭。
「除了說想練習夜戰的傢伙以外。他們到了傍晚就都回去啦。」
「現在……不知道他們在哪兒？」
「妳想說什麼？」
這道瞪視般的視線，是來自重戰士。

相信他也不是要嚇女神官。

而是對任何想法與情報都不放過的認真，化為壓迫感顯現出來。

「呃，這個……」

女神官窘迫起來。

自己的意見真的值得說出來嗎？

不會只是心血來潮或想太多嗎？

而且像自己這種新手……

「說出來聽聽。」

哥布林殺手的嗓音低沉，平淡，又粗魯。

這一如往常的嗓音，讓女神官吞了吞口水。

她雙手握緊錫杖，掩飾手上的顫抖。

吸氣，吐氣。

「……我想，哥布林的目標，也包括回家路上的……各位新人。」

「妳說什麼……!?」

重戰士忍不住放粗了嗓子。裝備碰出的聲響，讓女神官嚇得一瞬間縮起身體。

但她並不住口。萬萬不能住口。

「畢竟，這樣不是很奇怪嗎？我知道哥布林是一種膽小又狡猾的生物。」

——因為他教過我。

要站在哥布林的立場來思考。哥布林的生態。哥布林的可怕。

「換做我是哥布林，才不會想在有著一大堆強悍冒險者在的時候，跑去襲擊。」

而大軍就該當作誘餌——

這是以前他和哥布林王對決之際，所說的臺詞。

她還不成熟，經驗不夠。可是，並不是全無經驗。

只是她自己尚未發現。

「……不是真的目標嗎。」

哥布林殺手低聲沉吟。

「疏忽了啊。」

「因此，我有個……提議。」

一旦說出口，接下來就輕鬆了。

因為要一再思索，將思考整合為嗓音，也就沒辦法說得流暢。

但說出話語這件事本身則並不停滯，其中也沒有迷惘。

「所以，這個，由我去。」

女神官如今已然集眾人矚目於一身，拚命說出自己的主張。

「那裡有些冒險者是我朋友，呃，有兩名戰士，神職人員，還有魔法師……」

她掐指數起。新手戰士、圃人少女、見習聖女，還有紅髮少年。

「因為只要多一個神職人員，就會很不一樣。」

我去救他們。我想去。

銀等級的冒險者們聽了她率直的話，對看一眼。

「……沒有，太多，時間……了，呢。」

魔女朝外面的情形一瞥，誘人地嘻嘻一笑，像是在催眾人做出結論。

「我不知道這小丫頭的實力，不予置評。」

看到她這樣，率先舉起雙手投降的是長槍手。

「……也是。」

接著重戰士瞇起眼睛，打量著女神官嬌小的體格。

「分散也可能帶來被各個擊破的風險。妳的本事夠嗎？」

「貧僧倒是覺得很好。」

蜥蜴僧侶思慮深遠地點了點頭，眼珠子轉了一圈。他對女神官閉起一隻眼睛。

「敵人的大本營非攻破不可，但又不能對新兵見死不救。這一步棋八成是妙手。」

「當成升級的考驗正合適。」

礦人道士哼笑幾聲，捻了捻白色的長鬍鬚。

「怎麼樣啊？嚙切丸。要讓雛鳥離巢試試看嗎？」

——哥布林殺手先生。

女神官以有點像是求救的心情，看著這個身穿髒汙裝備的男子。

回想起來，從第一次冒險以來，這幾乎是她第一次要離開他身邊，自行去冒險。

自己真的辦得到嗎？

雖然絕對不是只靠自己一個人，但終究得仰賴自身的力量。

有辦法和哥布林戰鬥嗎？

大家說她辦得到。相信不在場的妖精弓手，也不會例外。

這令她非常高興，絕對不能奢望更多。

可是。

——如果這個人說不行。

到時候，就乖乖閉嘴吧。因為不管對誰而言，這樣應該都是最好的。

但他說的不是這句話。

「妳辦得到嗎？」

「我……」

就只有一句問句。

他的提問簡短，單純。每次都是這樣。

——可是。

正因如此，她更想回應他話裡所蘊含的心意。非得回應不可。

女神官吞下本來要說的話，咬緊了嘴唇，然後呼喊似的回答：

「……要做！」

哥布林殺手盯著她看。

雖然他的眼神隱藏在鐵盔下，讓人難以得知表情。

「是嗎。」

他緩緩點頭，做出了決定。

「那，就說定了。」

§

「歐啦！」

「GROBR!?」

在狹窄的洞窟內揮來揮去的真銀（Mithril）槍尖，貫穿了小鬼的咽喉。

長槍手收短刺出的長柄武器，發出高亢的魔力呼嘯聲，不斷開出死亡的花朵。

一槍一殺。四槍四殺。

根本不把哥布林舉起的那些像是簡陋木板的盾牌當一回事。

狹窄的地方不能用長槍，是外行人的想法，長槍可說是一種萬能武器。

掃、打、撥、刺。一刺二刺拖回再刺。

刺出的攻擊點所形成的集合，勢頭猛烈得幾乎壓制得住整個面。

強化過的長槍有如旋風般肆虐，小鬼腦漿與鮮血，斑斑濺上土牆。

即使是在狀似平緩下坡的洞窟內踏腳處，熟練的戰士也全不當一回事。

「我可不會放你們到我身後！」

「裡頭有六──不對，三！」

小鬼被發下豪語的長槍手震懾住的瞬間，箭從長槍手身旁掠過，往前飛去。

妖精弓手有如魔法般接連射出的三箭，射穿了潛伏在坑道深處的三隻哥布林的眼窩。

「GORRB!?」

「GROB！GROORB！」

剩下不是六，而是三。這是單純的減法。若非有必中的把握，根本無法這樣射擊。

「──……！」

這時哥布林殺手殺了上去。

當他飛奔而出，手上的劍已經擲出，刺穿了一隻小鬼的咽喉。

「GRRO!?」

他無視於溺水般伸手亂抓而斷氣的小鬼，從眼睛插了箭的小鬼屍骨上摸走短劍。

轉眼間就有四隻同伴被殺，讓哥布林陷入混亂，而他就一刀割開了這哥布林的咽喉。

接著用盾牌擊倒喉頭冒出血泡的小鬼，擲出短劍。

或許是因為投擲的姿勢太勉強，短劍偏離了目標，插中哥布林的肩口。

「GORB！」

「三。」

哥布林殺手不慌不忙，從溺死在血海中的哥布林手上搶走短斧。

然後將斧頭埋進最後一隻哥布林頭上，這場遭遇戰就結束了。

由熟練的冒險者團隊出手，要殺十隻小鬼，只要一回合（Turn）就夠了。

長槍手呼吸絲毫不亂，扛著槍看著哥布林殺手說：「我說你啊。」

「武器不要這樣咻咻用過就丟啦，太浪費了。」

「因為是消耗品啊。」

「只要肯去找，好歹也有在賣會自己回到手上的魔法飛刀（Throwing Dagger）吧？」

「那東西哥布林也會用吧。」哥布林殺手說了。「被搶走怎麼辦。」

「等等，沒時間了，幫忙收箭啦！」

長槍手一臉厭惡，哥布林殺手則從小鬼身上搶奪武器，妖精弓手朝他們吼了。

三人氣氛悠哉，但動作毫無停滯。

他們毫不鬆懈地警戒四周之餘，檢查自己的武器，因應下一場戰鬥。

哥布林殺手低聲咒罵。

看得出這些小鬼對裝備很不珍惜，除了用壞的武器以外，沒什麼好貨色。

「哎呀呀。」

蜥蜴僧侶看著這幅光景，重重點頭。

「有兩位前鋒，就相當穩定吶。」

「畢竟你每次都還得上前啊。」

「就是、呀。」

魔女說得心有戚戚焉。

「我們彼此，都只有……一個，戰士，嘛？」

這些冒險者把訓練場的新手交給重戰士照顧，從角落挖出的洞口鑽進地下。

不同於他們平常組的五人與兩人團隊陣容，現在是六人一組。

因此隊列也和平常不一樣。

前鋒是哥布林殺手與長槍手，而妖精弓手居次，施法者當後衛。

妖精弓手的箭，與蜥蜴僧侶的法術，何者珍貴？答案非常明白。

「拔來了。」

「啊啊，真是的，箭頭都缺了啦。」

妖精弓手忿忿地將樹芽箭頭的箭扔進箭筒。雖然這也是無可奈何。

「歐爾克博格呢？有什麼好武器嗎？」

「連選項都沒有。」

「倒是啊，為什麼我不在的時候，你們就決定讓她去？」

「妳不滿嗎？」

「也不是不滿啦。」上森人撇開視線。「你不擔心嗎？」

「如果擔心，她就能做得好的話。」

真受不了……就在妖精弓手嘆氣的這時，長耳朵忽然頻頻搖動。

「來了。」

「方向和數目？」

哥布林殺手迅速問了，從腰間的雜物袋裡抽出一只皮袋。

那是他裝了無數枚硬幣的錢包。上面有著花朵刺繡，相當老舊。

哥布林殺手綁緊錢包的束口，空揮幾下，發出尖銳的咻咻聲。

「聽不出來……回音太響了……！」

「可沒時間猶豫囉！」

長槍手揮去槍上的血，擦掉槍尖的油脂大吼。

「不管從哪條路，都不能放牠們上去啊！」

「也沒辦法……就打吧？」

既是如此，熟練的冒險者就對應得很快。

礦人道士嘀咕之餘，手伸進裝滿觸媒的袋子，準備施法。

魔女緩緩舉起杖，為了施法而讓氣高亢起來，蜥蜴僧侶則雙手合掌。

「真是的，剿滅小鬼這種事情，就像是下了滿天的棘手和麻煩吶。」

「真的，呢。」

魔女嘻嘻一笑，水嫩有光澤的嘴唇，輕聲說出了具有真實力量的言語。

「『沙吉塔（箭）……賽弩斯（彎曲）……歐菲羅（賦予）。』」

魔法師的法術，是竄改世界定律的一連串辭彙。

整支團隊受到一股隱形的流體保護的同時，妖精弓手與長槍手大喊：

「來了，來了……兩邊牆壁！」

「退下！」

土沙從兩旁落向冒險者們，以及他們往後跳開，幾乎是在同時。

「GRORB！GROOROOBB！」

「GROOBRR！」

所謂萬眾如雲，說的就是這樣的情形。

雖說是冒險者，一般而言一輩子會看到的哥布林，也就那麼十幾二十隻。

現在卻有遠超越這個數目的哥布林，一舉衝出來想壓扁他們。

這些哥布林發出野獸般的嚷嚷聲，意味十分明白。

殺掉、搶走、報仇。報同伴的仇。這些冒險者去死就對了。

男人就大卸八塊，讓他死得難看；女人就蹂躪之後再殺，讓她死得難看。

對那個女的可以搶走她的杖綁住她的腳，當孕母用到死為止。

森人的肉嫩又好吃，又耐放，就從手腳前端一點一點割來吃。

管她怎麼哭著嚷嚷求饒。

就像他們對我們所做的那樣，殺了他們！

「『喝吧歌唱吧酒的精靈（Spirit），讓人作個唱歌跳舞睡覺喝酒的好夢吧。』」

想必有幾隻小鬼困在這夢境中，結束了這輩子。

是礦人道士將含在嘴裡的酒精化為霧，引發了「酩酊（Drunk）」。

帶頭的幾隻倒下，其餘哥布林被牠們絆倒，推骨牌似的紛紛跟著跌倒。

幾隻哥布林就被這些想強行上前的後方同胞踩死了。

慘叫，哀號，地獄般的叫喚。

「蠢貨。」

哥布林殺手毫不留情地揮動皮錢包，撲向靠近的一隻哥布林。

裝在皮袋裡的硬幣靠著離心力加速，要粉碎小鬼的頭蓋骨是輕而易舉。

用寒村的人們每天拚命賺來的錢擊殺小鬼，是再直接不過的因果報應。

「GRB!?」

「GRORB!?」

把眼球眼底擊碎，從眼窩打進腦裡，接著從側頭部把腦袋敲爛。

只要解決一兩隻，接下來就是他的天下。

哥布林殺手立刻踹倒一隻，從腰間的劍鞘抓住了劍。

「……唔！」

一隻小鬼趁機舉起毒短劍撲了上來，他用盾格擋，撞開。

緊接著射來的箭，被隱形力場帶偏，所以不予理會。根本不成問題。

「一隻滾過去了！」

「啊啊，別增加我的工作！」

他嘴上抱怨，功力卻令人佩服。

長槍手長槍一刺，將正前方的幾隻一網打盡，再利用拔出的動作，順勢以另一頭往後一頂。

被盾牌打得滾倒在地的小鬼，緊接著就被槍尾撞得折斷脖子而死。

「看這樣子，一隻也不能放到後面去啊。」

「我從一開始就這麼打算。」

兩名戰士背貼著背站立，正面迎擊有如洪流般的哥布林。

要比花俏與強悍，長槍手的本事顯然超乎哥布林殺手之上。

他每次長槍一動，就有哥布林被他像砍草似的宰殺。

哥布林殺手的行動，也就必然貫徹在不讓敵人欺近長槍手背後。

解決長槍手沒殺乾淨的敵人，並攻擊自己正前方的敵人，處理不來的就轉給長槍手應付。

飛來的箭則任由防箭彈開（Deflect Missile），不考慮防禦。

他們心無旁鶩地持續揮動武器。

然而，哥布林當然也不會這麼好應付。

「薩滿！」

小鬼群後方拿著杖的哥布林所吐出的詛咒，蓋過了妖精弓手發出的喊聲。

舉起的杖頭轉眼間就有一道光芒不斷膨脹，嘩啦一聲濺開似的灑落。

所有攻擊法術當中，基礎中的基礎——「力箭（Magic Missile）」

威力雖弱，卻是百發百中，在亂戰中有時會是一大威脅。

而且這屬於法術，所以「防箭」的保護不管用。

以小鬼來說，很會耍小聰明。但長槍手開開心心地呼喊。

「交給妳啦！」

「『瑪格那（魔法）……雷莫拉（阻礙）……列斯丁基圖爾（消失）。』」

魔女微笑著說真拿你沒輒，詠唱得像是在吟詠詩篇。

這是能和哥布林薩滿那具有真實力量的言語抗衡的「抗魔（Counter Magic）」之術。

魔力的箭雨一碰到魔女的話語，大部分都當場煙消雲散，只有極少數落在長槍手身上。

「可以，別增加，我的，工作……嗎？」

「這明明就是妳該做的工作！」

魔女的玩笑話，換來的一樣是玩笑話。

長槍手臉頰的傷口滴著血，但完全不當一回事，繼續攻擊大群小鬼。

「真是的，要比弓箭的本事，我可強多了……！」

妖精弓手輕快地咒罵，拉緊蜘蛛絲弦，一放。

箭咻的一聲撕開塵埃與溼氣飛去，精準地射穿了薩滿的咽喉。

「好！」

「有受傷嗎！」

蜥蜴僧侶在後方技癢難耐，用尾巴拍打地面呼喊。

既然女神官不在場，他就是唯一的神職人員，唯一習得治癒神蹟的人。

不能貿然動用法術，卻又不能上前打鬥，似乎讓他有些不痛快。

「沒有問題。」

哥布林殺手簡短地回答，檢查自己全身。

穿透粗陋的皮甲與鍊甲造成的損傷、滲血、疼痛。

——這也就表示自己還活著。

他一邊朝眼前的哥布林揮劍，一邊在雜物袋中翻找繩結的手感。

然後抽出藥水（Potion）一口氣喝掉，用左手擲出瓶子。

「GROORB！」

「去死。」

小鬼被突如其來的衝擊打得退縮，哥布林殺手毫不留情，刺穿牠的咽喉。

他踢倒噴著血泡斷氣的哥布林，拔出劍，揮去劍上的血。

「法術還有剩吧？」

「多虧，你，囉。」

哥布林殺手一邊吐氣調整呼吸一邊問起，魔女笑咪咪地回答。

「我們也還有。」

「要放個龍牙兵（Dragon Tooth Warrior）嗎？」

「不……」

聽同伴們回答，哥布林殺手若有所思地搖搖頭。

他低身沉吟，瞪著這些小鬼挖通的坑道上方天花板。

妖精弓手半放棄地嘆氣。

「……歐爾克博格，你又在打什麼壞主意了吧？」

「對。」

哥布林殺手點點頭。

「對那些哥布林而言。」

§

戰鬥聲響遠去，聚集在建設中行政樓的冒險者們鬆了一口氣。

「……是不是，走遠了？」

「好像是。」

也許會得救。也許可以活著回去。爸爸。媽媽。

眾人面面相覷，小聲交頭接耳，說的盡是些喪氣話。

——看這樣子不行啊。

重戰士一邊在門口窺探外頭的情形，一邊暗自嘆氣。這些傢伙都喪失鬥志了。

雖然他也不是不明白這種心情。

失敗的時候，遭到慘痛教訓的時候，任誰都會這樣。會害怕，會裹足不前。

而且最重要的是，不想被哥布林這種貨色給殺了。任誰都是如此。

但不冒險，還當什麼冒險者？

哪怕陷入天大的慘狀（Fumble），到死都不死心，才是冒險者。

明知下次眾神擲出的骰子，說不定就會起死回生（Critical）。

就在這時——

咚的一聲悶響。

一個沉重得像是伴隨地動聲的腳步聲響起。

新人們全身一震，害怕地倒抽一口氣，閉上了嘴。

是個黑影。

黑影拖著鈍重的塊頭，手上握緊巨大棍棒，十分異樣。

不用在腦中翻找怪物知識，重戰士早已知道這是什麼怪物。

「跑出來啦，鄉巴佬（Hob）。」

鄉巴佬——大哥布林。

返祖的小鬼高階種。沒有智慧也沒有武藝，只有力氣大的個體。

在許多巢穴中，都是哥布林的頭兒或保鏢，是強敵（頭目）。

「喂，小鬼們，給你們看一場好戲。」

重戰士往手掌吐口水，抹在**大劍**的握柄蒙皮上，牢牢握住。

「我不知道他們教了你們什麼，但我能對你們說的只有一句話。」

重戰士說到這裡，悠然從門口跳到外頭。

「HHOOOORRB！」

一步，兩步，三步。他開始走向巨漢哥布林。

哥布林不足為懼，卻也不容忽視。

即使和以前對峙過的小鬼英雄（Goblin Champion）比都沒得比。

然而，以牠那種力氣揮出的攻擊，想必非常沉重。要是打在要害上，也可能當場斃命。

「那就是，不管什麼樣的怪物，只要有實體（數值）！」

不可以想用雙臂的力量來揮動這巨大的武器。

往前踏步。

把全身的動作與勢頭灌注在劍上。只要力氣夠，就不會做不到。

扭轉身體。

鋼鐵的雙手劍。他花在這劍上的金額，不是其他裝備所能相比。價錢不一樣

啊，價錢。而他將這劍——

「哪怕是神，都一樣宰得掉！」

——高高舉起，劈了下去。

§

小鬼的腦子裡，裝的盡是壞主意。

童話裡經常這麼說，但很少有機會切身感受到。

「GROB！GROORB！」

「GORROOR！」

為什麼會弄成這樣呢？

他一邊跑得一身還有點硬的全新皮甲摩擦出聲，一邊拚命思考。

手上本來應該拿著長劍，是跑到一半不小心掉了嗎？

每踏出一腳，空的劍鞘就碰出尷尬的空洞聲響。

夜晚的黑暗中，小鬼的嘲笑聲似乎瀰漫在萬物之中。

從雙月延伸出來的樹林詭奇長影中，有著許多星星般粲然燃燒的眼睛。

那實實在在是一幅令人覺得只會在惡夢中見到的光景。

這些新人——而且還是早早就下課回家的冒險者，或許作夢也不曾想到。

相信任誰都是如此。

想像逆境時，多半都會在腦海中描繪出自己揮灑自如而加以克服的情景。

即使想像的是闖進洞窟，被哥布林圍住，然後找出方法反敗為勝……

卻作夢也沒想到，會被哥布林圍住，被迫在夜路上跑個沒完沒了。

「……該、死啊！」

「快點，這邊！」

聽到有人呼喊，他們手忙腳亂地跑向森林的方向。

因為他們覺得待在森林裡，總比在曠野上受到包圍要好。

起初，大概有十五個人左右吧。

他們結束訓練，懶洋洋地走在傍晚的路上，正在回鎮上途中。

明天也要訓練。可是差不多也想去冒險看看。他們聊著這樣的話題。

結果呢？最後面傳來了哀號。回頭一看，一名少女被一大團黑色的影子淹沒。

——不要啊啊！不要，不要，啊，嗚、喔咕啊啊啊啦……!?

這垂死的哀號，仍然在耳邊繚繞不去。她以渾濁的嗓音哭喊著「媽媽」。

等他撲上去，勉強把她拖出來時，對方已經斷氣。

被一刀刀割得稀爛的破布、絞肉與骨頭，當然不可能還活著。

……之後就是一團混亂。

「是哥布林！」

他們叫喊著奔跑、逃走，雖然也有人挺身對抗，但一個個消失、分開……

現在剩下的，只剩六個人，或是五個。

「哥布林這種生物，不是待在洞窟裡的嗎……！」

「牠們就是在這裡，有什麼辦法！總之，想辦法回鎮上……」

跑在一旁的戰士嫌熱，脫掉頭盔。

但其他人沒能聽他說完話。

從頭上飛來的石頭，砸爛了他的腦袋。

「這、啊……！」

——上面!?

他趕緊擦去濺到臉頰上的腦漿，仰頭看向樹上。

「我可沒聽說牠們會爬樹啊!?」

光是沒哭出來，也許就算是不錯了？

他才十五歲。是村子裡最能打的一個。他就只憑著這點，離開了故鄉。揮劍的方法。探索的方法。露營的方法。還有其他種種。只學到這些，就以為自己「懂了」。當他發現不夠，也已經太遲。

活下來的五名冒險者，鞭策自己的膝蓋，漸漸聚集在一處。

握著武器的手都不聽使喚，想詠唱法術卻覺得舌頭打結，想祈禱也被過度的恐懼干擾。

哥布林又發出了猥瑣的嘲笑聲。

「GOORORB！」

「GROORB！GRORB！」

小鬼朝怕得發抖的冒險者步步逼近，大聲嚷嚷。

要是這些冒險者有能力聽懂哥布林的語言，多半會陷入更加恐慌的狀態。

手兩分，腳三分，頭十分，軀幹五分。

男人沒有追加分，女人追加十分。

牠們談的是一種太駭人的靶子算分法。

明明投石或標槍，根本不知道是誰擲出的，根本無法計算點數，到時候一定會吵起來。

這些哥布林覺得想到了有趣的遊戲，開開心心地拍手，各自握起自己的武器。

已經沒戲唱了嗎？

冒險者們也咬得牙關格格作響，瞪著這些哥布林。

接著生鏽的刀刃、槍尖，以及粗獷的石頭，殘忍地舉起……

「『慈悲為懷的地母神呀，請將神聖的光輝，賜予在黑暗中迷途的我等』！」

就在這時，神蹟發生了。

有如太陽般燦爛的光芒，伴隨著強烈的壓力湧向這些小鬼。

「GROOROROB!?」

「GPRRRB!?」

小鬼慘叫退縮，一個，兩個人影衝向這些小鬼之中。

「喝、呀啊啊！」

「嗚噠啦啊啊！」

圃人少女揮動雙手劍，新手戰士揮舞（Swing）名叫甩甩丸（Swinger）的棍棒。

一陣雖然生嫩，但卯足了渾身力氣的強擊（Bash）、強擊（Bash）、雙手強擊（Bash）。

大旋風呼嘯著撲向這群哥布林。

「GORB!?」

「GOROORB!?」

兩者雖然都未能將敵人一刀兩斷，但只要刀刃從肩膀切斷骨頭與肉，直至軀幹，敵人就會死。

對付小鬼，不需要會心一擊（Critical Hit）。

「嗚、嗚，我還是不習慣這種手感啦！」

「還有很多要來啦！」

少女為了拔砍進敵人身上的劍而費了一番工夫，新手戰士喝叱她，幫她踢開了小鬼的屍體。

這是跟哥布林殺手有樣學樣。雖然換做是他，就會搶走敵人的武器。

又或者換做是長槍手，就會更行雲流水而精準地刺中敵人的要害，毫不間斷地行動。

換做是重戰士，肯定只要**大劍**一揮，就能輕易劈開小鬼。

——實在沒辦法像他們那樣啊……！

正因目標遠而高，新手戰士也才更加燃起鬥志。

「好啊，放馬過來……！」

「真是的，我告訴你，要是你又弄丟武器，在買到新的以前你都沒有零用錢！」

見習聖女尖聲喝叱新手戰士之餘，迅速跑向其他冒險者。

「來，傷患！過來這邊，我幫你包紮！神蹟只給重傷的人！」

見習聖女到處跑來跑去，跑得法袍衣襬屢屢掀起，幾名冒險者求救似的聚集到她身邊。

大致看去，沒有傷勢緊急的人，也沒有人中毒。

還好趕上了——他們當然不可能這麼想。

沿途已經看到了十具悽慘的屍體。

見習聖女咬緊嘴唇，從包包拿出繃帶。她沒有餘力對所有人施展小癒(Heal)。

「你、你們……」

「我們來，救你們了！」

這個堅毅的嗓音，來自高高舉起大放『聖光(Holy Light)』光芒法杖的女神官。

她纖細的臉龐冒出汗水，凜然瞪著小鬼，堅定的信仰讓她維持住神蹟。

「大家聚集起來，去到曠野上！因為在狹窄的地方，正合哥布林的意！」

「可、可是，要是在寬廣的地方被包圍……」

「我會用『聖壁(Protecion)』保護大家……快點！」

女神官一邊呼喊，一邊冷靜地思索自己的神蹟用途。

這趟要一邊抵擋哥布林攻勢一邊進行的撤退行動，途中想必還得重複祈禱一次。

自己被賦予的神蹟，至今仍然是三次。再浪費就會帶來致命的結果。

——也就是說，這次也輪不到「小癒(Heal)」上場，是吧。

對此她並非無怨無尤，但這才是她的戰法。

正是因為這麼相信，慈悲為懷的地母神才會賜予她益發旺盛的光明。

「————」

而趕來救人的冒險者當中，唯一沉默不語的，是紅髮少年。

刀劍聲。兩名前鋒的喊聲。小鬼的哀號。兩名神職人員的喝叱。冒險者們的回應。

少年廣覽這一切，握緊法杖握得手指發白，緊閉嘴脣。

因為在這五個人的團隊中，擁有最強大火力的人就是他。

——不能貿然動用法術。

萬萬不能再犯上次那樣的錯誤。

哥布林數目很多。包括自己在內，己方能好好應戰的只有三個人，對手則有十隻以上。

那麼該用「火球(Fireball)」一網打盡嗎？不，辦不到。

敵人很分散，一發火球沒辦法傷到多名敵人。

解決一隻小鬼就用掉一個法術，划不來。

但他沒有時間煩惱了。哥布林的數目很多，停下腳步就會淪為一個好打的標靶。

就像那個成了俘虜的侍祭（acolyte）。真不知道周圍的少女們淪落到什麼下場。

姊姊淪落到了什麼下場……

少年魔法師拚命讓忽然間滾燙得像是有火在燒的視野鎮定下來。

那個有點怪的冒險者——哥布林殺手，就冷靜沉著得令人不痛快。

要是現在任由憤怒驅使而施展法術，自己就會真的輸給那個冒險者。

不，哥布林殺手大概什麼都不會說吧。可是自己不能原諒自己這樣。

——那，要怎麼做？

不是只有丟火球丟閃電，才叫魔法師。

那，該怎麼做——？

這個時候，他的腦海中閃過一道閃電般的靈光。

「大家，摀上耳朵！」

「等、喂、喂，現在正在戰鬥……！」

「快！」

「啊啊，真是的！」

突如其來的指示，讓新手戰士與圃人少女發出哀號，但不能收回。

他們沒有多餘的時間可以浪費了。

紅髮女神官朝女神官瞥了一眼，她也同樣以正經的表情點了點頭。

「就交給你處理！」

就像在慶典後的那一戰，還有雪山那一戰，哥布林殺手對待她的方式一樣。

要有頭目（Leader）的信賴與指示，施法者才能放手去運用法術。

受到託付的少年——紅髮的少年魔法師，好好點了點頭，舉起了法杖。

「來，你們也摀上耳朵，快！」

在背後則可以聽見見習聖女對她保護的一群冒險者大吼。

新手戰士與圃人少女，也都砍倒眼前的小鬼，然後急急忙忙拉開距離。

——良機，只有一瞬間。

少年高聲念出具有真實力量的言語，對世界解放出詠唱的咒語。

「『克雷斯肯特（成長）』『克雷斯肯特（成長）』『克雷斯肯特（成長）』！」

串起的辭彙只有三個。隱形的力量翻騰，飄游，在少年身前鼓盪。

接著他發出的，只有一個音。

「　哇　啊　啊　啊　啊　！　！　！　！」

大氣晃動了。

摧枯拉朽。一刀兩斷。

§

重戰士在高亢的吆喝聲中，**大劍**一揮。

那是一次駭人的強擊(Bash)，將大哥布林的骨肉連著棍棒一起劈開。

高大的小鬼濺出黑而濁的血泡，從頭部被一刀劈開，當場斃命。

重戰士朝看呆了的新人們瞥了一眼，把揮到底的武器扛到肩上，就在這時。

「喔？」

一聲撼動耳膜的強烈咆哮，響徹了附近這一帶。

是誰的叫聲，又從哪裡發出？

即使仰望天空，也不可能看見，然而……

「看樣子總算打起了點精神啊。」

重戰士說完，露出鯊魚般的笑容。

刀。

§

這一瞬間，哥布林殺手摸到從天花板跌落的土片那溼黏的感覺，做出了決斷。

「上面。」

哥布林殺手將標槍砸向哥布林的咽喉。

他一腳踹開這具溺死在血泡中的屍體，同時放開武器，從小鬼的腰帶上搶走柴刀。

尤其在長槍的運用上，自己遠遠不及長槍手，這點哥布林殺手很明白。

「在上面開洞！」

聽到他朝後方呼喊的這句話，礦人道士將觸媒從包包中抽出，回答：

「又要？來唷！包在我身上！」

「開洞？搞這個幹麼？」

長槍手一邊以一柄長槍，壓制住有如怒濤般湧來的哥布林，一邊大吼。

但他全身有著幾道細小的刀傷，顯示他絕非無敵。

哪怕有多名熟練的冒險者一起上前線，仍然敵不過數量的暴力。

即使只是些微的傷害或疲勞，若是不斷累積，該死的時候就是會死。

「我有計策。」

哥布林殺手簡短地這麼回答，用磨利的盾牌邊緣劈開了小鬼的額頭。

他判斷小鬼還不會就此斷氣，就用剛搶來的柴刀，劈柴似的往下一揮。

一聲清脆的聲響中，腦漿飛濺到洞窟的牆上。

「在這之前，我想先讓牠們害怕，往裡頭躲。」

「要同時施展『恐懼(Fear)』和『隧道(Tunnel)』可有點吃不消！」

「小鬼殺手兄，只要把牠們往裡面趕就行了是吧！」

礦人道士把丟到腳邊的包包當成踏腳石，摸到了天花板，開始刻下咒印。

蜥蜴僧侶上前護著他，凶猛地露出牙齒。

讓保留至今的精神力說話的時候到了。

蜥蜴僧侶以奇怪的手勢一合掌，吸一口氣，將空氣攝取到肺腑之中。

宛如龍要吐息(Breath)前的預備動作。

「『偉大的暴龍呀，君臨白堊之園，將您的威儀借予我等』！」

緊接著，「龍吼(Dragon's Roar)」被解放到洞窟中。

蜥蜴僧侶的**雙顎**噴出的音波吐息(Breath)，撼動了大氣。

一想到迴盪在洞窟內的，是可怕的龍發出的咆哮，這些哥布林就由衷怕得發抖。

哥布林本來就不是勇敢的種族。

牠們只有在自己占上風時，或是遷怒時，才會大打出手。

而且即使害怕了，也不會學到教訓而變乖。

「GORRRBB！GBROOB！」

「GROB！GGROB！」

這些哥布林嚷嚷著自私的話，拋下武器，開始往裡頭逃命。

魔女施放的「光明」咻的一聲，像追趕牠們似的飛了過去。

蜥蜴僧侶盯著這些小鬼難看的模樣，覺得無奈似的從鼻子噴氣。

「不過，牠們馬上又會回來。即使是龍的力量，終究無法永久維持。」

「無所謂。」

哥布林殺手簡短地回答，但毫不大意地沉腰，瞪視深淵。

顯得有幾分疲勞的妖精弓手，輕輕拍了拍他的肩膀。

「倒是歐爾克博格，你該不會又像上次那樣用卷軸吧？」

「卷軸就只有那一卷。」

「……聽了也根本沒辦法放心耶。」

哥布林殺手一邊看著礦人道士默默往土上畫出紋路，一邊點頭。

「這上面，是池塘。」

§

少年那經過魔力增幅的叫喊，撼動大氣，響徹整片森林。
就只是大聲喊叫。以運用具有真實力量的言語改變了世界定律的結果而言，未免太過簡陋。
要是在學院用到這招，免不了遭到訓斥，但現在不一樣。
即使沒有「火球」的威力，這種大音量仍然是壓倒性的。
最重要的是範圍完全不能比。
就近聽到聲響的小鬼當場昏厥，嚇得呆住，也有零星的幾隻開始逃跑。
「GOOROOB!?」
「GROOOB!?GRRO!?」
少年握緊法杖，嘴唇咬得滲血，瞪著這些小鬼的背影。
他很想殺了牠們。
這些傢伙想怎樣就怎樣，為所欲為，大鬧，殺人。現在卻跑了。跑掉了。
不划算。
姊姊的份。被殺的冒險者的份。當時救出的侍祭的份。

大家所受的屈辱、絕望、悲傷、憤怒。令他怒火中燒的一切。

要是能把這些情感全都暴露出來，發洩在小鬼身上，那該有多輕鬆！

該有多美妙！

啊啊，可是……

「我們撤退！」

讓少年回過神來的，是女神官拚命大喊的指令。

她高舉仍然亮著「聖光」的錫杖，朝該前進的方位一指。

「直線離開森林，往鎮上去！」

「好！」

新手戰士率先回應，用刀刃刺進在自己身旁昏厥的哥布林咽喉，然後上前。

「我們走，總之回去才是最優先！跟我來！」

「領頭有他負責，這幾個傢伙由我看著，後方就交給妳！」

「好～！」

被見習聖女叫到，圃人少女活力充沛地跑過去。

打了那麼久，卻毫無疲勞的跡象，就不知道這是種族差異，還是她個人如此。

圃人少女為了前往最後排，從少年身旁穿過。

「你挺行的嘛。剛剛那下，很厲害。」

「……嗯。」

她錯身而過之際，臉上浮現出由衷的微笑。

少年聽她這麼說，猶豫了一會兒後，點了點頭。

幾名同伴圍繞著這群冒險者開始奔跑之際，他悄悄回頭窺看。

剛才的法術，不是用來殺敵的法術。

就只是用來掩護同伴逃走的法術。

沒錯，這次的目的，不是剿滅哥布林。

而是救出他們。救出他們，平安回到鎮上。

如果能把哥布林殺個精光，不知道心情會多麼暢快。

可是——沒錯，就是這個可是。

——我才不是哥布林殺手。

少年揮開腦中的念頭，轉頭向前，跟著大家一起奔跑。

再也不回頭。

§

有如怒濤般湧出的哥布林，沉進了實實在在的怒濤之中。

從天花板噴下來的池水化為泥漿水，灑向小鬼的坑道，不斷往深處流。

不幸的是，這個巢穴是下坡。

冒險者團隊只要往上爬一小段距離就沒事，但逃往坑道深處的小鬼則……

「GORRRBB!?」

「GBBOR!?GOBBG!?」

這些小鬼在泥漿中溺水、載浮載沉的模樣，只有一句悽慘可以形容。

「說活該也是活該沒錯啦……」

長槍手用槍尾朝溺水的哥布林腦門一頂，讓牠沉入水中，同時歪了歪頭。

「沒辦法追擊啊。等水退了，我看牠們又會大舉進攻吧？」

「等『隧道』的時間過去，就施點冰的法術。」

哥布林殺手對表情含糊而難以捉摸的魔女，發出下一個指示。

「凍結後冰會膨脹，很快就會讓坑道崩塌……這條入侵路線就沒辦法再用。」

「好，知道，了。」

「之後，就從地上找出巢穴，剿滅牠們。」

哥布林殺手腦中，已經安排好了大致的計畫。

這些哥布林只偷走工具，對糧食動也不動。

先前的剿滅哥布林任務也是一樣，牠們擄走的，都是消遣用的俘虜。

這也就表示，牠們的大本營離得不會太遠。

這些哥布林看到建設現場，以及聚集在這裡的冒險者，有了什麼樣的想法……

他無從得知。然而……

「……這個你們自己去搞。我可累了。」

長槍手歷經千辛萬苦似的抱著槍，在坑道角落坐下。

「下次要找我，麻煩挑哥布林以外的……冒險（約會）的時候再找我。」

「知道了。」

仔細想想，這幾個小時以來，每個人都不眠不休。

這一戰打到通宵。大家都想睡個夠。

六名銀等級冒險者當中體力最差的妖精弓手，邋遢地垂下長耳朵。

「……我好累喔。」

「來，別癱在那兒。不是才剛說還得去剿滅巢穴嗎？」

「這我是知道啦。」

妖精弓手靠到牆上，卻被礦人道士指責，噘起了嘴唇。

倒也不是有什麼不滿。

她用力搓了搓被泥土弄髒的臉，靠在牆上小聲喃喃自語。

相信這句話，替許多冒險者說出了心聲。

「所以我才討厭打哥布林。」

渾濁的水面上，氣泡冒出又消失。

不知道這是那些哥布林死前吐出的氣，還是空氣混進了水流。

「不過，真虧能清楚知道這裡是池塘下方吶。」

蜥蜴僧侶看著水流，若無其事地說起。

「小鬼殺手兄，以前來過這裡？」

「對。」

哥布林殺手低頭看著溺死的哥布林，不帶感情地說了。

「以前來過。很久……很久以前。」

這一天，很多哥布林死了。

也有很多冒險者死了。

然而冒險者們勝利了。

他們保住了訓練場。

但，哥布林滅絕的跡象——仍未出現。

間章

「有去有回的勇者的故事」

「喝！」

高亢的吆喝一閃而過。

隨著一陣交織了太陽光的爆裂，絕對武器聖劍劈開了次元的裂縫。

無數魔神受到餘波衝擊，崩解成微小粒子。

實實在在的分解消滅（Disintegrate）。

照這屍體與靈魂都不剩的樣子看來，應該再也不會回到物質界。

勇者順著聖劍一揮到底的勢頭，以四次元的動作一個空翻，跳出了空間的裂縫。

「抵達……！」

她落地之處，是有些眼熟的曠野。

藍天下，吹著微風。太陽很耀眼，雲朵很白，令人心曠神怡的初夏氣味。

「真受不了……好漫長啊。」

「這就是告訴妳，不要貿然超越次元。」

緊接著可靠的同伴們也紛紛從絕命異次元回到現世。

「真的好辛苦喔。我都有點累了的說。」

勇者伸了個大大的懶腰，瞇起眼睛享受久違的太陽。

這是一場大冒險，從在次元縫隙間屠戮百臂巨人(Hecatoncheires)開始，到回歸這原本的世界才算結束。

其實——沒有錯，其實如果她想回來，隨時都回得來。

然而，目睹那種種令人懷疑物理定律(系統規則)不同的敵人，以及飽受暴虐之苦的人們。

身為超越三千世界風暴的騎士，她不能視若無睹。

既然有自己辦得到的事，就應該全力去做。她無論何時何地都這麼認為。

「不過，玩得好開心呢。」

「請不要一句開心就帶過。」

勇者一傻笑，劍豪就在她腦袋上敲了一記。

「好痛！」她假裝痛得抱頭，和同伴相視嘻笑。

「……不論如何，我很擔心這邊的世界，想馬上弄清楚情勢。」

聽到淡淡微笑的賢者這句話，勇者點了點頭。

不管她在不在，這世上就是會有邪教在暗中活躍，怪物也會不斷蔓延。

並非靠自己一個人就無所不能。

「而且國王說不定正傷腦筋。就去城堡露個臉吧。」

「只是話說回來，得先弄清楚這裡是哪裡、吧。我想應該是西方邊境，就不知道……」

聽她這麼一說，勇者凝神觀看，發現遠方已經有了個新的村莊。

一群年紀和自己差不了幾歲的少年男女，額頭流著汗水工作著，相視歡笑。

那樣的經驗，她不曾有過。

她忽然想到，如果我是個平凡的村姑，又或者只是普通的冒險者，現在會變成怎樣？

不會只有成功，相信也會失敗。說不定會死掉。

——雖然這次我也差點在亞空間被分解成粉塵微粒啦……

在酒館招募同伴，踏上旅程，進行冒險，為每天的進帳或喜或憂。

也說不定，會在命運或巧合之下，遇到不得了的緣分。

這種想像令人雀躍。但她笑著搖了搖頭。

——但既然有只有我才能做到的事情，那就是我該做的。

「那麼，就到那座村莊去問問看吧！不好意思～！」

勇者一說完，便用力揮著手，猛然跑了過去。

背後的同伴們，她最重視最重視的朋友們，笑著說「真拿她沒辦法」，也跟了過來。

想當然，邂逅緣分，有過許多冒險，這點是大家都一樣的。

當中沒有差別。沒有任何差別——光是這麼一想，勇者就心滿意足了。

年輕人注意到她，擦著額頭的汗水抬起頭。

他的臉上一樣掛著笑容。

「歡迎光臨，這裡是冒險者的訓練場！」

第7章 『接著，前往冒險』

Goblin Slayer
He does not let anyone roll the dice.

「好的，辛苦了！」
砰一聲在文件上蓋印的聲響，響徹整間公會面試間。
櫃檯小姐笑咪咪地整理文件，告知面試已經結束。
女神官會從她平坦的胸部重重吐氣，也是無可厚非。
無論她們如何熟識，既然是進行升級審查的核定，要求她別緊張才是強人所難。
遑論還有侍奉至高神的監督官，施展了「看破（Sense Lie）」的神蹟……
「辛苦了辛苦了。別怕別怕，我們知道妳沒說謊。」
「是、是啊。不過，還是會心跳加速呢。」
「不緊張才有問題嘛。」
櫃檯小姐在連連搖手的監督官身旁，卸下面具般的笑容，柔和地微笑。
「要知道不管是面對身分高的人還是怪物，不緊張的人根本就活不久。」

緊張，但擺出從容的態度，是好事。

她也說如果連對方是什麼人都不知道就從容起來，就只是單純的遲鈍罷了。

「不過也還好啦，以妳的情形來說，就只欠單獨的實績了。請等一下喔。」

櫃檯小姐說完，從小盒子裡拿出一塊全新的金屬牌。

她拿著尖筆，在潔白無垢的金屬牌上，以流利的筆觸刻上文字。

姓名、出生年、職業、本領、其他許許多多事項……

一五一十地刻上了冒險記錄表（Adventure Sheet）的所有內容，是女神官的身分證明。

一年。

第一次挑戰剿滅哥布林，陷入危機，蒙他搭救。

認識這群重要的夥伴，對潛藏在古代遺跡的食人巨魔（ogre）挑戰。

為了對率領大軍的哥布林王展開奇襲，奔跑在夜晚的曠野上。

在水之都受到高大的哥布林英雄致命一擊。

對付潛伏在最深處的邪眼怪物，並和小鬼英雄再戰，靠著奇謀活了下來。

然後順勢迎擊闇人（Dark Elf）的手下。

冬天前往北方高山，與攻擊寒村、據守堡壘的小鬼大戰。

結識千金劍士，打倒小鬼聖騎士（Goblin Paladin），然後與他一起過年。

還有，還有……

「……」

只要閉上眼睛，無數的記憶、回憶與經驗，就會歷歷在目地浮現出來。

比她剛當上冒險者時，比她從白瓷升上黑曜時，更加豐富。

可是……

「……嗯。」

即使是第二次升級的現在，還是沒有切身的感受。

自己真的升上了第八階的等級嗎？

真的有這樣的實力嗎？

雖然不至於懷疑會不會是哪裡弄錯，仍舊擔心自己的鍍金會不會三兩下就剝落……

「不用擔心的。」

女神官忍不住用力握緊拳頭，櫃檯小姐則彷彿看穿了她的心思。

她目光依然落在手上，以熟練的動作，毫不停滯地劃動尖筆。

「這是符合實力的評價。當然我們是沒辦法保證妳一切都會順利啦。」

櫃檯小姐在手掌內把尖筆一轉，朝金屬牌吹了口氣。

隨後仔細收拾工具，靜靜地用雙手舉起牌子。

「妳有本事，名聲也好。就算是湊巧好了，運氣也不錯——對吧？」

說著她遞出了這塊象徵第八階的、鋼鐵製的小牌子——識別牌。

這塊牌子穿著一條細鍊，讓人可以掛在脖子上。女神官珍重地用雙手捧著。

「說得、也是。」

要讓人擁有自信，這塊識別牌未免太輕。

女神官閉上眼睛，攏起一頭金髮，將鍊子繞上頸項。

接著小心翼翼地將小牌子放進神官袍裡，用手掌按住平坦的胸口。

「我還不能理解，但是……我想努力讓自己理解。」

「嗯，就是要有這志氣！」

在櫃檯小姐的聲援下，女神官小小點了點頭。

她不明白自己有沒有實力。但是，有人相信她有實力。

那麼，至少對這一點——想必是可以懷著自信的。

§

從公會踏出一步，藍天下燦爛的陽光就照得她睜不開眼睛。

暖洋洋的暖意，讓人預感到春天已經結束，即將進入夏季。

女神官瞇起眼，用手遮著太陽，仰望天空。

好了，該怎麼辦？

照理說是該先前往神殿報告，可是……

女神官的目光，和坐到路緣石上盪著腳的森人女子交會。

她長耳朵一動，輕巧地跳到人行道上，就像貓似的大大伸了個懶腰。

「嗨，辛苦了。結果怎麼樣？」

「是，順利升級了。」

女神官拉出脖子下的鍊子，拿出全新的識別牌給她看。

妖精弓手看著這被陽光照得閃閃發光的金屬牌，心滿意足地瞇起了眼睛。

「很棒嘛。這樣一來妳就升到三級了吧？是真正的神官（Priest）耶，神官（Priest）。」

她說著就好像自己升級一樣開心，牽起女神官的手用力上下搖動。

女神官瞪大眼睛，不過看到妖精弓手的長耳朵上下擺動，於是嘻嘻一笑。

「是。可是……」

妖精弓手在她小聲說話的模樣中看出了陰影，探出上半身：

「怎麼，妳不服氣嗎？」

「啊，沒有，不是。」

女神官趕緊搖手，不是這樣。不是這個意思。

「我，那個……讓哥布林……」

——給跑了。

那天晚上，她動身去搭救一群來不及逃走而被牽連進來的新進冒險者。

這和剿滅哥布林的任務相比，似是而非。

放走哥布林會有什麼後果，過去她明明見證過那麼多次，他也教過她，但她卻……

「我說妳喔。」

「啊嗚!?」

女神官正要陷入憂鬱，卻立刻遭到重挫。

是妖精弓手那又白又細的手指，毫不留情地在女神官鼻子上一彈。

「妳又不是歐爾克博格，所以不要緊。」

「……是。」

女神官按住痛得熱辣辣的鼻尖，眼睛透出來自生理性疼痛的眼淚，窺看她的神色。

妖精弓手粗重地哼了一聲，挺起平坦的胸膛，充滿自信地這麼說：

「說起來，他根本就有點毛病。」

當然有毛病了。妖精弓手在空中畫畫似的揮動雙手。

「哥布林不點火，就說什麼『牠們尚未發現用火的軍事戰術』之類的。」

其他還有……怎麼說呢，很多很多。
放火、放毒氣、讓遺跡崩塌、開洞、水淹，真的是喔。
妖精弓手憤慨不已。歐爾克博格喔，真的是有毛病。
所以。
「不可以拿自己跟滿腦子都是這種事情的傢伙比。」
她這麼說。
「大家都有不同的想法，都不一樣，這個世界才會有趣嘛。」
自己是自己，他是他。在分清楚這兩碼子事情的前提下讓她去冒險。
看在妖精弓手眼裡，這個世界多半單純得出人意表吧。
女神官不由得茫然看了她一眼。微風吹拂下，一雙長耳朵柔和地搖曳。
——對喔。
一年來，女神官竭盡心力，想跟上哥布林殺手與其他人。
而這次，她獲得了升級。
不是因為剿滅了哥布林。是因為順利帶領冒險者逃走。
就是這一點得到了肯定。
——那麼，我這樣走就對了。
她覺得心裡有個東西塵埃落定，就此安穩。

——雖然以後，我一定也會繼續追隨他。可是。

我，這樣走就對了。

呼嘯而過的風吹起了頭髮，女神官輕輕用手按住。

看到她這模樣，妖精弓手似乎很滿意，強而有力地點點頭說：「好！」

「那，我們就來慶祝吧！我請妳吃午餐。妳想吃什麼？」

「咦，啊，可以嗎？呃，那……」

該選什麼呢？怎麼辦？只是這麼一件小事，心情就因此雀躍起來。

機會難得，嗯。相信就算點些好一點的東西，天神也不會生氣。

「說到這個，歐爾克博格呢？」

「啊，是。」

女神官露出花朵綻放般的微笑，說出其他人不會聽懂的答案。

「去年她把機會讓給了我，所以……我就想說，今天還是客氣一下好了。」

§

小鎮入口——從這公會旁的入口出了大門，在大道上走了一會兒。

陣容奇妙的二人組，像是有著明確目標似的行走著。

一人帶著廉價的鐵盔，穿著髒汙的皮甲——哥布林殺手。

另一個則是穿著長袍，手持法杖的紅髮少年。

從少年把行李掛在肩上這點來看，顯然是正要踏上旅程。

「我打算多看看這世界，提升自己的本事。」

聽他這麼告知，哥布林殺手微微點頭，說了聲「是嗎」。

「不回賢者學院嗎。」

「嗯，呃……我是會想給看不起姊姊的那些笨蛋好看。想是想啦。」

紅髮少年搔搔臉頰。就像卸下了重擔似的，輕輕聳了聳肩膀：

「但不管我做什麼，他們大概都只會繼續看不起我。所以，算了。」

「……」

「就想說一輩子隨他們去吧。」

「也對。」

哥布林殺手不帶感情地搖了搖頭盔，少年停下腳步，抬頭看著他。

這頂鐵盔髒髒的。完全看不出底下的臉上有著什麼表情。

一個令人不舒服、寒酸、行事徹底，只殺哥布林的，有點怪的人。

大概算不上是像樣的冒險者。

「我果然，還是看你不順眼。」

「是嗎。」

即使這麼說，他的回應還是一樣平淡，讓少年忍不住笑了出來。

自己逞強、負氣，但他根本不生氣。

這樣自己豈不就是個反抗大人的孩子嗎？

「然後啊，因為這樣，我想了很多。」

將來。

過去。

姊姊。

對他好的大家。

自己犯下的失敗。

自己帶來的成功。

以及，想變成怎樣。

「一想到要學你就不爽，所以絕對不學。我……」

沒錯，我要……

少年吸氣、挺胸，堂堂正正地宣告：

「要當屠龍勇士。」

這是一句連小孩子聽了都會笑出來，廉價、隨處可見、痴人說夢似的話。

這是每個人……無論是否想當冒險者都曾有過的，非常非常平凡的願望。
沒有人不曾這麼想過。想過要屠龍。殺死最強的怪物——龍。
哥布林殺手仍舊點了點頭，說聲：「是嗎。」
「那，我也好心陪你去吧！」
才剛聽到一旁冒出開朗的聲音，緊接著就有一名少女以輕巧的動作跳了出來。
她身穿便於活動的輕裝鎧甲，佩帶劍盾。是做好了旅行準備的圃人少女。
隱身不愧是圃人的拿手好戲，這突如其來的登場，讓紅髮少年瞪大了眼睛。
「為、為什麼會變成這樣啦!?」
「白瓷等級的施法者一個人旅行，不是超危險的嗎？」
「……妳還不是白瓷的戰士？而且還是女的。」
「沒錯沒錯。所以才危險啊！」
「就說我是想一個人旅行了！」
「好巧喔，我也是耶。」
能夠以三寸不爛之舌講贏圃人的人，世上不會太多。
「啊啊真是的，所以我才受不了圃人……！」
就在少年忿忿地搔著頭時。
發生了一件連他們兩人都不由得停下動作的事情。

他和她看向另一人，眼神顯得難以置信。

這個真的很細微、只勉強聽得見的聲音是——……

「————」

低沉而模糊的聲響，是一陣笑聲。

像是開啟多年未曾開過的門時，會發出的那種軋然而空洞的聲音。

哥布林殺手在笑。

笑出聲音來。

「報上我的名字。如果你見到一個自稱是『忍者』的圃人。」

如果那個古怪的老人，還記得以前臨時起意而照料過的小孩叫什麼名字……

「也許他會給你點關照。」

聽他這麼告知，少年搔了搔臉頰。

「要是我記得，就幫你傳話吧。」

少年以不再有陰影的表情笑了。那是一種拔出來的劍收回劍鞘似的表情。

啊啊，真沒辦法。出外靠旅伴，渡世靠人情。少年對少女點了點頭。

「那，我們走吧……兩個人走。」

「嗯！」

少女以笑容點了點頭。那是一種像是暖陽下盛開花朵的表情。

「……再見啦，哥布林殺手先生！」

「嗯。」

兩名少年少女——不，兩名冒險者各舉起一隻手，意氣風發地邁開了腳步。

他們扛著行李走在路上之餘，還互相頂來頂去，笑著打鬧。

相信他們並非本來感情就好。哥布林殺手這麼想。

才剛要開始。無論是友情、是信賴、還是其他的什麼。無論是好，是壞。

自己說的話，會幫助到他們兩人嗎？哥布林殺手沒有把握。

畢竟對象是那個老爺爺。

然而，旅途中的幫助再多也不會造成困擾。就是這麼回事。

哥布林殺手在鐵盔下微微瞇起眼，慢慢轉身。

他一如往常，踩著大剌剌的腳步行走。

往後他要做的事情，也並非就此有了什麼改變。

明天他多半也會繼續殺哥布林。

後天，大後天也是。

以後，一直都是。

無論休息、訓練、購入裝備，一切都是為了殺哥布林。

若要問為什麼，答案是因為他是哥布林殺手。

「結束了？」

他停下腳步，是在通往牧場的岔路前方不遠處。

一棵小樹的樹幹旁，樹葉間灑落的陽光下，有著他兒時玩伴悠哉佇立的身影。

「嗯。」

他這麼一回答，她就從樹幹上離開，來到他身旁。

不用說出一起回家吧，彼此都明白對方的意思。

他配合悠哉漫步的她，悄悄放緩了步調。

不追過她，不落後她。

「他們似乎要去旅行。」

「這樣啊？」

「對。」

「……聽說，池塘乾掉了？」

「對。」

他說完，想了一想，小聲說下去：

「……抱歉。」

「……嗯。」

關於這件事，他們就只說到這裡。

她什麼都不說。

他也什麼都不說。

包括村子的遺址蓋了訓練場，開始運作。

包括他剿滅了那些襲擊訓練場的哥布林。

包括由於他引水進坑道，導致地盤鬆垮。

包括要在那個池塘旁邊蓋建築，已經變得困難。

一切的一切。

天空很藍，樹林綠葉繁茂，草木隨風擺動，暖意足以令人流汗。

走過大道、返回鎮上的途中偏向岔路，前往牧場的這段路途。

短得難以傳達心意，卻又長得不該緊閉心門，各走各的。

「……欸。」

她忽然小跑步到哥布林殺手身前。

然後雙手攏在身後，轉過身來。

「你好像很高興呢。」

「……唔。」

他低聲沉吟。連他自己都沒想到。

「像是高興嗎。」

「怎麼可能不像？」

「……是嗎。」

她說得若無其事，得意地挺起豐滿的胸部。

「對你，我怎麼可能不明白？」

吊胃口似的語氣。

從以前他們一起在曠野上奔馳的時候，至今一直不變的，開心的模樣。

「發生什麼好事了，是嗎？」

「……嗯。」

哥布林殺手點點頭，然後轉過身去。

藍天下延伸的大道。道路遠方，勉強還看得見兩個正在走遠的身影。

有一天——不知道是明天、是明年，是十年，還是百年之後。

也許會有人說起紅髮魔法師屠龍（Dragon Buster）的英勇事蹟。

也許兩名屠龍勇士（Dragon Slayer）的功勳變成傳奇的日子，將會到來。

不可能的事。

孩子氣的夢話。

要這樣批評，是多麼容易？

然而，如果。

如果，有一天，事情真的那樣發展，那麼——

「是非常好的事情。」

他伴著笑逐顏開應了聲「這樣啊」的牧牛妹，慢慢走在回家的路上。

後記

大家好，我是蝸牛くも！

哥布林殺手第六集，不知道大家看得還喜歡嗎？

這是一個描述由於哥布林出現，女神官總而言之勉強想辦法努力搞定的故事。

我自認已經竭盡全力去寫，如果能讓各位讀者看得開心，那就是萬幸了。

「邪惡女幹部、必殺仕事人、有悲慘過去的情報販子、山之主。這是要一個高中生怎麼辦啦？」

「射箭就對了啊只有弓箭很高竿人！」

附帶一提，上一集提到的舞女角色，已經以超煉獄舞女之姿躋身明星行列。

山之主大爺，是煉獄啊煉獄！靠著山之主大爺的法術讓舞蹈技能變成四倍，以神話級的達成值搞定！

……明明應該只是個劍士，但俗話說有一技之長就不怕沒飯吃說。不愧是山之主！

希望只有弓箭很高竿人也要堅強地活下去！

人生會怎麼演變還真的是無法預料，哥布林殺手也出到第六集了。能走到這一步，全是多虧了大家的支持，我要在此表達由衷的感謝。

神奈月昇老師，謝謝您每次都提供美妙的插畫與角色設定！

圃人劍士完完全全就是我自己創角色時的印象，真的好可愛……！

黑瀨浩介老師，每個月的漫畫版我都滿心期待地在觀賞。

等這一集出版時，原作第一集的決戰應該也差不多要分出勝負了。動手，就是這裡，給牠個痛快！

各位讀者，以及從網路時代就給予支持與愛護的大家，每次都真的很謝謝你們！

統整網站的管理員，每次每次都承蒙您關照了。真的非常謝謝您。

跟我一起玩遊戲的夥伴，創作相關的朋友，謝謝你們每次都陪我……！

編輯部的各位，出版、宣傳、通路、翻譯（！）相關的各位，謝謝你們！

……我到現在還無法切身感受到，自己的作品跨過海洋，讓各式各樣的人讀到了。

該不會真的差不多要醒過來，在床上發現只是個夢吧？

那麼，我想下一集會是一個描寫森人的故鄉跑出哥布林所以要去剿滅的故事。

今後我也會竭盡全力寫作，還請大家繼續給予支持與愛護。

國家圖書館出版品預行編目資料

GOBLIN SLAYER!哥布林殺手 / 蝸牛くも作 ;
邱鍾仁譯. -- 初版. --
臺北市 : 尖端, 2018.03- 冊 ; 公分
譯自 : ゴブリンスレイヤー

ISBN 978-957-10-8046-8(第6冊 : 平裝)

861.57 107000776

浮文字
GOBLIN SLAYER 哥布林殺手 6
（原名：ゴブリンスレイヤー #6）

著　者／蝸牛くも
封面插畫／神奈月昇
譯　者／邱鍾仁
榮譽發行人／黃鎮隆
總經理／陳君平
企劃宣傳／楊玉如、洪國瑋
協　理／洪琇菁
總編輯／呂尚燁
國際版權／黃令歡、梁名儀
執行編輯／曾鈺淳
美術編輯／陳又荻
內文校潤／梁瓏
內文排版／謝青秀

出　版／城邦文化事業股份有限公司 尖端出版
台北市中山區民生東路二段一四一號十樓
電話：（〇二）二五〇〇—七六〇〇
傳真：（〇二）二五〇〇—二六八三
E-mail：7novels@mail2.spp.com.tw

發　行／英屬蓋曼群島商家庭傳媒股份有限公司城邦分公司 尖端出版
台北市中山區民生東路二段一四一號十樓
電話：（〇二）二五〇〇—七六〇〇（代表號）
傳真：（〇二）二五〇〇—一九七九

中彰投以北經銷／楨彥有限公司（含宜花東）
電話：（〇二）八九一九—三三六九
傳真：（〇二）八九一四—五五二四

雲嘉經銷／智豐圖書有限公司 嘉義公司
電話：（〇五）二三三—三八五二
傳真：（〇五）二三三—三八六三
客服專線：〇八〇〇—〇二八—〇二八

南部經銷／智豐圖書有限公司 高雄公司
電話：（〇七）三七三—〇〇七九
傳真：（〇七）三七三—〇〇八七

一代匯集／香港九龍旺角塘尾道六十四號龍駒企業大廈十樓B&D室
電話：（八五二）二七八三—八一〇二
傳真：（八五二）二五八二—一五二九
E-mail：hkcite@biznetvigator.com

新馬經銷／城邦（馬新）出版集團Cite（M）Sdn. Bhd.
E-mail：cite@cite.com.my

法律顧問／王子文律師 元禾法律事務所
台北市羅斯福路三段三十七號十五樓

二〇一八年八月一版一刷
二〇二二年一月一版三刷

郵購注意事項：
1.填妥劃撥單資料：帳號：50003021戶名：英屬蓋曼群島商家庭傳媒(股)公司城邦分公司。2.通信欄內註明訂購書名與冊數。3.劃撥金額低於500元，請加附掛號郵資50元。如劃撥日起 10～14日，仍未收到書時，請洽劃撥組。劃撥專線TEL：(03)312-4212 ・ FAX：(03)322-4621。E-mail：marketing@spp.com.tw